화산질풍검 7
한백림 新무협 판타지 소설

초판 1쇄 찍은 날 § 2005년 11월 21일
초판 1쇄 펴낸 날 § 2005년 11월 28일

지은이 § 한백림
펴낸이 § 서경석

편집장 § 문혜영
편집책임 § 김율
편집 § 이재권 · 유경화 · 심재영

펴낸곳 § 도서출판 청어람
등록번호 § 제1081-1-89호
등록일자 § 1999. 5. 31
어람번호 § 제2-0748호

주소 § 경기도 부천시 원미구 심곡1동 350-1 남성B/D 3F (우) 420-011
전화 § 032-656-4452 팩스 § 032-656-4453
http://www.chungeoram.com
E-mail § eoram99@chollian.net

ⓒ 한백림, 2004

ISBN 89-5831-836-8 04810
ISBN 89-5831-364-1 (세트)

※ 파본은 본사나 구입하신 서점에서 교환하여 드립니다.
※ 저자와 협의하여 인지를 붙이지 않습니다.

화산질풍검

華山疾風劍
7
FANTASTIC ORIENTAL HEROES

◆ 질풍검(疾風劍)

완결

한백림 新무협 판타지 소설

도서출판
청어람

| 목차 |

제23장 진격(進擊)	7
제24장 화산(華山)	75
제25장 군산(君山)	131
제26장 결전(決戰)	225
제27장 질풍검(疾風劍)	281
작가 후기	301

제23장
진격(進擊)

숭무련의 발호는 독특한 방식으로 이루어졌다.

비무첩에 이은 일 대 일 비무가 그것이다.

산서 분양파(汾陽派) 분양철권 경남방이 오 초 만에 패하고, 태행방 군행검(君行劍) 황려만이 십 초 만에 검을 접었을 때까지만 해도 숭무련이란 이름은 그저 주머니에서 조금 튀어나오려는 못에 지나지 않았다.

하지만 산서 남부 하현방의 총관 정립중이 삼 초 만에 굴욕적인 패배를 당했을 때.

산서 무인들은 비로소 심상치 않은 일이 벌어지고 있음을 예감했다. 그리고 시양회 절정고수 한남창(寒南槍) 평요보가 일 대 일 비무에서 처참하게 패배하고 자신의 창대를 부러뜨렸을 때, 그 예감은 현실이 되었다.

대동장 장주 통천도(通天刀) 동풍릉이 이십 초 만에 무릎을 꿇었고, 급기야 산서성 최고고수를 일컫던 오대산(五臺山) 문수성불(文殊聖佛) 청량신승(淸凉神僧)까지 무너지고 말았다.

경남방, 황려만, 정립중, 평요보, 동풍릉, 청량신승.

산서성의 강자들을 이야기할 때, 결코 빠질 수가 없었던 고수들이다.

산서 유수의 명문들, 그들을 대표하는 무인들이 이름조차 생소한 숭무련 무인들에게 일 대 일 정정당당한 비무로 지고 만 것이다.
　그야말로 엄청난 사건이었다. 산서성 전체가 지각 변동과도 같은 충격을 받았다.
　온 천하 강호인들이 산서성을 주목하기 시작했다. 산서성 세력 판도가 크게 변화할 것임은 기정사실과도 같았다.
　하지만 숭무련의 움직임은 그 정도로 끝이 아니었다.
　산서성을 벗어나서까지.
　산서성 동쪽 경계를 넘어 하북의 진주언가에 도전장을 낸 것으로 모자라, 하북팽가의 도신(刀神) 팽일강에게까지 비무를 신청했던 것이다.
　대파란이었다. 산서성을 벗어나 온 천하로 나아간다. 숭무련의 발호는 순식간에 중원 전체를 들끓게 만들고 있었다.
　…중략…….

한백무림서 무림편
강호난세사 中에서.

진격(進擊)

 청풍이 숭무련에 대하여 들은 것은 화안리가 얼마 남지 않은 어느 객잔에서였다.
 숭무련의 발호.
 탁종명에게 들었던 것처럼 본격적으로 강호에 나서는 숭무련이다.
 놀라움으로 회자되는 무련.
 삼삼오오 모였다 하면 숭무련에 대한 이야기가 빠지질 않는다.
 어지러운 천하.
 또 새로운 복룡의 출세가 호사가들의 입을 더욱더 부추기고 있었다.

 "숭무련은 들어본 적도 없는데……."
 "그렇지. 그런데, 어떻게 그렇게 강하담?"
 "그 누구라더라. 산서신협 서자강이란 자도 실은 숭무련의 인물이라며?"
"산서성 최고고수를 논한다는 그 사람인가?"
"맞겠지. 그 정도는 되야……."
"그럼 그자가 숭무련의 련주쯤 되려나?"
"글쎄… 듣기로는 그런 것도 아닌 것 같던데."
"뭐, 하북팽가에 싸움을 걸었으면 지금처럼 진격하던 것도 멈출 수밖에 없지 않을까? 진주언가도 만만치 않고 말야."
"육대세가 중 하나인 하북팽가라면 확실히 넘어서기가 어렵겠지. 그래도 또 모른단 말야. 하북팽가의 상태도 말이 아니라서 말이지."
"그렇기도 해. 더욱이 산서성 청량신승까지 꺾었다고 한다면, 팽가에서도 애를 먹을 거야. 어쩌면 져버릴 수도 있고. 만일 그렇게 되면 육대세가의 이름이 바뀌겠지."
"설마 그렇게까지야 될라구……."

'충분히 가능한 일이야.'
청풍은 생각했다.
얼마든지 있을 수 있는 일이라고.
온 세상이 놀라고 있었지만, 숭무련의 무력을 잘 알고 있었던 청풍으로서는 그들이 행하는 일이 그렇게 놀랍지가 않았다.
분양철권, 군행검, 한남창…….
화산파는 섬서성에 있었고, 산서성은 섬서성의 바로 옆에 이웃해 있다.
그런 만큼 익숙한 이름들이다. 청풍은 패배한 산서고수들의 이름을 익히 알고 있었다.

그들은 약하지 않다.

하지만 엄청난 고수들은 아니다.

강의검을 받아간 조신량만 나섰더라도 이길 수 있는 무인들이었다.

'문수성불에 이르면 조금 달라질까.'

아니다.

그렇지도 않았다.

문수성불의 무공이 산서 최고를 논한다지만, 산서최강은 결코 그가 될 수 없었다.

청풍이 보건대 문수성불의 무력은 참도회주보다도 아래였다.

아무리 높게 보아도 참도회주 수준, 그 이상은 아니다. 그 정도로는 산서성 최고를 말할 수가 없다는 말이다. 산서성 최강자는 누가 뭐래도 다른 사람이었다.

'산서신협……'

청풍이 생각하기에 산서 최고를 논하는 자는 다른 사람이 아니었다.

산서신협 서자강을 떠올렸다.

형용하기 어려운 무공을 지닌 자다.

산서최고고수.

혹시나 서자강이 아니라고 한다면 거기에 들어갈 이는 산서성에 있는지도 없는지도 모르는 숭무련주밖에 없을 것이었다.

'강한 것만이 아니다. 숭무련……. 무엇보다 빨라.'

숭무련의 행보는 굉장히 빨랐다.

들리는 바에 의하면 처음 분양철도가 비무첩을 받은 날부터 문수성불이 패배할 때까지 한 달도 채 되지 않았다고 했다. 철저하게 계획된 행보라는 말이다. 산서를 단숨에 휘어잡기로 작정을 한 것이 틀림없었다.

'게다가… 하북성.'

산서성으로 그쳤다면 모르되, 숭무련은 그것으로 만족하지 않았다. 숭무련은 산서성 바깥에도 손을 뻗었다. 하북성, 그것도 언가와 팽가에게까지.

'이전과는 다를 것이다.'

진주언가와 하북팽가는 지금까지 숭무련이 꺾었던 문파들과 차원이 다른 곳이었다.

진주언가가 보유하고 있는 권법신공들은 중원 권맥(拳脈)의 정점을 달리고 있었으며, 하북팽가는 명실 공히 중원 최고의 도문(刀門)으로서 육대세가의 하나로 꼽히고 있었다. 그에 비하자면 산서성 문파들의 무공은 중원무학의 변방이라 해도 과언이 아니다.

진주언가에는 분양철권을 아래로 보는 고수들이 이십 명은 넘을 것이며, 하북팽가에는 통천도 동풍릉 정도의 도객들이 삼십 명은 족할 터.

산서와 하북을 단순하게 비교하기에는 하늘과 땅만큼의 차이가 있었다. 그만큼 하북의 명가들은 공격하는 것 자체가 이해하기 힘들 정도로 강하다는 말이었다.

'그래도 이기겠지. 숭무련은.'

청풍은 알 수 있었다.

숭무련은 이기리란 사실을.

그가 만나본 숭무련의 고수들은 하나같이 강했다.

참도회주만 해도 그렇다. 그가 지닌 흑철도는 하북팽가의 도법을 마주한다 해도 충분한 날카로움을 보여줄 것이다.

진주언가. 그곳도 마찬가지였다.

진주언가의 권법이 아무리 강해도 산서신협 서자강의 무공을 당해

낼 수는 없다. 서자강은 상승의 경지를 예전에 넘어선 고수. 백호검과 청룡검을 얻은 청풍을 가볍게 제압했던 초절정의 무인이었다.
'문제는 그 다음이야.'
산서 전체가 숭무련에게 제압된 것은 별반 대단할 것이 못 된다.
하북성에서 진주언가가 무너지고, 팽가가 꺾인다고 한들 청풍에게는 중요한 일이 아닐 수 있었다.
문제는 섬서성이었다.
섬서성.
섬서성엔 화산파가 있기 때문이다.
산서성의 동쪽에 맞닿아 있는 곳이 하북이라면, 서쪽에 맞닿아 있는 곳은 다름 아닌 섬서성이다.
숭무련이 섬서성을 표적 삼았을 때.
섬서성에 위치한 화산파는 그들의 제일목표가 될 것이 틀림없었다.
숭무련과 구파는 길이 다르다는 말이 그것이다.
서영령과의 어두운 미래를 암시했던 수많은 일들이 바로 그러한 결말을 향하여 흐르고 있었다.
'령매……!'
서영령에 생각이 이르자 마음이 급해졌다.
지체된 시간이 길다. 어서 돌아가야 했다.
얼마 남지 않은 거리다.
신법의 속도를 최고로 올렸다.

"선녀 언니는 여기에 없어요. 급히 어디론가 가버렸는데요?"
화안리에 들어가자마자 첫 번째로 들은 이야기였다.

안 좋은 예감은 언제나 들어맞는 모양이다.

청풍은 지체하지 않았다. 곧바로 꼬마 아이의 아버지, 상학을 찾았다.

"그녀가 없다고 들었습니다. 어디로 간지 아십니까?"

"그거야 나중에 들더라도 말이지, 오랜만에 돌아왔음에도 인사조차 안 하더니 어지간히 급한 모양이네. 이 야박한 친구야."

"아, 죄송… 합니다."

"죄송할 것까지는 없지. 몸 건강히 돌아왔다면 그것으로 되었네. 다들 걱정하고 있었어. 그런 게야, 이 화안리 사람들은."

"심려를 끼쳐 드려서……."

"되었네. 하기야 마음이 어지간히도 급했겠지. 밖에서 들리는 소문이 심상치 않으니까 말일세. 하지만 말이네 질녀는 다른 곳으로 간 것이 아니라네."

"다른 곳으로 간 것이 아니라니……."

"그녀는 자네를 찾으러 갔다네, 이 친구야!"

"저를 말입니까?"

"그래. 사천성으로 간다던 사람이 어쩌자고 비검맹을 쳤나? 무사히 돌아온다고 약속까지 했다면서? 말해 보게, 비검맹이 어디에 있던가?"

"장강에 있지요……. 아!"

"그래, 질녀는 자네가 파검존과 싸우러 간 것으로 알아."

"……!!"

실수를 깨달은 청풍이다.

백호검을 얻고자 장강으로 직행한 것이 문제였다.

광혼검마를 꺾고, 백호검을 얻은 소문이 그렇게 빨리 퍼지리라고는 생각하지 못했던 것도 문제 중 하나다. 전적으로 그의 불찰이었다.
"어디로 간다는 말은 없었습니까?"
"어디겠나. 장강으로 갔겠지."
"언제 갔습니까?"
"이틀 되었네."
고작 이틀.
조금만 운이 좋았어도 오면서 만날 수 있었을 시간이다.
그렇지만 그 시간 사이에 엇갈렸다.
오고 있던 청풍과 만나지 못했다는 것. 그가 온 길과 다른 길로 움직였다는 뜻이었다.
'그렇게 되면 찾기가……!'
다른 길로 움직였으면 찾아내기가 곤란하다.
아무리 이틀 차이라도 어려울 것이다. 더구나 서영령은 청풍처럼 몸을 숨기면서 이동하는 데 익숙해져 있지 않았던가. 그렇게 은밀히 움직이고 있다면 제아무리 청풍이라 해도 그녀를 따라잡는 것은 쉽지 않을 것이었다.
'어떻게 해야 하나.'
고민의 빛을 떠올리는 청풍이었다.
그런 그를 보던 상학이 엷은 미소를 지으며 말했다.
"찾기가 쉽지는 않겠지. 일단은 자네가 일을 벌였다고 알려진 연공사부터 가보는 것이 좋지 않겠나?"
연공사부터 가는 것.
옳은 생각이었다.
그녀가 찾는 사람은 결국 청풍이다. 그렇다면 그녀로서도 연공사부터 가보는 것이 먼저였을 것이다. 거기서부터 청풍의 행적을 쫓아 거슬러 올라갈 것이 틀림없었다.

"연공사라니… 서둘러야겠군요."

"그렇겠지. 아무래도 그 근처는 위험한 상태일 테니까."

"예. 그런 만큼 바로 가봐야겠습니다."

"따로 잡지 않겠네. 질녀가 걱정된다면 서둘러야지."

"그렇지요. 그동안 신세 많았습니다. 건강하십시오."

"신세라니 당치 않아. 장도(長道)에 무운을 빌겠어."

청풍이 굳게 고개를 끄덕였다.

돌아오기가 무섭게 다시 강호로 나가는 그다.

서영령.

조금만 더 참고 기다렸으면 되었을 것을.

'아니다. 내 잘못이야.'

청풍은 그녀의 탓을 할 수가 없었다.

장강에 갔다는 청풍 소식에 얼마나 애를 태웠을까.

얼마나 걱정했기에 화안리를 박차고 나갔을까.

얼어붙은 땅.

대지를 가르는 청풍의 발길에 서영령을 향한 애잔한 감정이 뿌려지고 있었다.

청풍은 바람과 같았다.

연사암까지 직선으로 주파하여 순식간에 연공사까지 올랐다.

향화객의 발걸음이 뚝 끊긴 사찰이다.

그러나 향화객이 없더라도 스님들은 여전히 그 자리를 지키고 있는 중이다. 불타 버린 잔해의 가운데에서는 벌써부터 뚝딱거리는 소리가 들려오고 있었다.

불심이다.

재건의 의지였다.

언제 비검맹의 습격을 받을지 모르는데도, 절을 되살리려는 승려들의 용기가 대단했다. 부처님에 대한 견고한 믿음이 아니고서야 보일 수 없는 행동이었다.

청풍은 곧바로 산문을 넘어 본당으로 향했다.

목재(木材)를 나르고 망치질을 하던 승려들이 하나둘 청풍을 알아보고 놀란 표정을 지었다. 몇 마디가 오가는 듯싶더니, 초로의 승려 하나가 황급히 달려나와 청풍의 앞에 섰다.

"은공께서 오셨습니까!"

"은공이라니 과분한 말씀입니다."

"아닙니다, 아니에요! 그렇지 않아도 주지스님께서 기다리고 계셨답니다. 이쪽으로 오십시오. 제가 안내해 드리겠습니다."

반가움에 가득한 목소리였다.

청풍은 일순간 망설였다.

연공사 주지까지 만나는 것은 계획에 없었던 일이기 때문이었다.

그가 되물었다.

"주지스님께서 기다리고 계셨다니요?"

"한참이나 기다리고 계셨지요. 이제야 화산에서 기별이 오다니……! 하나 늦은 것도 다 이유가 있었던 모양입니다. 은공께서 직접 오실 것이라고는 생각지 못했던 것이지요."

'기별……?'

청풍은 당황했다.

전혀 생각하지 못했던 것과 부딪치고 있었다.

그가 이곳에 온 것은 그런 이유에서가 아니었다.

서영령의 행방을 알기 위해서였던 것 외에 다른 뜻은 없었다. 한데 화산의 기별이라니, 도통 영문을 알 수가 없었다.

"잘 모르겠군요. 전 이곳에 한 사람을 찾으러 왔을 뿐입니다."

"아, 화산에서 오신 것이 아닙니까?"

길 안내를 자처한 승려의 얼굴에 곤란함이 찾아들었다.

청풍 이상으로 당황한 표정을 짓는다.

머리를 스쳐 가는 느낌, 청풍이 얼굴을 굳히며 되물었다.

"화산에서 온 것은 맞습니다만… 뭔가 착오가 있으셨던 모양인데……. 혹시나 하여 묻겠습니다. 그때의 일 이후, 화산에서 온 사람이 저 말고는 없었습니까?"

"예, 그랬지요. 아무도 없었습니다. 은공께서 오신 것이 처음입니다."

당혹감에 이어 찾아온 것은 놀라움이었다.

이상했다.

화산에서 아무도 오지 않았다는 것은 이해할 수 없는 일이었다. 청풍이 다시 한 번 질문했다.

"화산에서 아무도 오지 않았다니… 비검맹의 동향도 그러합니까?"

"그, 그것이……."

승려의 얼굴에 깃들었던 곤란함이 더욱더 짙어졌다. 청풍의 시선이 자신도 모르게 서북쪽 먼 곳, 화산파가 있는 쪽을 향하여 돌아갔다.

'어째서……?'

도무지 납득할 수가 없었다.

화산파는 왜 움직이지 않았나.

문제를 크게 만들지 않으려는 것은 십분 이해할 수 있는 일이겠지만, 이렇게까지 하는 것은 곤란한 처사다. 적어도 연공사에만큼은 화산 무인들을 보내놓았어야 했다.

장문인의 생각을 읽기가 어려웠다.

연공사는 비검맹의 습격을 받은 곳이다. 일단 개입하여 비검맹의 행사를 방해했으면 끝까지 책임을 져야 했다. 연공사를 비호하게 된 이상, 그에 상응하는 조치가 반드시 따라야만 했다는 말이다.

이대로 버려두면 연공사는 또 무슨 일을 당할지 모른다.

비검맹의 영역에서 지척인 곳, 항시 위험에 노출되어 있는 곳이다. 그때 일의 분풀이로 공격당할 가능성도 상당했다.

"비검맹……. 주지스님을 뵙고 이야기해야 할 일이겠군요."

"아, 그러시겠습니까?"

화산파가 이렇게 나오다니 충격이라고밖에 말할 길이 없다.

성큼 걸음을 옮겨 승려의 뒤를 따랐다. 아예 이야기를 못 들었다면 모르되, 이렇게 된 이상 그냥 넘어갈 수 없었다.

대웅전을 지나 연공사 주지스님의 거처에 이르렀다. 거처는 커다란 산사의 규모에 어울리지 않게도 검박하기만 했다. 청풍을 본 주지스님의 걱정 어린 노안(老顏)에 모처럼의 반가움이 차 올랐다.

"청풍입니다."

"잘 오셨소. 이리 누추한 곳까지 오게 만들어 정말 미안하게 되었소."

주지스님은 무공과는 거리가 먼 사람이었다. 거동이 쉽지 않은 노구(老軀)에, 불법을 향한 고행의 흔적이 가득했다.

불심(佛心)을 닦는 것 외에는 다른 어떤 것도 관심 갖지 않았을 법한 인상이었다.

"사안이 사안인만큼 곧바로 여쭙겠습니다. 비검맹은 어떻게 나오고 있습니까?"

"그렇게 관심을 가져준다니 빈승으로서는 그저 고마울 뿐이오. 실은 얼마 전, 본사 재건을 위해 산길을 올라오던 목재(木材) 마차가 습격당한 일이 있었소. 연사암에는 행패 부리는 산적이 없으니, 비검맹 말고는 달리 짐작할 범인이 없소. 게다가 연사진을 중심으로 비검맹 무리들이 계속 몰려들고 있다는 소문도 들려오는 중이오."

"치졸한 짓이군요."

"그렇소. 불법 정진, 본사 무승들이야 고난에 두려움이 없다지만, 어린 동자승들만큼은 그러한 풍진풍파에 말려들게 하고 싶지 않다오."

"본격적으로 습격해 올 조짐은 있습니까?"

"바로 그것을 잘 모르겠어서 그렇다오. 아무래도 도발이 없지는 않으니, 조만간 습격해 오리라고 짐작만을 할 뿐이오. 빈승도 연공사 무맥(武脈)을 이어오기는 했지만 이렇게 험악한 상대는 처음이오. 어떻게 대처해야 할지 난감하기만 하다오. 불법무한이라 하지만 부처님께서도 아무런 방도를 가르쳐 주시지 않는구려."

위험이 앞에 오는 것은 분명하다. 그러나 그것이 어떻게 다가올지는 알 수가 없었다. 그렇다면 방법은 하나다. 청풍이 미간을 좁히며 말했다.

"그렇다면 직접 부딪쳐 볼 수밖에 없겠습니다."

"직접 부딪쳐 본다니, 어쩌려고 그러시오?"

"연사진에는 제가 가보겠습니다."

"아, 그렇게 해주시겠소? 위험할 텐데."

"그렇지 않습니다. 당연히 해야 할 일이지요. 늦어서 죄송할 따름입니다."

"늦었다니 그렇지 않소. 시주는 이렇게나 젊은 나이임에도 불구하고 그와 같은 대협(大俠)의 풍모를 보여주는구려. 화산 매화향이 그윽하다고 듣긴 했었소만, 이제 와 느껴지는 그 향취에는 실로 감탄을 금할 길이 없소."

인사치레가 아니었다.

진심 어린 목소리였다. 하지만 청풍으로서는 그만한 칭찬을 받을 이유를 느끼지 못했다.

매화향.

화산의 매화향은 어디로 간 것인가.

청풍이 하려는 일은 강호의 협사로서 당연히 해야만 할 일이다. 한데 화산파는 그것도 저버렸다.

따라야 할 도리를 따를 뿐일진대 대협 소리를 듣는다. 그런 말을 들을 일이 아닌데도 대협이라 칭하는 것이다.

누구의 잘못일까.

화산의 잘못이다.

세상의 잘못이다.

천도(天道)를 지키고 가꾸어 나가는 이가 드문 까닭이었다.

청풍이 포권을 취하며 고개를 숙였다.

"걱정 마십시오. 비검맹이 연공사에 해를 끼치는 일은 없도록 하겠습니다."

길게 말하지 않았다.

곧바로 포권을 하며 자리를 털고 일어났다. 연공사 주지가 상기된 얼굴로 물었다.

"혼자 가려는 생각이오? 무승들을 몇 명 붙여주겠소."

"아닙니다. 일이 커질 뿐입니다. 제게 맡기십시오."

굳은 의지, 강렬한 눈빛이다.

청풍이 말을 마치자 한겨울의 맑은 바람이 불어왔다.

청풍과 함께하는 바람, 그 바람의 정명함을 느낀 연공사 주지는 더 이상 다른 말을 하지 못했다.

인간사 범주를 벗어나 천도(天道)를 걷는 남자가 여기에 있다.

합장하며 몸을 숙이는 연공사 주지의 얼굴에서는 이제 세월과 배분을 초월한 공경의 염이 드러나고 있을 뿐이었다.

비검맹.

연사진에서 비검맹과 다시 부딪치게 될 경우, 그 결과는 어떻게 나타날 것인가.

지금까지는 화산과 비검맹이 전면전을 벌일 분위기가 아니었다만, 계속하여 그런 일이 벌어진다면 그때는 그대로 덮어둘 수가 없을 것이다.

언젠가는 커다란 싸움으로 번지게 될 가능성이 높다. 그런 측면에서 본다면, 연공사에 화산이 개입하고 있지 않다는 것도 아주 이해 못할 바는 아니었다.

그러나 그것은 화산과 장문인의 사정이다.

청풍은 장문인과 같은 길을 갈 수 없다. 청풍의 길은 결국 육극신에게서 귀결될 것이기 때문이다.

육극신과 결판을 낸다는 것은 곧, 비검맹과도 결판을 짓겠다는 뜻이었다. 그렇기에 장강에 뛰어들었던 것이고, 망설임없이 백무한을 구해 냈던 것이다.

지금 찾아가는 연사진도 마찬가지다.

화산파를 전란의 소용돌이로 몰아넣게 된다 해도 어쩔 수 없다. 화산 문인이 비검맹에게 희생당했다면 그에 납득할 만한 대가를 받아내야 옳은 일이었다.

'그 대신……'

만일 화산파와 비검맹이 대대적인 싸움을 벌이게 된다면.

그 빌미를 제공한 청풍은 싸움의 최선봉에 서야만 한다.

얼마든지 그럴 수 있다. 각오는 충분했다. 청풍은 비검맹과의 싸움이 조금도 두렵지 않았다. 그것으로 인해 흘려질 피의 무게가 무거울 뿐이었다.

연사진이 가까워 왔을 무렵이다.

청풍은 한 가지 묘안(妙案)에 생각이 닿았다.

'최선봉. 내게 집중시키면 그만이다.'

비검맹의 시선을 그에게 국한시키려는 생각이다.

청풍이 사라져 버릴 경우, 비검맹의 눈은 필연적으로 화산파를 향할 수밖에 없다. 화산을 쳐서 청풍을 나오게 만드는 것이다.

그러나 이전처럼 은밀하게 움직이지 않고 모습을 만천하에 드러내 버린다면 이야기는 달라진다.

청풍에게 공격을 집중시킬 것이 뻔했다.

일을 벌인 청풍이 전면에 나서 있는데 굳이 화산파를 자극할 필요가 없는 것이다. 당장 전면전으로 확대되는 것을 막을 수 있는 방책이라 할 수 있었다.

'게다가…….'

청풍이 행보를 뚜렷이 했을 때, 얻을 수 있는 것은 또 있었다.

서영령, 그녀다.

그녀를 찾기 위해 어렵게 수소문하고 있을 것이 아니라 그녀가 청풍을 찾아오도록 만들면 된다.

그렇다면 싸움을 벌여서 주목받는 것이 상책이다. 청풍 자신이 여기에 있다는 것을 알리는 것이다.

'내가 책임진다.'

연사진의 전경이 눈앞에 비쳐든 것은 그의 생각이 완전하게 정리된 무렵이었다.

강변에 정박해 있는 한 척의 전선(戰船)이 보였다.

상당히 큰 규모, 전선의 선수에는 포효하는 범의 동상이 조각되어 있다.

호조(虎爪)였다.

광혼검마는 본디 육극신의 기함인 검형(劍馨)에 소속되어 있던 자, 검마의 칭호를 받고 애용하게 된 비검맹 쾌속함 호조(虎爪)가 그 전선의 이름이었다.

청풍의 발이 연사진 한복판으로 향했다.

삼삼오오 모여 있는 무인들은 하나같이 비검맹 무리들이었다.

청풍을 알아본 누군가의 외침. 몰려드는 무인들의 소란스러움은 당연한 수순이었다. 청풍을 향한 적의가 삽시간에 온 땅 위를 채웠다.

"대장님의 원수다! 이놈, 배짱도 좋구나!"

"제 발로 여기까지 오다니!"

무인들의 외침을 듣는 청풍은 한 가지 사실을 알 수가 있었다.

이들은 광혼검마의 수하들이다.

비검맹에서 연공사 공격을 계획했다기보다는 광혼검마를 따르던 이들이 독단적으로 몰려든 모양새였다.

"이놈, 혼자다! 죽으러 왔구나!"

"쳐라! 죽여 버려!"

순식간에 앞을 가로막는 무인들만도 삼십을 헤아렸다.

달려온다.

오직 적들밖에 없는 곳. 그들을 맞이하는 청풍의 가슴에 묘하게 홀가분한 마음이 깃들었다.

치링!

백호검이 뛰쳐나왔다.

그의 싸움이었다.

이것이야말로 온전한 그의 싸움인 것이다.

청풍이 자신의 의지로 제 모습을 천하에 보여주는 싸움이었다. 그의 발이 땅을 박차며 금강호보의 강렬한 진각음을 울렸다

터어엉! 퀴유웅!

한줄기 바람.

청풍의 몸이 나아가는 질풍으로 변했다.

앞으로 짓쳐 나가 백호검을 내쏘니, 그 어떤 병장기도 버텨내지 못했다. 쓰러진 무인을 타고 오른 질풍이 격하게 꺾여 내려왔다.

파아아!

휘둘러지는 것은 백야참의 참격이었다.

피를 뿜고 쓰러지는 무인들, 부서지는 병장기가 바람에 휩싸여 사방으로 몰아쳤다.

파라라락! 쐐애애액!

옷자락이 미친 듯이 떨리며 파공음을 울린다.

막아서는 모든 것을 파괴하고 있다.

질풍.

노도와 같은 질풍이라고밖에 달리 표현할 길이 없었다.

쾅! 파아아아!

삼십에 이르는 무인들이 땅 위에 나뒹구는 것은 순식간이었다.

청풍의 발은 멈추지 않았다.

사방으로 몰아쳤던 질풍이 이제는 직선으로 화하여 연사진을 가로지르고 있었다.

그 끝에 있는 것은 적선, 호조다.

청풍의 신형이 주작의 날개를 달고 높이 솟은 호조의 선체를 박찼다.

텅!

선체를 타고 오르는 모습이 한 마리의 비조와 같다.

호조의 갑판 위에 내려선 청풍이다.

비조가 변화하여 한 마리 범이 되었다.

병장기를 휘두르며 달려오는 무인들이 있다. 잠시 머물러 검날을 뽑아낸 질풍이 다시금 움직이기 시작했다.

쩡! 퍼어어억!

피가 튀었다. 일격에 한 명씩이었다.

너무도 강한 위력.

운이 없는 자는 불구가 되었고, 더 운이 없는 자는 즉사했다. 질풍의 검을 치켜든 청풍의 검격에는 이제 그 어떤 망설임도, 그 어떤 불안감도 남아 있지 않았다.

"싸워! 싸워라!"

"크악!"

갑판은 순식간에 아수라장이 되어버렸다.

청풍의 발걸음 하나에 겁을 먹고 물러서는 무인들이 있었고, 청풍의 검격 하나에 피를 뿌리고 쓰러지는 무인들이 있었다.

장강을 지배하는 비검맹. 사납기로 유명했던 광혼검마의 수하들이 불어닥친 강풍을 견디지 못한 채 무너지고 있는 것이다.

대부분의 무인들이 갑판 위에 누워버리고, 서 있는 자가 거의 남아 있지 않게 되었을 때다.

청풍의 신형은 전선의 선수에 이르러 있었다.

포효하는 범의 동상이 바로 앞에 보였다. 백호검을 손에 넣었던 광혼검마가 그 검을 상징하는 의미에서 만들어놓은 동상인 것 같았다.

멈추어 선 청풍이 살아남은 적들을 돌아본다.

백호검을 비껴든 청풍. 하이얀 검광이 한순간 빛을 발했다.

쩌어엉!

백야참이다.

백호검이 반원을 그리며 선수에 세워진 범의 동상을 가로질렀다.

"여기까지다."

치리링!

백광의 잔영이 채 사라지기도 전이다.

검집으로 돌아오는 백호검.

사나운 위용을 보여주던 범 동상이 절반으로 동강나 강물 위로 미끄러지듯 떨어졌다.

"돌아가서 비검맹에 전하라! 원한이 있다면 나를 찾으라고!"

끓어 넘치는 웅심이었다.

뻗어나가는 목소리. 누구라도 올 테면 오라. 청풍의 의지가 거역할 수 없는 명령이 되어 비검맹 무인들의 머리 속에 새겨졌다.

선수 잃은 배를 벗어나 땅 위에 내려앉는 질풍.

질풍의 이름이 천하에 또 한 번의 파란을 몰고 오는 순간이었다.

*　　　*　　　*

질풍의 이름이 태동하는 강호.

연사진에서 비검맹에 싸움을 건 청풍의 소문이 강호를 질타했다.

풍문이 장강 물길과 대륙 관도를 타고 움직이는 동안이다. 아무도 모르는 곳들, 수많은 사람들이 은밀하고도 긴급한 행동들을 취하고 있었다.

연사진(緣絲津).

인연(因緣)의 실[絲]이 얽히는 곳.

청풍을 향한 인연들이 한곳으로 모여든다.

그중에서도 가장 먼저 그를 찾아왔던 것은 청풍이 기다리고 있던 사람이 아니었다.

전혀 예상하지 못한 사람.

그것은 청풍과 가장 오래라면 오랜 인연을 가지고 있던 사람이었다.

청풍과 같은 어린 시절을 보냈던 남자.

발군의 재능으로 매화검수의 위치에 올랐지만, 결국 그 지위를 박탈당하고 말았던 이.

하운이다.

연사진에 찾아온 하운은 반가움이라기보다는 놀라움 그 자체였다.

"오랜만이로군."

"그렇군요."

결코 좋다고 말할 수 없는 인연이었다.

서먹해진 침묵이 잠시 동안 그들의 사이를 스쳐 지나갔다.

"굉장한 성취다. 명불허전이야."

하운의 태도는 담담하기만 했다.

자신을 추월하여 앞서 가는 청풍을 보는 데에도 마음의 동요가 없어 보인다. 칭찬하는 말에서도 가식이라고는 찾아볼 수가 없었다.

"과찬입니다."

"과찬이라니. 연공사에서 광혼검마를 물리쳤다는 이야기를 들었다. 이곳에 다시 올 것이라고는 생각지 않았었는데, 용케 이렇게 만나는구나."

근처에 있었다는 어투였다.

비검맹 무인들과 싸운 지 고작 삼 일 된 시점. 퍼져 나가는 풍문을 듣고 왔다기에는 너무나도 빠른 만남이었다. 이 근역에 있지 않고서야 불가능한 일이었다.

"어쩐 일로 오셨습니까?"

"후후. 별로 달갑지 않은 기색이다. 그도 그렇겠지. 내가 찾아온 이유는 네가 짐작하는 바 그대로니까."

"……."

하운의 눈은 맑았다. 연공사에서 만났던 매화검수들과는 전혀 다른 눈이었다. 잠시 동안 청풍을 응시하던 그가 이내 잔잔한 미소를 지으며 조용한 목소리로 말을 이었다.

"널 찾아오라는 명령을 받았다. 장문인께 직접."

"그랬군요."

"그래. 어떻게든 데려오라는 당부셨다. 그 대가로서 매화검수로서의 복직까지 내거셨지."

하운의 말투는 무척이나 담담했다.

지위, 명예.

초탈해 버린 모습이다.

하운.

그 순간 청풍이 매한옥을 떠올린 것은 우연이 아니었다.

전혀 다른 사람이다.

그러나 비슷했다.

매화검수의 굴레를 벗어남으로써 더욱더 강해진 무인이 여기에 있었다.

"우스운 일이다. 매화검이 있거나 매화검이 없거나 결국은 화산에 뿌리를 둔 사람들이거늘. 검에 새겨진 매화 한 송이가 무에 그리 중요했던지……."

"중요하지요. 매화검은 화산의 상징이며 제자들의 동경이니까요."

"하하하. 그런 이야기를 너에게 듣다니 재미있는 일이다. 그래, 그럼 너는 아직까지도 매화검을 동경하고 있다는 말이냐?"

말문이 막힌 청풍이다.

매화검을 조금도 동경하지 않는 제자. 청풍이 고개를 끄덕이며 천천히 입을 열었다.

"모두가 같은 길을 가는 것은 아닙니다."

"맞는 말이다. 묻겠다. 그래서 너의 길은 화산을 향해 뻗어 있기는 한 것이냐?"

이번에도 마찬가지다.

청풍은 곧바로 대답하지 못했다.

생각과는 달랐던 사문, 제자들을 전쟁의 졸로 사용하는 문파.

대의보다 자파의 이익을 먼저 고려했던 명문정파 화산파.

어찌하여 그것을 쉽게 받아들일 수 있을까.

어렵사리 대답하는 청풍이다. 목소리 안에 숨길 수 없는 깊은 그늘이 깔려 있었다.

"사부님이 계셨던 곳입니다. 키워주고 이끌어준 은혜, 갚지 못한다면 대장부가 아니겠지요."

"그런가. 하지만 그것은 달리 화산에서 마음이 떠났다는 말로 들리는구나."

청풍은 부인하지 않았다.

마음이 떠난 것까지는 아니더라도, 무척이나 실망한 것은 사실이기 때문이다.

다시 한 번 어색한 침묵이 흘렀다.

얼마나 지났을까.

서북쪽, 화산이 있는 머나먼 하늘을 바라보던 하운이 긴 한숨을 내쉬었다.

"후우, 한 가지 말하마. 나는… 네가 부러웠다."

난데없는 이야기였다.

두서없이 시작된 이야기. 그가 말을 이었다.

"무엇이 부러웠는지 아느냐? 매화검수라는 것에 얽매이지 않고 세상을 향해 내딛는 그 발걸음이, 그리고 결국 화산의 그늘마저 벗어나 버린 그 자유로움이 부러웠단 말이다."

자유롭다?

아니다. 청풍은 결코 자유롭지 않았다.

그러나 그렇다고 하운의 말이 무작정 틀렸다고는 볼 수 없었다. 하운은 어쩌면 청풍보다 훨씬 더 자유롭지 못했던 것인지도 모르는 것이다.

"처음에는 그 감정이 부러움인지 무엇인지도 몰랐다. 그런 마음을 가질 여유가 없었다는 편이 옳겠지. 하지만 화산파, 사문은 참으로 무서운 곳이었다. 내가 매화검수 자격을 박탈당하게 됨에 따라 생겼던 공석은 채 한 달이 가지 않아 다른 평검수로 채워졌다. 내 직책은 평검수였지만 근본적으로 평검수와 어울릴 수 없었을 뿐 아니라 다시 매화검수를 넘보려고 해도 기약이 없었지."

"다시 소요관을 보시면 되지 않습니까?"

"모르는 소리다. 그것은 그런 식으로 되는 것이 아니었다. 난 그때 알았다. 어찌하여 외지(外地)의 속가분타들에까지도 매화검수 출신의 검객들이 상주하고 있었는지. 그들이 바로 나와 같은 경우다. 한 번의 돌이킬 수 없는 실책으로 인하여 좌천된 이들이란 말이다."

화산파 인재 배치의 냉혹함이 거기에 있었다.

말하자면 본산에서 쫓겨나는 이들.

지방 분타에 틀어박힌 채, 한때 본산에서 매화검을 쥐어보았던 영광을 곱씹는 수밖에 없는 것이다.

"가지 않으면 그만 아닌지요."

"말이야 그렇다. 하지만 그만큼의 압력이 들어오고 있었지. 평검수들의 무공 수련 참가도 불가한 일이며, 일단 매화검을 박탈당한 후에는 매화검수로서 맡아왔던 어떤 임무도 내려지지 않았다."

"공적을 세우려 해도 세울 길이 없었다는 말씀입니까?"

"그렇다. 급기야는 내가 쓰던 거처까지 박탈당했고, 장서각이나 약사당의 출입까지 제한받게 되었다. 충분히 예상했던 일임에도 불구하고, 그 처사에는 분노를 느낄 수밖에 없었지. 설 자리가 없어진 기분이었다."

거처를 박탈당한 것.

청풍도 겪어본 일이었다.

사소한 일이지만 감당하기가 쉬운 일은 아니다. 하운의 분노를 충분히 이해할 수 있었다.

"그러지 않으려 했다. 그럼에도 심마가 들었는지 점차 사문이 원망스럽게 느껴지더구나. 한때는 너까지도 원망했다. 그러한 반발심 때문이었는지, 아니면 헛된 허영심의 발로였는지… 나는 결국 사문에서 원하는 대로 따르고 싶지가 않게 되어버렸다. 후후. 난 분타로 나가지 않았어. 그 대신 수련행을 허락받고 심산에 틀어박혀서 검의 수련에만 매달렸다."

하운이 자신의 검자루를 쓰다듬었다.

매화검이 아니지만 매화검보다 더 날카로운 그의 벗이 바로 그 검이었다.

"한참이 지나고 매화검에 대한 미련을 버릴 수 있었을 때다. 너에 대한 부러움을 느끼기 시작한 것은 그때쯤부터였다. 매화검수로서 이루었던 성취가 사실은 무척이나 초라하고 빈약한 것이었음도 깨달았다. 매화검이 없어지면 매화검수로서의 힘도 사라질 것이라 생각했었는데, 그런 것이 아니었단 말이다. 매화검을 놓아버려도 나에겐 커다란 것이 남아 있었다. 그것이 무엇인지 아느냐?"

하운이 청풍을 똑바로 쳐다보았다. 청풍의 대답을 기다리지 않은 채, 곧바로 말을 이어나갔다.

"화산(華山)이다. 매화검을 온전히 버리고 나자 도리어 진정한 화산의 검로(劍路)가 나타났단 말이다. 나를 버렸다고 생각했던 사문이었지만, 내 영혼의 뿌리는 결국 화산에 심어져 있었던 것이지. 그러면서 생각했다. 너라면 어떨까. 처음부터 매화검이 없었던 너는 어떠할 것인가. 심지어 화산의 검조차 뿌리칠 수 있는 너였다면 그 검은 얼마나 자유로울까. 그런 것들을 말이다."

"제 검은 그렇게 자유롭지 않았습니다."

"물론 그랬겠지. 하지만 너는 달랐어. 너에 대한 소문을 들을 때면, 가고 싶은 곳 어디든 갈 수 있는 바람의 향기를 맡을 수 있었다. 매화향과는 전혀 다른 바람의 냄새다. 너는 그와 같았다."

격동을 거쳐 평온을 찾은 마음이다.

하운은 모든 것을 극복했다.

부러웠다고 말하지만 그것은 어디까지나 과거형이다.

지금은 부러워하지 않는다는 뜻이다.

잔잔한 목소리, 자신을 완전하게 찾은 또 다른 모습의 매화검수가 그였다.

"그러던 와중에 그분들을 만났다. 단영검객 송현 사숙, 그리고 지운검객 이지정 사숙 말이다. 틀어박혀 있던 심산(深山)까지 몸소 찾아와 주신 분들이었지."

청풍의 두 눈이 이채를 발했다.

익숙한 이름, 여기서 들을 줄이야.

"내가 눈을 뜬 것은 그분들 덕분이었다. 그분들은 화산의 병폐를 알고 계시면서도 화산을 진정 사랑하는 분들이셨다. 병폐를 알고, 그릇된 점이 보이면 그것을 고치는 것이 또한 진정 사문을 아끼는 마음이라는 말씀도 해주셨지. 화산의 그늘에서 벗어나 강호를 종횡하는 너를 보며 부러움을 느끼는 것이 어쩔 수 없는 일이라고는 해도, 그것은 내가 가져서는 안 되는 마음이었단 말이었다. 화산을 뛰쳐나갈 생각을 해서는 안 되었어."

송현과 이지정.

조건없는 호의를 베풀었던 분들이다. 화산의 장래를 진정으로 걱정하시던 그 모습들이 눈에 선했다.

"하지만 내 생각을 네게 강요할 수는 없다. 넌 다르기 때문이다."

"다르다고 함은……"

"보면 곧바로 알 수 있다. 너에게선 매화향이 맡아지지 않을 뿐 아니라 화산의 험준함도 느껴지지 않아. 그냥 흘러가는 바람이 될 것인지, 화산에 머무는 구름이 될 것인지는 결국 네 선택일 것이다."

"그러나 저를 데려가는 것이 임무라 하지 않으셨습니까?"

"임무? 하하하. 임무는 성공할 수도, 실패할 수도 있는 것 아니겠나? 나는 이제 한 번 실수에 자격을 박탈당하는 신분이 아니다."

변했다.

하운의 변화를 보여주는 결정적인 대목이었다.

자신의 뜻을 세웠기에 더욱더 고고하다. 임무와 계율. 성공과 실패.

화산 매화향이란 것은 그런 것에 얽매이지 않는다 하여 사라지는 것이 아니었다.

"매화검수의 지위가 걸려 있다 하지 않았습니까."

"상관없다. 매화검이 있든 없든 난 화산에 이 한 몸을 바칠 것이니까. 내가 이곳에 와서 너를 만난 이유는 장문인의 명 때문이 아니다. 송현 사숙과 이지정 사숙의 부탁이셨지. 내가 누구인가, 그리고 네가 누구인가… 단지 그것을 말하고 싶었을 따름이었다."

그는 누구인가.

그 질문이 청풍의 뇌리를 파고들어 심장까지 이르렀다.

청풍은 과연 어디에 속해 있는 사람인가.

하운이 준 것은 하나의 화두(話頭)다. 반드시 해답을 찾아내야 할 중대한 과제였다.

"난 내가 할 말을 다 했다. 네가 화산으로 돌아오고자 하는 마음이 있다면 언제든 돌아오거라. 다른 사람들은 몰라도 나만큼은 네 귀환을 사심없이 기뻐하는 사람이 되어주겠다."

하운은 웃으며 떠났다.

진실된 마음과 함께 대답할 수 없는 이야기들만을 잔뜩 넘겨준 채로.

화산파의 위기, 시들지 않은 희망의 꽃이 그 뒷모습에 있었다.

인연은 계속되었다.

그 어떤 인연보다 강한 인연이다.

하운이 떠난 다음날.

청풍이 맞이한 마차가 그 인연을 담고 있었다.

두두두두두!

딱딱하게 얼어붙은 겨울 대지 한가운데. 준마들이 이끄는 마차는 강철 철갑으로 둘러쳐진 견고함을 자랑하고 있었다.

스르릉.

완벽하게 맞물린 정교한 이음새 덕분일까.

마차의 문이 열리는 소리는 맑기만 했다.

문이 열리고 한 사람이 뛰어내린다.

그토록 기다리던 사람. 그녀가 그의 이름을 부르고 있었다.

"풍랑!"

속에 담아둔 말이 아무리 많아도 당장은 아무 말도 할 수가 없었다. 청풍이 한달음에 내달려 서영령의 앞에 이르렀다.

"사천성에 간다고 그랬었잖아요! 여기가 어디예요?"

백주의 거리.

그녀는 사람들의 시선을 아랑곳하지 않은 채 청풍의 품으로 뛰어들어 버렸다. 청풍의 가슴을 부여잡으며 조그만 주먹으로 그의 어깨를 친다. 눈물이 그렁그렁 맺힌 얼굴이 백옥처럼 하얗다.

"령매……!"

"내가 얼마나 걱정했었는지 알아요? 얼굴은 비추고 갔어야 할 것 아니에요!"

목소리는 앙칼졌지만, 얼굴에 떠오른 기쁨만큼은 숨기질 못하고 있었다.

애틋하다기보다는 당당한 연정(戀情)이었다. 청풍의 얼굴에 도리어 곤란해하는 표정이 깃들었다.

"흑림이란 무리들과 싸웠어. 현무검을 얻었지."

"그럼 바로 돌아왔어야지요! 대체 왜 다른 곳으로 간 거예요!"

"곧바로 백호검을 찾아야 한다는 생각이 들었거든."

"그런 게 어딨어요. 다른 곳도 아니고 하필이면 장강이에요, 장강은!!"

장강이라 하면 육극신이 생각나는 그녀였다.

그 어떤 누구보다도 절망적이었던 상대.

한번 두려움으로 각인되어 버린 대적(對敵)이다. 그녀가 그렇게 반응하는 것도 당연한 일이었다.

"그래도 이렇게 만났잖아. 별일없었어?"

"별일이 없었냐고요? 풍랑 성격에 대책없이 비검맹으로 난입했을까봐 얼마나 마음을 졸였는데요!"

"그것 말고는 없었냔 말이야."

"세상에, 그보다 큰일이 어딨어요?"

마음 한구석으로 따뜻함이 밀려온다. 청풍은 자신도 모르게 팔을 둘러 그녀를 안았다. 청풍이 나직한 목소리로 속삭였다.

"미안해. 내가 잘못했어."

서영령의 표정이 부드럽게 변했다. 잠시 동안 그렇게 그의 품에 안겨 있던 그녀가 갑자기 청풍의 가슴을 밀치고 그 품을 빠져나왔다.

"그렇게 사과한다고 쉽게 풀릴 줄 알아요?"

짐짓 눈을 흘겨보는 서영령이다.

하지만 그런 모습에 청풍도 이제는 당황하지 않았다. 익숙한 얼굴, 그것도 좋기만 했다. 청풍이 성큼 다가가 그녀의 손을 잡았다.

"앞으로는 걱정하게 하지 않을게. 이번에는 꼭 지키겠어."

"안 믿어요."

말은 그렇게 하면서도 그녀는 청풍의 손을 뿌리치지 못했다.

그 손에 전해지는 온기가, 거기서 전해지는 청풍의 진심이 그녀의 마음을 어루만지고 있었던 까닭이다.

그렇게 서로를 바라보는 두 사람이다. 마차 안쪽으로부터 한줄기 카랑카랑한 목소리가 들려온 것은 바로 그때였다.

"이놈, 보자 보자 하니 고생길이 훤하다. 계집은 처음부터 버릇을 잘 들여야 하는 것이거늘."

내려서는 건장한 노인이 있었다.

하운이 찾아왔을 때만큼이나 놀라운 만남이다. 예상치 못했던 재회, 다듬지 않은 수염이 먼저 눈에 들어온다. 불길에 그슬려 거칠어진 피부가 새삼스러웠다.

"당 노사……!"

"그래, 그 노사라는 호칭은 좀 낫구나. 하여튼 저 녀석은 버릇이 없어서 말이다."

마장 당철민.

그렇다.

당 노인이었다. 심귀도 이후로 한 번도 만나지 못했던 그다. 그때와 조금도 변하지 않은 모습이다. 그가 발길을 옮겨 청풍에게 다가왔다.

"오랜만에 뵙습니다. 별래무양하셨습니까?"

"항상 그렇듯 싸움판만 전전하고 있지. 별반 다를 것 있겠나."

"고생이 심하셨겠습니다."

"엉뚱한 데 붙어서 그렇다. 이럴 줄 알았으면 백무한, 그놈에게 가는 것이 아니었어."

청풍이 고개를 끄덕이며 미소를 지었다.

만통자에게 점괘를 듣고 짐작했던 그대로다. 역시나 당 노인은 백무한의 진영에 있었다. 흠검단주가 거기에 있었던 것처럼.

"그렇다면 수로맹에 계신 겁니까?"

"그래."

"령매하고는 대체 어떻게……."

"요 녀석 말이냐? 그게 좀 복잡하다. 네놈이 광혼검마를 죽인 것 때문에 수로맹 측에서도 난리가 났단 말이다. 뭐라고 하더라? 청홍무적? 엊그제엔 질풍 뭐라는 소리도 들리더구먼. 연사진은 안 그래도 전략적으로 중요한 곳이었기 때문에 수로맹에서도 예의 주시하던 곳이었지. 그래서 네놈이 일을 벌인 후, 촉각을 곤두세우고 있었는데… 이 녀석이 떡하니 연사진에 나타났지 뭐냐. 부랴부랴 접촉해서 함께 움직이게 된 거다."

"수로맹 수부들이 령매를 용케 알아봤군요."

"수로맹? 뭔 소리를 하는 게냐. 내가 직접 와 있으니까 알아봤지. 수로맹 새끼들이 뭔 재주로 요 녀석을 알아보겠냐?"

"직접 와 계셨다니요. 무슨 이유로……?"

"당연히 직접 와봐야지! 사신검을 전부 다 얻었다는데 말이다. 그걸 구경 못하고 어찌 넘어가겠냐, 이 멍청한 놈아!"

그렇다. 당철민이 와 있었던 이유는 그것이다. 그렇게도 이어질 수 있다. 우연 같은 필연이었다.

"보여 드리는 것이야 어렵지 않지요."

청풍이 백호검부터 뽑으려던 순간이다. 당 노인이 손사래를 치며 소리를 질렀다.

"이런 곳에서 보여줄 셈이냐! 난 그것들을 그런 식으로 보고 싶지 않다, 이놈아!"

"아니, 그러면 어떻게……."

"일단 마차에 타라. 갈 곳이 있으니까."
"그럴 순 없습니다."
"왜 또?"
"나를 찾으라 비검맹에 말했으니 이곳에 있어야지요."
"그럼 백 년이고 천 년이고 연사진에 주저앉아 있던지 멋대로 해봐라. 비검맹은 어차피 오지도 않을 텐데 등신 같은 말을 잘도 지껄이는구나."
"예? 오지 않는다니, 그것이 무슨 이야기입니까?"
"말 그대로다. 비검맹은 안 와. 비검맹은 네놈에게 신경 쓸 여유가 없으니까."
"……?"
청풍은 당 노인의 말을 선뜻 이해할 수가 없었다.
청풍은 광혼검마를 죽였다. 게다가 그 잔당까지 해치웠다.
그런데도 가만둔다?
그동안 아무런 조짐이 없었던 것을 보면 그대로 덮어놓을 가능성도 없는 것은 아니다.
그래도 며칠 지나지도 않았는데, 오지 않는다고 판단하기는 터무니없이 일렀다.
"풍랑, 당 노대 말이 맞을 거예요."
의아한 표정을 짓고 있는 청풍이다.
서영령이 그의 팔을 잡아끌며 말했다.
"비검맹은 오지 못해요."
"어찌하여……?"
"수로맹 때문에요."

"수로맹?"

"그래요. 수로맹. 이틀 전, 하룻밤 사이에 비검맹에서 비외사마존(比外四魔尊) 두 명이 죽었어요."

"마존들이 죽어? 대체 누구에게?"

"수로맹의 자객에게요."

청풍의 눈이 크게 뜨여졌다.

비외사마존들은 강하다. 손속을 나눠본 청풍은 그들의 실력을 잘 알고 있었다.

그런 그들 중 두 명이 죽었다는 것은 광혼검마가 죽은 것 이상의 사건이다. 비검맹으로서는 커다란 타격일 것임이 틀림없었다.

"일종의 경고였죠."

"경고라니……?"

"수로맹이 건재하다는 것을 알린 경고요. 수로맹의 이름이 다시 전면에 떠오른 이상, 비검맹은 풍랑을 건드릴 수 없어요. 자칫하면 수로맹과 화산파 두 곳을 상대해야 할 판이니까요. 지금으로서는 풍랑이 어지간히 큰일을 저지르지 않는 한 비검맹이 함부로 움직이는 일은 없을 거예요."

"그렇다면……."

"그래요. 비검맹은 안 와요. 그러니까 같이 가도 된다는 말이죠."

"그래, 이놈아. 어차피 이곳에서 멀지도 않은 곳이다. 정 싸움에 환장했다면 언제든 돌아와서 비검맹을 맞이할 수 있는 거리야."

청풍은 허탈감을 느꼈다.

비검맹과 단신으로라도 맞설 각오를 했는데, 비검맹이 움직이지 않는다니 맥이 빠질 수밖에 없었다.

어쩔 수 없이 마차에 오른 청풍이다.

청풍은 문득 한 가지 궁금한 점을 느끼고 당 노인에게 물었다.

"한데 그 수로맹의 자객이라는 고수가 누구입니까?"

"궁금해할 줄 알았다. 사실 수로맹의 자객이라 했지만 엄밀히 말해 장강수로의 인물들은 아니지. 자객이라고 해도 살수는 아니야. 잠시 도와주러 온 용병들이라고나 할까."

"용병들… 이라면 여럿이란 말이군요."

"그래. 하나가 아니지. 일단은 그 정도까지만 알아둬. 비검맹에서도 그놈들이 누구냐는 것 때문에 골머리를 썩고 있을 거니까."

당 노인은 끝까지 그들에 대해 밝히지 않았다.

비밀이라는 이야기다.

비외사마존을 죽일 정도의 고수라니, 대체 어떤 자들일까. 청풍이 슬쩍 서영령을 돌아보았다. 하지만 그녀도 그 이상은 알지 못한다는 듯 고개를 가로저었다.

끊겨진 대화다.

그 와중에도 마차는 빠르게 움직이고 있었다.

한 식경도 채 지나지 않았을 때다. 제법 커다랗게 솟은 산기슭, 소로(小路)로 접어드는가 싶더니 이내 속도를 줄이며 멈춘다. 당 노인이 먼저 문을 박차고 뛰어내렸다.

"내려라, 이것들아. 이쪽이다."

청풍과 서영령을 기다리지도 않은 채, 신법을 펼치는 당 노인이다.

서둘러 따라붙고 나니, 마차도 곧바로 속도를 내 순식간에 관도 저편을 향해 사라져 버렸다.

사람 눈에 띄지 않으려는 행사였다. 어찌 되었든 이곳은 비검맹의 세력권이니 백번 조심해도 과할 것이 없었다.

청풍과 서영령은 당 노인의 인도를 받으며 산길을 올랐다.

상당히 험한 산세였다. 골짜기 두 개를 넘은 그들이다. 그들의 눈앞에 생소한 광경이 펼쳐지기 시작했다.

"광산……?"

"그렇다. 지금은 폐광이나 다름없지만."

높이 솟은 목책 주변으로 어슬렁거리는 관병들이 보였다.

순찰을 하고 있기는 하지만 폐광이라 말했던 것처럼 관병들의 기강은 해이해질 대로 해이해져 있는 상태였다. 옮기는 발에는 기운이 없고, 병장기도 드는 둥 마는 둥 하고 있다. 별반 필요 없는 곳을 지키고 있다는 지겨움이 보는 사람에게까지 전해오고 있었다.

"저곳인가요? 그때 말했던 그분이 계신 곳이?"

서영령이 목책 옆을 따라 생겨 있는 산촌(山村)을 가리켰다.

한때 광산의 채굴에 힘입어 번성했던 마을은 이제 폐허나 다름없는 몰골이 되어 있었다. 몇 군데, 남아 있는 공방(工房)의 굴뚝들만이 가느다란 연기를 피워 올리고 있을 따름이었다.

"맞다. 괴산 대장간, 문철공이 저기 있다. 솜씨있는 놈이지."

당 노인의 칭찬이다. 그렇다면 그 실력은 솜씨있는 정도가 아닐 터다. 당대에 손꼽힐 장인임이 틀림없었다.

산로를 따라 마을 쪽으로 향했다.

낯선 사람들이 오는 데에도 관병들은 신경조차 쓰지 않았다. 하기야 수십 명 장정들도 아니고, 남녀 한 쌍에 노인 한 명이 다 무너져 가는 폐광에 무슨 볼일이 있을진가. 몰락해 버린 산촌에 친척이라도 만나러 오는 것이라 생각한 모양이었다.

마을에 들어오고 보니, 을씨년스러운 분위기가 더욱더 확연하게 다가오고 있었다. 기운없는 촌민들, 파리 날리는 객점을 지나, 쇠락한 마을 구석진 곳 괴산(魁山)이란 간판이 걸린 대장간에 이르렀다.

"문가 녀석아, 내가 왔다!"

대장간 문을 부서뜨릴 듯 밀어내며 목소리를 높인다.

깡, 깡…….

조그맣게 들려오는 망치질 소리.

당 노인은 기다리지도 않은 채, 성큼성큼 안쪽으로 걸어 들어갔다.

"안에 있으면 대답을 해야 할 것이 아니냐!"

욕지거리부터 나오지 않는 것을 신기하다고 해야 할까.

조심스레 따라 들어가는 청풍과 서영령이다. 대장간답지 않게 정돈된 집기들과 깨끗한 가구들이 확 눈에 띄었다. 마당의 화덕, 망치질 소리 사이로 차분한 음성이 귀에 감겼다.

"자네 왔는가?"

조용한 성품이 그대로 드러나는 목소리였다.

당 노인만 보아와서 그런지, 그처럼 차분한 목소리가 도리어 놀라울 지경이다. 정을 들고 무언가를 다듬는데, 티끌 같은 불꽃이 연이어 튀어 오르고 있었다.

"조금만 기다리게. 다 끝나가니까."

말을 하는 와중에도 고개를 돌리지 않는다. 그 움직이던 손을 멈추지 않았음은 물론이었다.

그로부터 문철공이 몸을 일으킨 것은 한참 후였다. 그가 잘 개켜진 하얀 면포를 들어 얼굴에 맺힌 땀을 닦았다.

"또 무슨 일인가. 해천창에 관한 일이라면 이젠 사양이야."

화덕에서 나와 일행이 있는 곳으로 걸어온다. 차가운 겨울바람이 들어와 그의 몸 주위에 모락모락 솟는 김을 만들었다.

"해천창보다 더한 일이지. 기다리게 만든 것을 후회할걸."

당 노인이 청풍을 돌아보며 말했다.

그가 허리춤에 매달린 호리병을 한번 들이키며 회심의 미소를 지었다.

"대체 무슨 일이길래 그러는가?"

"사신검에 대해 들어봤지?"

"물론 들어봤지."

"보고 싶지 않나?"

"천하 장인으로서 당연한 일 아니겠는가."

"그것들이 지금 이곳에 있다면?"

당 노인의 마지막 한마디는 결정타와 같았다. 차분하던 표정이 삽시간에 무너진다. 문철공의 시선이 청풍에 이르렀다. 그의 두 눈이 더할 나위 없이 커졌다.

"설마!!"

땀을 닦던 면포를 툭 하고 떨어뜨린다.

허겁지겁.

허겁지겁이라는 표현이 옳다. 그의 눈이 며칠을 굶은 사람처럼 청풍의 검들을 훑어냈다. 당 노인이 그런 문철공을 보며 득의양양한 표정을 지었다.

"크크크. 어떤가? 놀랄 일이지?"

"놀랄 일이다마다!!"

"크크크."

"세상에……! 소협, 결례가 되지 않는다면 그 검들을 직접 보여줄 수는 없겠는가?"

"결례라니 당치 않습니다."

"아, 내 정신 좀 보게. 내 이름은 문철공이라네. 소협의 이름은 어떻게 되나?"

세속에 때 묻지 않은 사람, 강호와는 거리가 먼 사람처럼 보인다.

망치와 풀무질에 모든 것을 바친 인생. 마음에 와 닿는 인물됨이었다. 청풍이 포권을 하며 고개를 숙였다.

"청풍, 청풍입니다."

"청풍……? 들어본 적이 있는 이름인데……."

"들어보긴 뭘 들어봐. 산골에 틀어박혀서."

"아니라네. 저번에 황천어옹 그 친구가 와서 이야기한 이름인 것 같단 말일세. 무슨 수로맹주를 구했다고……."

"무식한 티 좀 내지 마라, 이 사람아! 이놈이 바로 그 청홍무적검이란 말이다!"

"아! 청홍무적검……! 어쩐지 보통 검기(劍氣)가 아니라더니! 젊은 나이에 만검(萬劍)을 연마한 흔적이 어디서 나오나 했네. 그래, 청홍무적검! 분명히 들어본 이름이야."

무공으로 본 것이 아니라 검을 빚는 장인으로서의 감각이었다.

실력있는 검객(劍客)은 곧 훌륭한 장인의 벗이다. 그의 얼굴에 청풍에 대한 호감이 절로 떠오르고 있었다.

"객쩍은 인사치레는 그만 하고, 어서 검이나 꺼내봐 봐. 나도 못 봤어."

이야기를 중단시킨 것은 다름 아닌 당 노인이었다. 그가 손사래를 치며 청풍을 재촉했다.
"그러지요. 다만… 검에는……."
"손대지 말라고? 아직도 그렇게 까다롭게 구나?"
당 노인이 혀를 끌끌 찼다. 어디서부터 설명해야 할지 곤란한 청풍이다. 그러나 그 곤혹은 오래가지 못했다. 문철공이 나서서 그의 오해를 풀어준 덕분이었다. 뜻밖의 일이었다.
"이 친구야, 그것은 까다롭게 구는 게 아니라네. 옛 문헌도 읽어보지 않았나? 사신검(四神劍)은 본디 신물(神物)이나, 또한 택함받지 못한 자에게는 마물(魔物)이 될 수 있다고 하지. 범인이 함부로 만질 수 있는 물건이 아니라는 말일세. 소협, 그렇지 않은가?"
"비슷합니다."
"그것 보게. 손을 대진 않을 테니 걱정 말고 뽑아보게나."
당 노인은 말이 없다.
심통이 난 표정으로 호리병을 한 번 더 들이킬 뿐이었다. 청풍이 한 번 웃음을 지으며 백호검과 청룡검의 검집에 손을 올렸다.
스르르릉!
백호검과 청룡검이 검집에서 끌려 올라왔다. 공중으로 떠오른 두 개의 검, 호리병만 입에 물고 있던 당 노인이 입 안의 것을 푸우 뿜어내고 말았다.
"감응사?!"
휘둥그레진 두 눈이다.
게다가 아름답기까지 한 두 신검의 자태, 말을 잇지 못하는 당 노인을 그대로 둔 채 문철공이 고개를 저으며 혀를 내둘렀다.
"내 여기서 무형기의 조화를 보게 될 줄이야! 그러나 이 검들의 위용……! 그 정도의 검인(劍人)이 아니고서는 어울리지가 않겠지."

공중에 띄워진 두 자루의 검을 보며 찬탄을 금치 못하는 문철공이었다.

청풍이 보여준 공명결의 신기에 놀랐던 당 노인도 이내 백호검의 모습을 이리저리 살펴보며 감탄의 눈빛을 던졌다. 그가 곁눈질하듯 청풍에게 시선을 주면서 입을 열었다.

"검마들과 싸워서 어찌 빠져나왔나 했더니, 감응사까지 얻었을 줄은 몰랐다. 그나저나 대단한 검이군. 인세의 솜씨가 아니야. 다른 검들은?"

남은 것은 주작검과 현무검이다.

등에서 두 자루의 검을 꺼내어 띄워 올렸다.

"대단해. 천 년은 된 물건이라 들었는데 도저히 믿을 수 없어. 여기 이 세공 솜씨 좀 보게."

문철공과 당 노인의 취향은 두 검에 이르러 극명하게 갈렸다.

문철공은 현무검에.

당 노인은 주작검에.

문철공이 현무검을 구석구석 살피면서 놀라고 있었던 반면, 당 노인은 오직 주작검의 검신에서 눈을 떼질 못하고 있었던 것이다.

"이건 괴물이다. 악마(惡魔)가 따로 없어."

당 노인의 두 눈에는 황홀함마저 떠오르고 있었다. 육신을 베는 병기, 파멸적인 살기에 반한 모양이었다. 문철공이 그런 당 노인을 바라보며 못 말리겠다는 듯 혀를 찼다.

"자네는 언제까지 그런 물건만 좋아할 텐가. 자네가 파천(破天)의 대검을 봤어야 했는데."

"파천? 철산 혈맥이 만들었다는 그 파천?"

"그래."

"그걸 봤나?"

"봤다 뿐인가? 내가 손을 좀 봐주기까지 했지."

"무어라?"

"파천을 다루는 철산 혈맥은 그 자신이 또 한 명의 숨겨진 명장(名匠)이라네. 그 친구에게 부족한 것을 가르쳐 주었어. 파천대검은 그때도 미완성이었고, 지금도 그렇겠지만, 언젠가 그는 기어코 완성시키고 말겠지."

"행운을 잡았군."

"그렇다고 봐야지. 남의 물건에 손을 대는 것은 내키지 않는 일이나, 그 정도 신기(神器)라면 보는 것만으로도 배울 점이 많으니까 말일세."

당 노인이 고개를 끄덕였다. 모처럼의 진지한 표정이다.

공중에 뜬 네 개의 검을 지겹지도 않은 듯 바라보는 두 사람. 당 노인이 문철공을 돌아보며 물었다.

"그래, 그것은 그렇고 내가 왜 이것을 보여주었는지는 알고 있겠지?"

"물론이네."

문철공의 대답은 즉각적이었다. 당 노인이 텁수룩한 수염 아래로 진득한 미소를 지었다.

"자네 말마따나 남의 작품에 손을 대는 것은 할 만한 일이 못 되지. 그래도 해볼 만한 일이야."

"지당한 말씀. 일단 시작까지 했으면 끝을 봐야 되는 것 아니겠나?"

"시작을 했다니. 크크크, 알아보았군."

"알아볼 수밖에."

청풍으로서는 영문 모를 대화였다.

두 장인의 이야기.

문철공이 청풍의 왼쪽 허리를 가리키며 말했다.

"세공에 들어간 버릇 하며, 딱 자네가 만든 물건이지 않나."

문철공의 손가락이 가리키는 것은 청룡검이 꽂혀 있던 용갑이었다.

검집.

그렇다. 그들이 말하고 있는 것은 신검에 어울리는 검집에 관한 것이었다.

"그것들에 어울리는 검집을 만들 만한 화로(火爐)는 이 근역에 여기밖에 없다. 이제는 네 녀석도 알겠지? 왜 여기까지 데려왔는지?"

당 노인이 청풍을 돌아보았다.

여기까지 온 이유. 그제야 청풍도 깨달을 수가 있었다.

용갑과 같은 검집을 만들어주기 위해서다.

백호검과 주작검, 현무검에 그 검집을 만들어주기 위해 이곳까지 데려왔던 것이다.

"주작검은 내가 맡겠다. 이 척 오 촌 삼 푼, 만곡 정도가 장축에서 일 촌, 충분해. 동방 만검(彎劍)의 형태다. 문가 녀석아, 네놈이야 현무가 탐나겠지?"

"왜 탐나지 않겠나. 일 척 칠 촌 검신, 십 촌 검폭이면 기형검이라는 이름이 무색하지. 마침 딱 어울리는 쇠가 하나 있다네."

"백호는 어떻게 할까?"

"백호도 자네가 만들어야지. 처음부터 그럴 생각이지 않았나? 어차피 현무 쪽은 형태가 특이한 만큼 손이 많이 갈 거야. 시간이 걸릴

걸세."
"잘도 아는군. 그럼 그렇게 하자고."
곧바로 팔을 걷어붙이는 당 노인이다.
청풍의 의사는 묻지도 않은 채였다.
감사할 수밖에 없는 일.
이렇게 또 하나의 은(恩)을 입고, 보물로 인연을 받는다.
검객과 장인들. 장인들과 보검들.
뗄 수 없는 강호의 인연들이 거기에 있었다.

청풍과 서영령은 문철공의 대장간에서 숙식을 하게 되었다.
그러면서 알게 된다. 이 산촌은 다 쓰러져 갈 듯 피폐해져 있었지만, 남아 있는 장인들은 전혀 그렇지 않았다는 것을.
산촌에 세워진 공방들, 문철공을 받들며 뜻을 세운 젊은 장인들이 여러 명 있었던 것이다.
젊은 장공(匠工), 홍무병(洪武兵)도 그런 사람 중 하나였다.
문철공의 풀무질과 망치질을 거드는 이다. 배사지례가 있었는지 어쨌는지는 모르겠지만 누가 보기에도 문철공의 수석제자라 할 만한 청년이었다.
"사실 이 광산에서 나는 철(鐵)은 중원 천지에서 찾기 힘든 양질의 철이랍니다. 게다가 광산의 심부(心府)에서는 만년한철에 준하는 백철(白鐵)이 날 정도지요."
잠시 작업을 멈춘 홍무병이다. 다시는 떨어지기 싫다는 듯 청풍의 옆에 딱 붙어 있던 서영령이 고개를 갸웃거리며 물었다.
"그런 백철이 나는데 왜 폐광이 되었나요?"

"바로 그 백철 때문이지요. 광산 심층에서 나왔던 백철은 홍복이었다기보다는 도리어 재앙이었답니다. 탐내는 이들끼리 싸움이 생기고 피가 흘렀어요. 한번 흘리기 시작한 피는 도무지 멈출 줄을 몰랐지요. 결국은 관가에서도 폐쇄 결정을 내릴 수밖에 없었습니다."

"철광은 관가의 엄격한 통제를 받는 곳인데 어떻게 그런 일이……."

"사악한 무림방파가 얽혀 있었답니다. 단심맹이라고 하더군요."

단심맹.

안 들리는 곳이 없는 이름이다. 청풍과 서영령의 안색이 미미하게 굳었다.

"무서운 일이네요. 한데… 그렇게 폐쇄되었다면서 어떻게 공방을 꾸려갈 수 있는 건가요?"

"폐쇄라 해도 조금씩의 채굴은 여전히 이루어지고 있거든요. 철광이 본디 관가의 소관이라 해도 민력(民力)을 완전히 배제할 수는 없어요. 관가가 묵인하는, 하하, 말하자면 암상(暗商)이라고 할 수 있겠죠."

암거래를 말함이었다.

아무리 관가가 물자의 흐름을 통제하려 해도 그것은 결국 사람이 행하는 일이다.

반드시 곁가지가 생겨날 수밖에 없다. 그렇다고 그런 곁가지를 모두 끊어놓기는 힘든 법, 그럴 바엔 잘 보듬어 함께 커가는 편이 훨씬 더 좋다. 암상이 성립될 수 있는 이유였다.

"그럼 문 신공(神工)께서 쓰시는 철도 다 그렇게 얻는 건가요?"

"아, 그건 아니랍니다. 신공께서는 이 광산의 철을 얼마든지 쓸 수 있도록 윤허받은 분이시니까요."

"윤허요?"

"예. 백철로 인한 변고가 발생했을 때, 금의위의 위 도독이라는 분이 오셨었어요. 그분이 신공께서 만드신 검을 보고 황상께 아뢰겠다고 하셨었죠. 지나면서 하신 말씀으로만 알았었는데, 한 달 후 정말로 소칙이 내려왔지 뭡니까. 채광과 연철을 뜻대로 하라. 이렇게요."

"그랬군요. 금의위 위 도독이라면 남북쌍위 중 북위 위금화, 허언을 할 사람이 결코 아니죠. 풍랑도 이름 정도는 들어봤죠?"

"들어봤지. 북위보다는 남위가 더 익숙하지만."

"그도 그렇겠네요. 풍랑은 검을 쓰니까요. 남위 위원홍, 해남파 장문인의 검기(劍技)는 남해의 살아 있는 전설이라 하죠."

"그래. 언젠가 반드시 견식해 봐야 할 무공이지."

"남해까지 가려고요?"

"그럼 가봐야지 않겠어? 대해남파 장문인께 오시라고 할 수는 없지 않겠어?"

"호호호. 그야 그렇지요. 남해… 함께 갈 수 있으면 좋겠어요."

"같이 가지. 언제가 되었든 말이야."

"정말요?"

"그래. 꼭 같이 가보자고."

서로를 향한 순수한 마음, 보는 사람으로 하여금 절로 웃음 짓게 만드는 모습이다.

용봉(龍鳳), 그 자리에 있는 것만으로도 그림과도 같은 한 쌍.

둘을 돌아보는 홍무병의 얼굴에도 맑은 웃음이 깃들었다.

까아앙…… 까앙……!

작아졌던 망치질 소리가 다시금 거세지기 시작했다.

손을 거들어야 할 때가 된 모양이다. 홍무병이 벌떡 일어나 화덕 쪽으로 달려갔다.

"그나저나 오랜만에 한적함을 느끼는군."

"그러게요. 이런 곳도 나쁘지는 않아요. 그렇죠?"

찬바람 부는 날, 그녀가 옆에 있어 따뜻한 날이다.

정겨운 한때였다. 풍광이 전혀 다른 곳임에도 화안리의 정취를 느끼는 중이었다.

삼 일이 지났다.

그렇게 좋은 날이 가고, 새로운 손님이 찾아온다.

부상을 입은 몸으로 괴산 대장간의 문을 연 남자가 있었다.

모처럼의 한가로움을 산산조각 낸 자.

조금도 생각지 못했던 자다.

찢어진 누더기와 산발한 머리로 나타난 자.

고봉산, 개방의 고봉산이었다.

"괴산 문철공이라니. 생각했던 것보다 넓은 인맥을 지녔더군. 이곳까지 오느라 발품을 꽤 팔았어."

고봉산은 예(禮)를 갖추지 않았다.

지친 기색이 역력한 얼굴이었다. 예를 갖추며 인사할 상대가 애초부터 아니었지만, 설사 그렇지 않았더라도 격식을 차릴 만한 여유는 없어 보였다.

"찾아온 이유는?"

고운 말이 나오지 않은 것은 청풍이라고 다를 것이 없었다.

예의를 차릴 수 있을 리가 만무하다. 청풍에게 있어 개방과 인연이란 결코 좋은 기억이 될 수 없었던 것이다. 다시는 얽히고 싶지 않은 이들이었다.

"성질도 급하시군. 항상 그런 식인가? 그렇게나 제멋대로 일을 치고 다니니까 사방천지에서 골머리를 썩을 수밖에. 자네 때문에 머리카락을 쥐어뜯는 이가 한둘이 아닐 거다."

청풍의 눈썹이 꿈틀 치켜 올라갔다.

당한 사람이 누구였는지 모르는 것 같다.

개방에게 쫓기며 고난을 겪었던 기억이 생생했다.

후개 장현걸.

그 간특한 계책에 휘말려 고생했던 것을 생각하면 아직까지도 분노가 치밀 정도였다.

"몰랐던 모양이지? 자네가 나서서 벌인 엉뚱한 짓 때문에 수로맹의 계획도 진창 틀어지게 되었을 것이다. 사문의 골칫거리인 것은 어떻고? 먹을 수도, 버릴 수도 마땅치 않은 계륵이 아니었던가?"

무엇을 믿고 이와 같은 도발을 해대는지 알 수가 없다.

천하제일방 개방이라고들 하지만, 정말 상종할 수가 없는 무리다.

잔잔하게 가라앉아 있던 청풍의 기도가 요동치기 시작했다.

"본론을 말하라. 검을 먼저 뽑기 전에."

뻗어 나오는 기파가 굉장했다. 청풍의 몸에서 휘몰아치는 분노가 새어 나왔다.

숨 막히는 기운이 사방을 채운다.

흘러나온 강대한 영웅기(英雄氣)가 고봉산의 몸을 삽시간에 굳혀 버렸다. 고봉산의 등줄기에 서늘한 식은땀이 배어들었다.

'괴물이 다 되었군. 이런 놈을 더 건드려도 될까.'

고봉산은 망설일 수밖에 없었다.

어느 정도인지 시험해 보기 위해 도발을 해보았지만, 괜한 짓을 했다.

섣부른 도발은 안 하니만 못하다.

강해져 있다는 것은 알았지만 이 정도일 줄은 몰랐다. 상상을 초월하는 무력이었다.

'후개……. 이거, 잘하는 것인지 모르겠습니다.'

고봉산의 눈에 암울한 빛이 깃들었다.

장현걸은 도대체 이런 자를 왜 적으로 돌리려는 것인지.

행여나 정면으로 대치하게 될 경우, 장현걸로서는 절대 버텨낼 수 없을 것이다.

더욱이 고봉산이 가져온 전언은 청풍의 심기를 크게 흔들 만한 내용을 품고 있는 바, 이 정도 무인에게 그런 것을 전한다는 것은 단심맹과 싸우는 것 이상의 모험이라고까지 생각되었다.

"알겠다. 말하지. 내가 가져온 정보는 다른 것이 아니다. 자네와 자네 사문에 관한 것이다."

"나에 관한 것?"

고봉산은 침을 한번 꿀꺽 삼켰다.

기호지세였다.

어차피 목숨은 내놓았다. 후개의 판단을 믿어볼 수밖에 없었다.

"정확히는 자네 사부에 관한 것이다. 자네 사부의 죽음에 관한 진실 말이다."

"……!!"

청풍의 안색이 급변했다. 그의 눈이 그 어느 때보다도 강렬한 빛을 뿜었다.

"자네 사부는 육극신에게 죽었다. 그것은 이미 알고 있겠지?"

"알고 있다."

"그때까지만 해도 파검존 육극신은 그렇게 유명한 무인이 아니었다. 비검맹도 그때는 아직 이만큼 성장하기 전이었지. 화산파 장로가 장강에서 태동하는 군소문파의 일개 무인에게 죽었다. 그렇게 죽어서는 안 되는 일이었다는 말이다. 그때 화산파 천검 진인이 가장 먼저 취한 행동이 뭐였을 것 같나?"

고봉산은 마치 그 질문의 여파를 기대하기라도 하는 듯, 뜸을 들이며 청풍의 눈을 살폈다. 하지만 청풍은 그런 얄팍한 행동을 참아줄 생각이 없었다. 청풍이 강렬한 기파를 흩뿌리며 되물었다.

"그것이 무엇이었지?"

폭출하는 기운이었다.

청풍의 눈빛을 감당하기 위해 고봉산은 사력을 다해야만 했다.

"은폐. 은폐였다. 복수가 아니었다는 말이다."

어렴풋이 예상하고 있었던 사실이다.

청풍이 눈을 감으며 고개를 하늘로 올렸다.

'은폐……'

사부님, 사부님에 대한 안타까움이 진한 슬픔으로 어두워진 눈앞에 가라앉았다.

"계속하라."

청풍의 목소리가 명령처럼 발해졌다. 압도적인 존재감. 고봉산의 입이 절로 열렸다.

"화산파는 일단 자네 사부의 죽음에 대한 소문을 최대한 축소했다. 비검맹주가 천검 진인과 만나게 된 것은 그 즈음이었지."

"……!"

점입가경이다. 화산 장문인과 비검맹주의 회동이란 것은 세상 어디에도 알려진 바가 없다. 놀라운 비사(秘事)였다.

"비검맹주는 화산파가 선현 진인의 죽음을 눈감아주는 대가로 장강을 통한 화산파의 물자 운송로를 내걸었다. 비검맹에 책임을 묻지 않고 싸움을 벌이지 않아준다면, 향후 이십 년간 비검맹 영역 하에서의 자유로운 물류 수송을 보장해 주겠다고 한 것이지. 그것은 복수라는 대의명분과 무시할 수 없는 실리(實利)의 기로였다. 그리고 천검 진인은 복수를 택하지 않았다. 화산 장문인은 결국 실리의 손을 잡았던 것이다."

"…증거는 있나?"

"물론이다. 여기 이 문건에 당시 상황에 대한 모든 것이 나와 있다."

고봉산이 품에서 하나로 엮어진 몇 장의 문서를 꺼내 들었다.

그것을 본 청풍이 눈을 빛내며 손을 뻗었다.

파라락.

문서 뭉치가 고봉산의 손을 빠져나온 것은 순간이었다. 공중을 날아 청풍의 손에 잡힌다. 고봉산의 눈이 휘둥그레 커졌다.

압도적인 힘, 신비한 능력까지 보여준다. 경악 어린 표정, 고봉산의 입술이 가볍게 떨렸다.

"게, 게다가… 당시의 정황을 보면 화산 장문인은 육극신의 실력을 미리 알고 있었던 것으로 보이고 있었다. 일부러 질 만한 장로를 보낸 흔적이 곳곳에서 나타나고 있었단 말이다."

"일부러?"

"그렇다. 당시 사건의 발단은 화산파의 수송선이 비검맹의 행사에 말려들어 피해를 입었다는 것 하나밖에 없었다. 평소 같았으면 매화검수만을 파견했을 상황이었다. 하지만 천검 진인은 신중을 기했다. 서천각을 가동하여 비검맹을 조사한 후, 그 당시 발군의 기량을 자랑하던 목영 진인을 내보내려 했었지. 그것도 목영 진인 하나뿐이 아니라 오행 진인까지 함께 움직이도록 계획을 세웠다. 그런데 마지막 순간 천검 진인은 그들의 투입을 취소해 버렸다. 대신 자네 사부가 갔어. 거기에 아무런 지원도, 제대로 된 정보도 제공되지 않았다."

처음부터 죽음을 예상하고 보냈다는 말이다.

죽은 후, 그것을 빌미 삼아 협상까지 갔다는 이야기였다. 고봉산의 말이 이어졌다.

"놀라웠던 것은 자네 사부의 무력이었다. 자네 사부는 검조차 들지 않은 채, 육극신과 팔십 합을 겨뤘다. 천검 진인도 그것은 몰랐을 것이다. 그 싸움을 본 것은 두 사람밖에 없었고, 그중 하나는 육극신에게 발각되어 그 자리에서 죽었기 때문이다. 나머지 한 명이 증언한 그때의 격전은 그 문서 두 번째 장에 상세히 쓰여 있을 것이다."

감겨 있던 청풍의 눈이 번쩍 뜨였다.

육극신과 팔십 합을 겨루었다는 말.

무검, 자하진기. 청풍은 당장이라도 그 문서를 들춰보고 싶은 충동을 느꼈다. 하지만 청풍은 그 마음을 누르고 대신 다른 것을 물었다.

"그자는 어디 있는가?"

사부의 마지막을 보았던 이다. 청풍이 관심을 가지는 것도 당연했다. 그러나 고봉산의 대답은 그의 기대를 여지없이 무너뜨리고 있었다.

"죽었다. 당시 수로맹에서 상당히 이름 나 있던 무인이었지만, 후구

당이 발견했을 때는 이미 절망적인 상처를 입고 있었다. 육극신의 고전이 비검맹으로서는 감추고 싶었던 일이었는지, 목격자를 살려두려 하지 않았다."

허탈함이 먼저 다가왔다. 개방이 하는 말을 어디까지 믿을 수 있는지는 모르겠다.

그렇다고 고봉산의 이야기가 지어낸 이야기 같지는 않았다. 마치 사신검의 정체를 알게 되었을 때처럼, 어렴풋이 알고 있던 것을 확인받은 기분이었다. 침묵하던 청풍이다. 그가 천천히 입을 열며 물었다.

"그래서… 내게 이런 이야기를 해주는 이유가 무엇이지?"

고봉산은 긴장했다. 승부수는 여기부터다.

장현걸의 당부가 떠올랐다.

"무조건 솔직해라. 다른 것은 통하지 않아. 완전히 갈라놓지 않아도 상관없다. 몇 달만, 아니, 한 달만이라도 천검 진인의 손을 막을 수 있으면 된다."

얼굴을 굳힌 고봉산, 그의 목소리가 차분하게 흘러나왔다.

"자네가 천검 진인의 손에 넘어가지 않기를 바라서다. 천검 진인은 자네를 얻기 위해 후개를 노리고 있지. 개방이 자네를 쫓았던 것을 빌미로 말이다."

고봉산은 잠시 말을 끊고 청풍의 반응을 살폈다.

청풍은 잠자코 기다린다. 눈조차 뜨지 않았다. 고봉산은 등에 맺힌 땀방울 하나가 등허리로 흘러내리고 마는 것을 느꼈다.

"우리가 자네를 추격하는 것이 어떻게 가능했었는지 짐작하고 있을 것이다. 개방이 화산 제자를 쫓는다? 전례없는 일이다. 그럼에도 그럴 수 있었던 것은 화산파의 방관 덕분이다. 쫓기고 있다는 것을 알고 있었으면서도 그대로 두었단 말이다. 뿐만 아니라 서천각을 통해 자네에 대한 정보를 제공해 주기까지 했었다. 그 진의야 정확히 모르겠지만 천검 진인이 자네를 못마땅해하고 있었다는 것만큼은 틀림없는 사실이겠지. 지금이야 상황이 달라졌지만."

고봉산의 말이 끝났다.

청풍의 행보와 화산파 장문인의 의도.

명쾌한 설명이다. 또한 명쾌한 만큼 그 이면의 탁하고 어두운 그림자는 짙기만 했다.

청풍의 눈이 뜨였다.

폐부를 훑어내는 시선. 청풍의 눈이 고봉산을, 그 저편에 있을 장현걸을 향했다.

"그것이 다인가? 그때의 일은 결국 후개가 자초한 일이 아니었던가."

"변명은 하지 않겠다는 것이 후개의 입장이다. 강호사라는 것은 원래부터 어제와 오늘이 다른 법이지. 화산이 자네에게 하는 것처럼, 우리도 그때와는 처한 국면이 다르다. 자네가 화산으로 돌아가 또다시 장문인의 희생양이 될 것인가 아닌가는 결국 자네의 선택이겠지. 하지만 우리에게도 우리의 안위가 걸린 이상 손 놓고 볼 수만은 없는 것 아니겠나? 시도할 수 있는 것을 다 해보려는 것뿐이다."

솔직함을 넘어선 뻔뻔함이었다.

청풍이 화산으로 가면 곤란하다. 화산 장문인이 청풍을 손에 넣으면, 무엇보다 먼저 과거의 앙금을 해결하려 들 것이다. 장현걸이 걸려

늚은 피할 수 없는 기정사실이었다.

한편.

청풍이 화산으로 돌아가지 않는다고 하여 곤란함이 완전히 없어지는 것은 결코 아니었다.

도리어 천검 진인으로서는 청풍이 아쉬운 이상, 그의 마음을 회유할 모든 수단을 동원하게 될 것이다. 후개는 거기서도 빠져나올 수가 없었다. 어떻게 되든 후개로서는 화산의 움직임에 제약을 받아야 할 판이었다.

결과는 어차피 비슷하다는 뜻이다.

문제는 '시기'였다.

청풍이 화산으로 복귀하면 그 시기는 한껏 앞당겨질 수 있다.

반면, 청풍이 화산으로 돌아가지 않는다면 그 시기는 얼마든지 뒤로 미뤄질 수 있었다. 오히려 더 앞당겨질 수도 있는 일이었지만, 그런 가능성은 극히 희박했다. 청풍의 심중이 어떤지도 모르는 상태에서 개방 후개를 걸고넘어지는 것은 화산과 장문인에게도 쉬운 일이 아닌 까닭이었다.

변수는 많았다.

화산파 장문인에게 청풍이 얼마나 중요한가.

어떤 부담이라도 지고서 청풍을 회유할 가치가 있는가.

청풍의 마음은 어디로 갈 것인가.

강호사의 흐름도, 세간의 평판도 문제였다.

장현걸로서는 어떤 것도 장담할 수가 없는 상태. 그럼에도 화산과 청풍이 갈라지기를 원했던 것은 그것이 조금 더 개방의 안위에 유리할 것이라는 판단 때문이었다. 결국은 모험, 진인사 대천명이라는 말이 그보다 어울릴 곳도 없었다.

"내가 화산으로 돌아가지 않으면 후개에게 득이 된다, 이 말이로군."

"그거야 모르는 일이다. 그러리라고 기대하고 있다는 것은 부인하지 않겠다. 다만 하나만큼은 확실하다. 자네가 돌아간다는 것이 어떤 것을 의미하는지 말이다. 그것은 사부와 제자를 차례로 죽음에 몰아넣고도 눈 하나 깜짝하지 않을 문파로 돌아가는 것에 불과해."

청풍은 긍정하지 않았으나, 그렇다고 부정하지도 않았다.

지금은 그저 뼈저리는 현실을 느낄 뿐이다.

사신검, 그것에 관한 진실이 꿈에 이르는 환상과도 같은 것이었다면, 사부에 관한 진실은 피부에 와 닿는 실재였다. 돌이킬 수도 바꿀 수도 없는 과거, 그리고 그의 주변을 둘러싼 현재였다.

"할 말이 끝났으면 후개에게 가서 전하라. 뒤에서 수작을 꾸미는 것은 그만 하고 내 눈앞에 오라고. 내게 했던 일에 대한 대가는 내가 직접 치르게 해주겠다."

청풍이 몸을 돌렸다.

걱정 어린 눈, 서영령이 옆에 다가와 청풍의 손을 잡아온다.

더 이상 머무르지 못하고 밖으로 나가는 고봉산, 괴산 대장간의 문이 그의 등 뒤로 굳게 닫혔다.

고봉산이 떠난 후.

청풍은 고봉산이 주고 간 문서부터 펼쳐 들었다. 사부에 관한 이야기, 있다. 그 한 장에 담긴 글자들이 그의 눈에 아프도록 비쳐들었다.

......이름도 생소한 비검맹이다.

수로맹은 긴장해야 한다.

비검맹은 수로맹을 노리고 있다.

육극신은 괴물이었다. 수로의 용왕도 그 괴물을 어쩔 수는 없을 것 같다. 그자의 무공은 인세의 그것이 아니었다.

난 선현 진인이란 이름은 들어본 적이 없었다.

대화산파의 장로라고 했는데, 유명한 사람은 아닌 모양이었다.

그러면 이길 수 없다.

구파일방의 이름이 아무리 드높다 한들, 내가 본 육극신의 무공은 구파일방의 누가 와도 맞서기에 부족함이 없는 신공이었다.

비무 자리에 나타난 선현 진인은 볼품이 없었다. 그 늙은 화산파 장로는 강함과는 거리가 먼 온화한 얼굴을 지니고 있었다. 맥없이 죽을 것이라 생각했다.

그런데 그런 것이 아니었다.

선현 진인은 강했다.

육극신의 파검이 아무리 몰아친대도 꿋꿋이 버텨냈고, 간간이 뻗어내는 맨손에서는 신검(神劍)의 경기가 뿜어졌다. 두 눈을 의심했다.

파멸적인 힘을 자랑하던 육극신.

투지라고는 찾아볼 데 없는 노인네가 육극신에 대적하고 있는 광경은 신기함 그 자체였다. 시종일관 육극신이 우위를 점하고 있기는 했지만 노인네는 무슨 집착이 있었는지 용케 쓰러지지 않았다. 단숨에 끝날 줄 알았던 싸움이 길어지고 있었다.

시간이 지나도 선현 진인이란 노인네는 지치지를 않는 것 같았다.

주름진 손에서는 엷은 노을빛 광영이 이글거렸고, 누구나 알 만한 암향표를 펼치는데도 그 몸놀림이 육극신의 대력투형보에 못지않았다.

오십 합이 육십 합으로 넘어갔다. 싸움이 절정으로 치달았다. 선현 진인의 손에 깃든 노을빛이 뚜렷해졌다. 그 손, 육극신의 파겁을 정면으로 부딪쳐 맨손으로 막아낸 것을 보았을 때, 나는 심장이 튀어나올 정도로 놀랐다.

결국 육극신은 절기를 꺼내놓았다. 파겁마탄포라는 괴력의 무공을 펼치기 시작하자 선현 진인은 더 이상 버텨내기 힘들 지경에 이르고 말았다. 선현 진인의 팔이 날아갔다. 왼쪽 다리도 잘려 나갔다. 팔십 합, 선현 진인은 마지막 순간까지도 포기하지 않았다. 한쪽 다리로 육극신에게 달려드는데, 다리가 없는 왼쪽에도 내공의 다리가 돋아나 있는 것처럼 보였다.

기어이 육극신의 가슴에 기다란 상처를 새겨놓았다. 하지만 다음 순간 노인네는 배를 관통하는 검상을 입었고, 그 이후에는 더 이상 일어설 수가 없었다.

나는 봤다. 마지막 순간 노인네는 분명 눈물을 흘리고 있었다. 목숨을 구걸하거나 죽음을 두려워하는 눈물은 아니었다.

머리를 서쪽 하늘로 돌린 채 누군가의 이름을 부르고 있었다. 제자나 도는 누군가의 이름인 것 같았다. 세상에서 제일로 고고하다던 화산파에 어울리지 않는 모습, 그러나 그 맑은 눈물이 이상하게도 머리 속에서 떠나질 않는다…….

청풍은 그 이상 읽지 못했다.

눈앞이 뿌옇게 차 올랐기 때문이다.

가슴이 터질 것 같았다.

목격자의 회상을 그대로 받아쓴 글, 두서없는 글 속에서도 사부님의 모습은 살아 있던 시절 그때처럼 생생하기만 했다.

'청풍, 청풍아…….'
기억조차 까마득한 사부님의 목소리다.
당신이 가시고 나면 혼자 남을 제자를 두고, 제자가 있을 서쪽 하늘을 바라보며 불렀다는 그 이름이 가슴에 맺혔다.

화산의 절경에 황적색 바람이 지던 때.
"하산할 일이 생겼다. 장강까지 가야 한다니, 이번에는 좀 길어질 듯하구나."
자세한 내용은 없었다. 어두웠던 사부의 표정이 불길한 예감만을 가져다주었을 뿐.
"다녀오세요."
"심법 수련은 게을리 하지 말아라. 그동안 정리했던 구결이다. 난삽하지만, 도움이 될 게다."
자하진기의 연공서(研功書)까지 넘겨주었던 당신이다. 이미 다 외워 머리 속에 들어 있는 구결들, 거기에 더해 빽빽한 주해가 복잡하지만 정성스럽게 적혀 있는 비급이었다.
받아 드는 청풍의 손이 떨렸다.
이런 것까지 챙겨주는 이유가 무엇일까.
"얼마나 험한 길이시길래."
"별일 아닐 게다."

그것으로 끝이었다.
청풍은 문득 가슴속에 품었던 그 비급이 미치도록 다시 보고 싶어졌다. 항상 들고 다니던 행낭, 청풍이 그 안에서 자하진기의 연공서를 꺼내 들었다.

펴본 지가 얼마 만이었던가.

제자를 위한 꼼꼼한 필치가 새롭다.

죽음을 예감하셨던 것일까.

홀로 익히다가 행여 잘못되면 어쩌랴 걱정하는 마음이 한 구절 한 구절에 가득했다.

"사부님……!"

통한의 눈물이다.

오래전 흘렸던 눈물이 기어코 청풍의 뺨을 따라 흘러내렸다. 젖어드는 옷깃, 하늘에서도 눈송이가 떨어진다.

산골짜기 따라 지는 해.

노을의 붉은빛이 황적색 바람 따라 흩날리는 눈송이에 비쳐들고 있었다.

"마음은 어떤가? 평온함을 찾았는가?"

"찾지 못했습니다."

"아직도 혼란을 느끼는 모양이군."

"그렇습니다."

"그렇다면 그것도 괜찮겠지. 언제나 벨 마음을 가지고 검을 품는다면 검집이 무에 필요할까. 한 번 더 생각하고 한 번 더 고민해 보는 것도 검집이 필요한 이유라고 할 수 있겠지."

"하지만 뽑아야 할 때는 망설임이 없어야 할 것입니다."

"하하하, 잘 알고 있구만. 자넨 좋은 주인이 될 거야. 내 장담하겠네."

문철공의 표정은 밝았다.

심혈을 기울였고 만족스런 결과를 얻었다. 그가 고개를 돌려 당 노인을 불렀다.

"철민, 이 친구야. 아직 멀었는가?"

"멀다니 당치 않은 소리! 끝낸 것이 언젠데 말이냐! 여태껏 자네 물건이 완성되기를 기다렸던 것이잖나!"

화덕 쪽에서 나오는 당철민은 몰골이 말이 아니었다.

용갑을 완성하여 나올 때보다 더 험한 모습이다. 한꺼번에 두 개의 천품(天品)을 만드는 일. 그것은 그에게도 굉장한 부담이었으리라.

"받아라! 호갑이다. 용갑과는 좋은 짝이 될 거다."

당철민이 길쭉한 가죽 주머니 하나를 던졌다.

저절로 손에 달라붙는 느낌이 왔다.

가죽 주머니 안쪽에서부터 손길 따라 천천히 드러나는 작품이다. 범의 가죽과도 같은 흑철의 줄무늬가 새하얀 백철을 가로지르고 있었다.

치리링!

백호검이 들어가는 감촉은 놀라웠다.

완벽 그 자체다.

달려나가는 백호의 대지, 검집 안쪽으로 웅혼한 백철의 힘이 깃들어 있었다.

"이것은 화익(火翼)이다. 전혀 자제하지 않고 만들었다. 다루는 데 고생 좀 해봐라."

화익, 불의 날개.

그 이름처럼 날렵하고도 아름다운 자태다. 마치 불 속에서 막 꺼내기라도 한 것처럼 찬연한 붉은 빛을 흩뿌리고 있었다.

청풍이 주작검을 들어 화익의 안으로 꽂아 넣었다.

날개와 깃털, 화려한 힘의 추구가 거기에 있다. 검집에서 뛰쳐나오면 배는 빨라질 것 같고, 배는 파괴적일 것 같다. 잔인함의 미학(美學)이 느껴지고 있었다.

"어떠냐. 쓸 만하겠냐?"

"물론입니다."

다시 뽑아보지 않아도 알겠다.

검집만을 새로 얻었을 뿐인데, 검 자체의 힘도 더 강해진 기분이다.

백호검 금강탄의 위력은 전보다 더 멀리 강하게 뻗어나갈 것이며, 주작검 염화인은 전보다 훨씬 위험해질 것 같았다. 너무 강하기에 함부로 뽑지 말아야 한다는 느낌, 다루는 데 고생할 것이라는 말이 너무도 어울렸다.

"마지막은 수벽(水壁)이라네. 화익과는 반대의 느낌이겠지. 화포에 맞아도 파괴되지 않을 것이야."

문철공의 작품을 가져온 것은 홍무병이었다.

상당한 무게가 느껴지는 가죽 주머니, 그 안에서 육각의 거북 무늬가 새겨진 묵철의 검집이 위용을 드러냈다.

"여전한 솜씨군. 탄탄하면서도 자네답지 않게 전투적이야."

"당연하지. 싸움이 어려워질수록 많이 쓰게 될 검이니까. 자네도 잘 알고 있겠지만 그 검의 용도는 살상이 아니라 방어라네. 세상에는 마음껏 내달려야 할 싸움도 있겠지만, 온전히 자기 몸을 지키면서 하는 싸움이 더 많은 법이지. 무도(武道)가 경지에 이르면 더욱더 그렇게 된다고 하네. 나는 자네가 그 검으로 활검(活劍)을 닦았으면 좋겠어."

현무검.

아직 제대로 휘둘러 본 적도 없는 현무검이다. 그런 검을 가장 많이 쓰게 된다니, 당장은 상상하기 힘들다. 문철공의 말처럼, 청풍의 무도는 아직 진정한 무도의 경지에 이르지 못한 까닭인지도 몰랐다.

네 개의 검과 네 개의 검집.

용갑과 호갑을 좌우 허리에 묶고 화익과 수벽을 등 뒤에 십자로 둘러멨다. 등 뒤의 검은 뽑기 힘들다고 하지만 청풍에겐 아니다. 공명결이 있고, 백야참 발검과 환집의 비기가 있었다.

완전히 모습을 갖춘 사신검. 어둡던 청풍의 마음에도 모처럼의 기꺼움이 찾아들었다.

"감사합니다. 이 은(恩)을 어찌 갚아야 할지······."

"은혜? 웃기는 소리 말아라. 지지 않으면 그만이야. 신검에 어울리는 무인으로 천하에 족적을 남기는 것이 곧 우리들에 대한 공덕으로 생각해라. 굳이 이름을 날리라는 소리는 아니야. 천하인의 검, 거기에 한몫 거들었다면, 그것이 곧 우리들 장공의 천명을 이룬 셈이다. 객쩍은 소릴랑은 집어치우란 말이다."

당 노인의 말은 거칠면서도 진중했다.

든든한 마음.

청풍의 눈이 두 신공(神工)들을 지나 서영령에 이른다.

하나하나 풀려가고 완성되는 인연들이다.

그리고 이제는······.

이제는 또 다른 인연을 풀 때다.

화산파, 그리고 육극신이 청풍의 길 앞에 있었다.

■제24장■
화산(華山)

많은 문파들을 보고, 많은 무인들을 만났다.

문파에 적을 둔 사람, 문파에 얽매인 사람, 문파를 이끌어가는 사람.

세상에는 여러 가지 길을 가는 사람들이 있다.

문파에서 파문당한 사람도 있고, 무리 짓는 것이 싫어 문파를 멀리하는 자도 있었다.

문파에 충성하는 사람이 있는가 하면, 문파를 배신하는 사람이 있을 수 있고, 문파를 변화시키려는 사람이 있다면 문파를 유지시키려는 그 반대편에 있을 수 있다.

그런 사람들 모두가 결국은 강호인이다.

그런 강호인들 중에서도,

문파와 관계없이, 강호인들의 빛이 되는 자가 있다.

생각을 바꾸고, 사람들을 바꾸고, 문파를 바꾸는 자였다.

그런 힘을 지닌 자들을 달리 영웅이라 일컫는다.

영웅에 의해 새롭게 도약하는 문파, 그런 문파가 세상엔 많다.

이미 뛰어난 세력을 가졌든, 측량할 수 없는 부를 축적했든 마찬가지다.

영웅이 없는 문파는 쇠퇴한다. 영웅이 없는 강호는 피폐해진다.

그러고 보면, 세상이 다 미쳐 돌아가는 난세도 그렇게 살지 못할 강호는 못 되나 보다.

빛이 되는 영웅들이 설 기회가 되니까 말이다…….

한백무림서

한백의 일기 中에서.

화산(華山)

"숭무련에 대한 소식을 들었어."
"아, 무련이요? 하지만 그건……."
"그것에 대해 이야기하고 싶지 않다는 말은 더 이상 하지 마. 이대로 덮어둘 문제가 아니야."

청풍이 서영령을 직시했다.

그 눈 안에 솔직하면서도 불안한, 그러면서도 변하지 않았던 순수함이 깃들어 있었다.

"덮어둘 문제가 아니라면 어떻게 하려고요?"
"며칠 동안 생각해 봤어. 내가 누구인지. 어디에 속한 사람인지. 화산에 몸을 바치겠다던 하운 사형의 말이 떠오르는가 하면, 한편에서는 숭무련으로 오라던 갈 대협의 말이 머리 속을 맴돌아. 내 무공은 이미 화산을 벗어난 것이 되어버렸지만, 사실 그 근원은 사부님이 남겨주신 자하진기에서 나오고 있지. 이제 난 결정해야 해. 내가 진정으로 있어야 할 곳을."

청풍의 마음은 진실했다.

자신의 천명을 결정한다면서 서영령에게 신뢰의 빛을 구하고 있다. 그녀를 인생의 일부로 느끼고 있음이다. 그녀의 의견을 묻고 있음이었다.

"어떻게… 하고 싶어요?"

그렇기에 서영령은 아무런 바람을 이야기하지 않았다. 마음 같아서는 청풍이 숭무련으로 오게 만들고 싶었음이 물론이다.

하지만 그것을 말할 수는 없었다. 오직 그가 결정해야 할 일, 그녀는 그의 자유로운 선택에 아무런 누가 되고 싶지 않았던 것이다.

"어떻게 하고 싶냐……. 나도 잘 모르겠어서 그래. 하지만 어느 쪽이든, 령매와 함께할 수 있는 방향이면 바랄 것이 없겠어."

눈 내린 산길이다.

곱게 아로새겨진 하얀 길 따라 두 사람의 발자국이 남는다. 서영령이 청풍의 팔에 머리를 기대며 작은 목소리로 속삭였다.

"나도 그래요."

두 사람은 말없이 걸었다.

화산파.

화산파를 버리는 것은 쉬운 일이 아니었다.

장문인의 마음이 어떻고, 사문의 문풍이 어떻든지간에 화산은 청풍을 키워준 부모이자 형제였다.

부모와 자식 간의 인연이 뗄 수 없는 천리(天理)인 것처럼, 그에게 화산을 지워 버린다는 것은 불가능한 일일 수밖에 없었다.

화산으로 돌아간다 해도 많은 것을 감수해야 하는 것은 다를 바가 없었다.

장문인과 맞설 수도 없는 바, 사부님에 대한 원한을 그대로 묻어둬야 한다. 화산 장문인의 순수하지 못한 계책들을 감내해야 할 뿐 아니라, 부당함에 가까운 문파의 처사들을 두고 봐야만 했다.

그것들도 문제지만, 가장 중요한 것은 다른 것이 아니었다. 화산에 돌아가면 서영령을 잃을 수 있다는 것이 가장 큰 걸림돌이었다. 숭무련의 검끝이 화산으로 겨눠지게 된다면 그것은 더욱더 명백해질 문제였다.

"섬서성를 넘보게 되는 것은 언제쯤일까?"

"섬서… 요? 그것은……."

서영령이 말끝을 흐렸다. 청풍이 엷은 미소를 지으며 말했다.

"모른 척하지 마. 숭무련이 하북을 제압하는 데 성공한다면, 다음 차례는 섬서가 아니고 어디겠어."

"……."

섬서에는 화산파가 있다.

서영령의 눈에 슬픈 빛이 깃든다. 그녀가 입술을 깨물고 말했다.

"하북… 하북의 핵은 팽가와 언가겠죠. 팽가와 언가는 강해요. 고수층도 두텁고, 뛰어난 진산비기도 많죠. 그런 만큼 비무도 한번으로 끝나지 않을 거예요. 적어도 가장 강하다는 고수 다섯 명은 꺾어놓아야 패배를 인정할 거라는 말이죠."

"시일이 걸리겠군."

"맞아요. 아무래도 간단히 끝날 상대가 아니니까요."

화산파와 숭무련이 부딪치기까지는 아직 여유가 있다는 이야기다.

그전에 해결해야 했다.

화산파와 숭무련이 완전히 어긋나기 전에 움직여야만 하는 것이다. 청풍의 머리 속에 한 가지 계획이 자리잡았다.

"좋아. 그러면 일단 한 가지를 마무리 짓자."

"무엇을요?"

"화산을."

"화산파요?"

"그래, 화산파. 장문인을 만나겠어."

망설이던 마음이 마침내 제 길을 찾는다.

모든 것이 시작된 장소.

서악, 화산이 있는 곳으로 향한다.

화산으로 돌아가겠다는 말에 불안해하는 서영령. 곱게 떨리는 그녀의 손끝에 청풍의 강인한 손가락이 닿는다. 보듬어 잡아주는 청풍의 손, 걱정 말라는 굳은 결의가 청풍의 두 눈 안에 있었다.

청풍과 서영령이 화산에 도착한 것은 겨울의 한가운데였다.

웅장함과 험준함이 충천하는 서악이다. 그 장엄한 산세는 조금도 변한 것이 없었다.

휘이이이잉—

두 사람은 아무 말이 없었다. 그러면서도 마치 약속이라도 한 듯, 황석곡 측면 능성을 향하여 발길을 옮기고 있었다.

기억 속의 아련함이 함께하는 곳이다.

적색 기와는 겨울 날씨에 눈 덮여 하얗게 변해 있지만, 쉬어가는 구름은 여전하다. 하늘 높이 솟은 연화봉과 운대봉을 한눈에 담아둘 수 있는 곳, 그들이 어린 시절 처음으로 서로를 보았던 매화정이 그들 눈앞에 모습을 드러냈다.

"여기서 풍랑을 처음 봤었죠. 기억나요?"

"기억하고말고. 어린데도 무척이나 눈에 띄었지. 좀처럼 머리에서 지워지질 않았어."

"피이, 거짓말."

서영령이 혀를 내밀고 몸을 돌려 매화정을 향해 뛰어갔다.

그때의 꼬마 아이.

오래전 기억이 손에 잡힐 듯 다가왔다.

어린 시절, 황석곡을 오가며 경석을 모으던 시간들이, 자하진기의 신비로운 공능을 발견하며 흥분했던 나날들이 주마등처럼 눈앞을 스쳐 지나갔다.

정자 안에 있던 의자를 나란히 붙여놓고 앉았다.

살포시 기대오는 서영령의 머리에 외로웠던 어린 시절이 무상할 따름이다. 서영령이 옆에 있고 화산 절경이 앞에 있으니, 세상사 어찌 변할지 모르는 법이라. 그때는 상상도 못했을 지금 이 순간이 그저, 그저 소중하기만 할 뿐이었다.

"령매, 령매는 여기서 기다리도록 해. 장문인은 혼자 만나야 할 거야."

한참 동안 서로의 온기를 주고받은 그들이다.

청풍이 기어코 몸을 일으키고 만다. 그가 서영령의 앞으로 발을 옮겨 그녀의 두 어깨에 손을 올렸다.

"걱정하지 마. 금방 돌아올게."

그녀의 섬섬옥수가 어깨에 올려진 청풍의 손등을 쓰다듬었다.

불안감을 감추기 위한 행동이었다. 화산 장문인이 어떻게 나올지 알 수가 없는 까닭일 게다.

"가봐요. 여기서 기다릴게요."

서영령이 작은 목소리로 말하며 고개를 끄덕였다.

화산이냐, 아니냐.

어느 쪽이 되어도 청풍을 향한 그녀의 감정에는 변함이 없을 것이다. 그녀가 어렵사리 미소를 지으며 마음을 다잡았다.

"어서요."

미소 속에 깃든 순수한 연정.

그녀의 마음이 그대로 전해져 왔다.

발걸음이 떨어지지 않을 수밖에.

심호흡을 하고 마음을 가다듬으며 힘들게 발길을 재촉했다.

타악! 터엉!

돌아보면 더 나아갈 수 없을 것 같은 느낌 때문에 일부러 뒤를 돌아보지 않았다.

매화정을 벗어나 한달음에 화산파 본산으로 향했다. 장운대로 가는 소로가 순식간에 눈앞으로 다가왔다.

장운대 담벼락 위로 올랐다.

찬 겨울에도 수련에 여념이 없는 보무제자들이 눈에 들어왔다. 이형권과 비형권을 연마하고 있는데 하나같이 열심이었다. 예전 생각이 절로 났다.

'이들도 매화검수를 목표로 하고 있겠지.'

청풍도 그런 때가 있었다.

하지만 이들은 모를 것이다. 그때의 청풍이 몰랐듯.

매화검수가 되어도 벗어날 수 없는 굴레.

화산파의 혹독하고 잔인한 문풍은 지금 그들이 알 수도 없고, 알아서도 안 되는 것이었다.

청풍은 기척을 지우고 장운대를 벗어났다.

어린 시절 넘을 것을 상상도 못했던 험로를 지나 은선대에 이르렀다.

이제부터는 외길이다.

은선대 정문으로 들어가 거침없이 발걸음을 옮겼다.

수련을 하고 있는 평검수들이 보였다. 그리고 그 뒤로는 상궁의 지붕이 배경처럼 비쳐들고 있었다.

백호검의 검자루를 처음 잡은 곳, 모든 것이 시작된 곳이 그곳이다.

또한 그곳은 장문인이 거하는 장소이기도 했다.

장문인, 천화 진인을 떠올리자 품고 있는 분노가 더욱더 거세졌다.

후우욱!

불편한 심기가 강렬한 기파가 되어 사방으로 뻗어나갔다.

그 심상치 않은 파장이 은선대 전체에 보이지 않는 긴장감을 드리웠다. 수련을 하던 평검수들이 하나하나 청풍을 돌아본다. 멈추는 검격, 기합성이 사라지고, 정적이 찾아들었다.

뚜벅, 뚜벅.

청풍. 대지를 걷는 발자국 소리만이 무겁게 가라앉았다.

평검수 수십 명을 단숨에 침묵시키는 힘.

그를 알아본 누군가의 목소리가 그 위에 울려 퍼졌다.

"청홍무적검……!"

화산의 신성(新星)으로 일컬어지는 이다.

누구도 청풍의 앞을 가로막지 못했다.

은선대를 지나 상층으로 올라간다. 상궁을 향하는 청풍의 등이 사냥감을 노리는 대호(大虎)와 같은 위험함을 품고 있었다. 그의 뒤쪽으로 평검수들이 우르르 몰려들었다.

"무슨 일이지?"

"숨이 막힌다. 정말 대단한걸……!"

"가까이 가지도 못하겠던데! 매화검수와는 완전 다르잖아."

"청홍무적, 최근에는 질풍무적이라고도 불린다더니……."

침묵이 깨지고 갖가지 목소리가 얽혀든다.

소란스러워지는 은선대였다.

어지러워진 그 광경에 한쪽으로 두 명의 검사가 달려오며 호통을 쳤다.

"무슨 일이냐?"

"수련을 멋대로 중지하다니!"

평검수들의 무공 교두를 맡고 있던 매화검수들이었다.

평검수들이 일제히 움직여 대열을 새로 갖추었다. 단숨에 정렬하는 평검수들, 개중의 하나가 앞으로 나서며 고개를 숙였다.

"죄송합니다. 강호에서 청홍무적이라 불린다는 청풍 사형이 이곳으로 와서……."

"지금 청홍무적검이라 했나?"

"예, 그렇습니다."

"그는 지금 어디에 있느냐!"

"이 위쪽, 상궁 쪽으로 갔습니다."

그의 말에 매화검수 두 명의 얼굴이 크게 굳어졌다.

"상궁 쪽으로 간 것이 확실한가?"

"예, 그렇습니다."

그 말이 떨어진 직후다.

매화검수 한 명이 다급한 얼굴로 외쳤다.

"긴급 상황이다! 서 사제, 검향관으로 가서 매화검수들을 모아라!"

"예?"

"말 그대로다. 매화검수들을 모아서 상궁으로 와! 은선대 평검수 전원은 나를 따른다. 서둘러!"

지시를 내린 매화검수가 은선대 상층으로 몸을 날렸다.

영문 모를 일이었다.

평검수들의 얼굴에 의아한 표정들이 떠올랐지만, 이내 전원 일사불란하게 움직이며 매화검수의 뒤를 따르기 시작했다. 적들의 내습과도 같은 긴급함이 매화검수의 전신에서 우러나오는 중이었다.

한편.

은선대를 나온 것이 바로 직전이었음에도 불구하고 청풍의 신형은 이미 상궁의 입구까지 이르러 있는 상태였다. 등 뒤의 소란을 감지한 청풍이다. 그의 눈이 번쩍이는 기광을 발했다.

'대비하고 있었다는 말인가?'

그렇다.

역시나 천화 진인은 만만케 볼 인물이 아니었다.

염두에 두고 있었음이 틀림없다. 청풍이 천화 진인에게 검을 겨눌 상황까지도.

그런 것까지 예측하고 있지 않고서야 상황이 이렇게 돌아갈 이유가 없다.

뚜벅.

상궁의 입구까지 왔다. 낮게 깔린 돌 계단 위에는 지객원의 고수 두 명이 문 앞을 지키고 있었다.

매화검수 출신으로 준 장로 급의 지위를 지닌 인물들이다. 그들이 청풍을 발견하고는 엄한 목소리로 물었다.

"무슨 일인가."

"장문인을 뵈러 왔습니다."

"이름은?"

"청풍입니다."

지객원의 고수 두 명은 청풍의 이름을 듣고도 표정을 바꾸지 않았다.

그들이 말했다.

"들어가 보아라. 장문인께서 오랫동안 기다리고 계셨다."

의외였다.

이렇게 순순히 들여보내 주다니, 놀라울 따름이다.

상궁 문이 열렸다. 청풍이 그 안으로 발을 들여놓았다.

세 걸음도 채 떼지 않았을 때다.

아니나 다를까, 의외였던 의아함은 이내 역시나 하는 확인으로 바뀌고 말았다.

지객원 고수 두 명이 곧바로 청풍의 등 뒤에 따라붙고 있었다. 언제라도 검을 내칠 수 있도록 예리한 기운을 품고 있는 중이었다.

'섣부른 행동은 하지 말라는 것이로군.'

두 사람은 검을 뽑지 않았다. 하지만 청풍의 등 뒤에 검을 겨눈 것이나 다름이 없었다.

이 정도 고수들에게 발검이란 순간이다. 함부로 움직이면 언제든 검을 전개하리라.

'게다가…….'

압력을 가해오는 것은 지객원 고수 두 명뿐이 아니었다. 상궁 바깥쪽으로 몰려드는 삼엄한 검기(劍氣)들이 하나 가득 있었다. 청풍을 쫓아 상궁으로 달려온 매화검수들과 평검수의 검기(劍氣)들이었다.

'먼저 가둬놓겠다는 것이로군.'

이제는 더 분노할 것도 없었다.

이렇게까지 나올 줄은 몰랐지만, 그렇다고 곤란함을 느낄 것도 없다. 내력을 끌어올리는 청풍의 눈이 강한 정광을 품었다. 그의 눈에 기광이 감돌았다.

'그 정도로 막을 수 있을 것 같나.'

심리적인 압박을 주고자 한 것이라면, 천화 진인의 의도는 실패다.

지객원 고수 두 명, 또는 매화검수 몇 명으로는 아무런 소용이 없다. 천화 진인 본인이라면 모를까, 지금 이곳에 청풍을 막을 수 있을 만한 실력자는 단 한 명도 없었다.

"장문인, 기다리시던 제자가 왔습니다."

장문인의 의자.

태사의에는 아무도 앉아 있는 이가 없었다.

청풍의 시선이 자연스럽게 태사의 오른편, 회랑 옆으로 나 있는 통로로 향했다.

집무실과 이어진 통로다. 뭉클뭉클 솟아 나오는 검기, 하늘에 이른 천검(天劍)의 무력이 좁은 통로로부터 새어 나오고 있었다.

'그래. 이 정도 무력이라면.'

천천히, 마치 어둡던 통로가 밝아지기라도 하듯, 천검의 공력이 눈앞으로 드러나고 있었다.

"자네가 청풍인가."

이것이 바로 화산파 장문인이다. 그 이름이 지니고 있는 위용을 직접 보여주기로 작정한 것 같았다. 일부러 내력을 모두 다 개방하기라도 한 것처럼, 느껴지는 무력이 실로 막강했다.

"장문인을 뵙습니다."

청풍이 포권을 취하며 고개를 숙였다. 화산을 움직이는 무정한 손이 거기 있다. 청풍이 만난 자들 중에서도 손꼽는 무공, 청풍보다 훨씬 먼저 천하의 길을 밟아온 이였다.

"드디어 이렇게 보게 되는군. 그 기도, 발군이다. 들리던 것 이상이야."

평온한 어투였다.

하지만 청풍은 천화 진인의 목소리 안에 깃들어 있는 망설임과 놀라움을 놓치지 않았다.

천화 진인의 무지막지한 기파를 미동도 없이 받아내는 청풍이다.

힘으로 눌리지 않을 정도로 강해져 버린 그였다.

태사의에 오르는 천화 진인.

청풍이 천화 진인을 올려다보며 무표정한 얼굴로 말했다.

"과찬이십니다."

천화 진인의 눈썹이 미약하게 꿈틀거렸다. 청풍의 전신에서 느껴지는 기이한 힘 때문이다.

대화산파 장문인의 기파를 완전하게 막아내는 것은 물론이요, 도리어 천화 진인에게 압력을 가할 정도의 기도를 뿜어내고 있다. 다른 누구도 아니고 본 문의 제자에게 그런 것을 느끼게 되다니, 천화 진인으로서는 당혹스러움을 감출 도리가 없었다.
"놀랍다. 놀라운 일이야. 자네가… 선현의 제자라고 했었지?"
"그렇습니다."
"선현의 제자가 이렇게 크다니 실로 대단한 일이다. 이럴 줄은 진실로 알지 못했다."
천화 진인의 말에는 한 가지 뜻이 담겨 있었다.
선현 진인이 이만한 제자를 키워내서 놀랍다는 것.
그것은 곧, 선현 진인의 역량을 한참이나 낮게 보고 있었다는 의미였다.
하지만 선현 진인, 청풍에게는 다른 누구와도 비할 수 없는 사부님일진저.
청풍의 마음속에 조용한 파도가 일었다.
"사부님께서는 훌륭하신 분이셨습니다."
"제자들에게 있어 사부는 훌륭한 사람일 수밖에 없다. 하지만 보아라. 네가 문파에 이룬 공(功)은 예전에 네 사부의 그것을 넘어서 버렸다. 청홍무적, 질풍무적의 칭호를 얻고 이와 같이 사신검을 모두 회수해 오지 않았더냐."
천화 진인에겐 칭찬이었으나, 청풍에게는 그렇지 못했다.
오히려 커다란 분노를 불러일으키는 말이다. 조용한 파도가 격랑으로 변하여 몰아쳤다. 청풍이 나직한 목소리로 말했다.
"사지(死地)로 내몰린 사람은 공적(功績)을 쌓을 기회조차 없는 법입니다."
천화 진인의 얼굴이 크게 굳어졌다.

대화의 방향이 곧바로 그렇게 틀어지리라고는 생각하지 못한 까닭이다.

"무슨 말인가."

"아시리라 생각합니다."

"너는… 대체 무슨 이야기를 들은 것이냐?"

천화 진인의 반응은 즉각적이었다.

이래서야 고봉산의, 아니, 장현걸의 전언을 진실이라고 확인하는 것밖에 되지 않는다. 천화 진인의 얼굴, 그리고 천화 진인의 되물음이 그 사실을 극명하게 드러내고 있었다.

"사부님은 가지 않아도 될 길을 가셨습니다. 육극신과의 싸움 후, 화산파는 원수인 비검맹과 다른 거래를 했었다지요. 그것이 어떻게 된 일인지 알고 싶을 따름입니다."

공손함을 취하는 것도 한계에 이르러 있었다.

청풍은 들끓는 감정을 자제하기 위해, 가진 바 모든 인내력을 쏟아부었다.

그래도 화산이기 때문이다.

화산파의 장문인이기 때문이다.

그것만 아니었다면.

사부님의 화산만 아니었다면 틀림없이, 틀림없이 검부터 뽑았으리라.

"그것을 어디서 들었는가."

"그것이 중요합니까?"

하극상에 가까운 언사였다.

하지만 천화 진인은 청풍의 태도를 걸고 넘어가지 못했다.

천화 진인 자신이 행했던 일, 그것은 피해갈 수 없는 진실이기 때문이었다.

"다 알고 온 게로군. 그래, 이렇게 된 이상 더 이상 감출 수 없겠지."

당황했던 천화 진인이었지만, 그는 순식간에 평상심을 복구해 냈다.

화산파 장문인, 천검 진인.

무림의 일대 거인(巨人)이다. 화산파를 명문거파로 이끌어온 능력은 그 누구도 부인하지 못한다. 청풍의 말 몇 마디로 궁지에 몰리기에는 그 저력이 너무나도 컸다.

"그렇다. 네 사부는 나 때문에 죽었다. 네 사부는 육극신에게 죽었고, 나는 복수 대신 협상을 택했다. 하지만 나는 그것을 후회하지 않는다. 그 덕분에 화산파는 장강의 유통로를 열었고, 장강 이남과 강동 지역까지 수월하게 진출할 수가 있었으니까. 그것이 네 사부의 공(功)이라면 공이다. 죽음으로써 화산파의 발전에 기여했으니."

죽음으로써 문파의 부흥에 밑거름이 된다. 사문의 제자로서 지녀야 할 당연한 도리였다.

두고 보면 분명 틀리다고 할 수는 없는 일이다.

하지만 청풍에게 있어, 그것이 옳고 그르고는 중요한 것이 아니었다.

사부가 죽었다.

사문의 장로가 죽었다.

복수를 함이 당연한 도리다.

복수보다는 문파의 이익을 추구한다?

그가 세운 공적에 만족하라?

말도 안 되는 소리다. 불처럼 솟구치는 마음이 청풍의 전신에 무시

화산(華山) 91

무시한 무력의 소용돌이를 만들었다.

"사문의 실리를 위해 죽음을 강요했던 것, 그뿐 아닙니까?"

"모든 사람은 죽어. 사람은 자신이 죽어야 할 때와 장소가 있기 마련이다. 네 사부의 죽음은 화산파에 막대한 이득을 남겼지. 그러면 된 것이다. 그 이득은 패사(敗死)의 수치도 충분히 덮을 만한 수준이었다."

"문파의 발전이 제자의 생명보다 중요할 수는 없습니다!"

"모르는 소리! 화산은 본래부터 그렇게 커왔다! 수많은 사람들, 도력 높은 선사(先師)들과 영명있는 검사(劍士)들이 화산의 부흥을 위하여 기꺼이 목숨을 바쳤다. 너는 그런 그들이 모두가 틀렸다고 말할 셈이냐? 매화검의 고고함이 어디서 나온다고 생각하나! 그것은 목숨을 아깝게 생각하지 않는 그 정신에서 나오는 것이다!"

천화 진인의 호통은 강렬했다.

사문에 은을 둔 자, 사문에 목숨을 바쳐라.

그가 지닌 사상과 의지가 엿보이는 일갈이었다.

그러나.

청풍은 그가 지닌 대의(大義)에도 전혀 굴하지 않았다.

무엇이 먼저인지 알기 때문이다. 사문에 목숨을 바치라고 요구한다면, 사문 역시 그에 상응하는 것을 제자들에게 해주어야 한다. 청풍의 낭랑한 목소리가 천화 진인의 호통이 남긴 여운을 날카롭게 갈라놓았다.

"제자들이 사문에 목숨을 바치고자 하는 것은 강요함으로써 되는 것이 아닙니다! 제자가 죽음의 위기에 처해 있다면, 그 어떤 손해를 무릅쓰고라도 가서 구해주는 것이 사문의 도리가 아니었습니까! 하물며 제자를 일부러 죽음에 몰아넣다니요! 그래서는 어떤 제자라도 사문에 대한 자부심을 가지기 힘듭니다!"

"그것이 화산이다! 화산은 최고의 검문(劍門)일지니! 목숨을 바칠 만한 자부심은 그것으로도 충분해!"

"진실로 그렇게 생각하십니까? 최고의 검문, 죽은 사람의 넋이 그런 것으로 위로되는 것이 아닙니다!"

"그들의 넋이 위로될 것인가 아닌가는 네가 고민할 문제가 아니야! 그것은 내가 감당해야 하는 천명이다! 나는 그들이 바쳐 온 목숨만큼 화산이 발전할 수 있도록 할 수 있는 모든 것을 다할 뿐이야. 제자들의 죽음을 감내하는 사람은 이 화산의 장문인인 나다!"

천화 진인의 눈빛과 청풍의 눈빛이 허공에서 부딪쳐 격한 불꽃을 만들었다.

청풍은 죽은 사람의 한(恨)을 이야기했고 천화 진인은 화산 장문인의 천명을 말했다.

그러니 애초부터 좁혀질 수 없다.

천화 진인은 선현 진인의 죽음을 자신의 잘못이라 생각하지 않는 까닭이었다.

천화 진인 때문에 선현 진인이 죽었다?

천화 진인이 죽음으로 내몰았던 제자는 선현 진인 하나가 아닌 것이다.

천화 진인에게 있어 선현 진인은 사문에 한 목숨 희생한 숱한 문인들 중 하나에 불과할 따름이었다.

제자들의 피치 못할 죽음을 접하는 것은 어느 문파의 장문인이라도 반드시 겪어야만 할 숙명, 그 제자들의 죽음을 모두 다 장문인의 탓으로 돌리는 것은 어려운 일일 수밖에 없다. 그렇게 하나하나 죄책감을 가져서는 일파의 장문인으로 서 있을 수 없을 것이다.

"장문인께서 그렇게 말씀하신다면 어찌할 도리가 없겠습니다. 하지만 분명히 말씀드리겠습니다. 지금의 화산파는 아닙니다. 많은 제자가 죽음을 맞았음에도 불구하고 현재의 화산파는 결코 최고의 검문이라 말할 수 없으며, 응당 목숨을 바쳐야 할 명가(名家)라 볼 수도 없습니다. 문파의 발전이란 세력의 확장과 무공의 고하로만 결정되는 것이 아닐 터! 실리를 쫓아가는 대의(大義)는 진정한 대의라 말할 수 없는 법이니, 화산파의 처사에서는 정대한 천리(天理)가 더 이상 느껴지지 않습니다!"

막힘없이 입에서 나오는 것은 오랫동안 품고 있었던 진심이다.

청풍은 문파의 경영과 복잡한 이해관계에 대해 아는 바가 없다. 하지만 청풍은 그에 앞서 그보다 중요한 것을 알고 있었다.

협!

협의 도리가 그것이다.

어린 시절부터 배워온 진리다. 사부님이 심어주고, 강호를 걸으며 스스로 배운 정도(正道)였다.

"네 이야기는 화산의 제자로서 감히 할 수 있는 말이 아니다. 화산을 폄하하며, 사문에 목숨을 바칠 수 없다고 말한다. 강호에서 조그만 명성을 얻었다고 하여 교만이 극에 이르렀구나. 너는 결국 사문에 검을 들이대겠다고 말하는 것이냐!"

"협의지도(俠義之道)를 말하는 것뿐입니다. 화산의 길이 천도(天道)에 닿아 있다면 화산 제자로서 그 누가 마음속에 화산을 품지 않겠습니까."

"네 이야기는 이상(理想)이다. 세상은 그렇게 움직이지 않는다!"

"이상이 아닙니다. 설령 그것이 이룰 수 없는 이상이라고 한들, 그것을 추구하지 않으면 무슨 의미가 있겠습니까. 저는 그렇게 배웠습니다. 사부님께. 다른 어느 곳도 아닌 이 화산에서!"

천화 진인의 눈이 크게 흔들렸다.

보무제자에서 매화검수로 이어지는 관문의 폐단.

매화검수가 가진 약점.

철기맹, 성혈교와의 싸움에서 얻게 된 패배 의식.

그런 것은 근본적인 문제가 되지 못한다.

가장 큰 문제는 청풍이 말한 그것이다.

실리를 쫓아온 문파와 그로 인해 서서히 무너진 대의명분.

청풍의 사부, 선현 진인이 죽었을 때부터, 아니면 그전부터 쌓여온 균열이 지금 현재에 이르러 그와 같은 결과로 나타났다 해도 과언이 아니었다.

"너는… 화산 도문의 원로들과 똑같은 소리를 하고 있구나. 그래서 원로원의 도인들처럼 세상을 등질 셈인가? 아니면 화산을 떠나기라도 할 참이냐?"

천화 진인의 목소리는 종전보다 그 힘을 잃고 있었다.

업보였다.

실리를 취하여 화산을 중흥기로 이끌었지만, 그것은 한때였을 뿐이다. 도리를 저버린 영광은 결코 영원할 수 없는 것이 당연했다.

"사부님께서는 화산에 아무것도 바라시는 것이 없었습니다. 무검진인이라 불리며 비웃음을 받으셨지만, 그렇다고 그것을 억울해하지도 않으셨습니다. 화산을 좋아하고 화산을 사랑하셨기 때문입니다. 그러나 저에겐 사부님의 화산이 보이질 않습니다."

"네가 원하는 화산이 보이지 않는다는 것, 묻겠다. 그것은 파문을 원한다는 말인가?"

"……."

청풍은 대답하지 않았다.

파문.

그래도 될 것인가.

사부님의 화산이 아니기에 화산을 떠난다.

청풍이 화산을 박차고 나간다면.

하늘에 계신 사부님께서 과연 그것을 좋아하실까.

무공을 익히는 것은 이기기 위해서가 아니라고 하셨던 사부님.

사부님의 어렴풋한 목소리가 청풍의 귓전을 울린다.

"그러니까, 이 사부가 시키는 대로 숨 쉬기를 계속하다 보면 나쁜 도적들도 때려잡을 수 있고, 산속 무서운 맹수들도 물리칠 수 있다는 이야기란다. 천천히 천천히……. 그렇지, 그렇게 차분하게 하는 것이야."

기억조차도 가물가물한 어린 시절의 이야기다.

무공을 익히는 이유.

나쁜 도적을 때려잡고, 산속 무서운 맹수를 물리친다.

너무나도 간단한 말이었지만, 거기에 무공을 익히는 근본적인 이유가 있다.

도적을 잡아 세상을 평안하게 하는 것.

무서운 맹수를 잡아 사람들을 이롭게 하는 것.

그것이 협의가 아니고 무엇이랴.

청풍의 마음속에 작은 깨달음이 생겨난다.

천화 진인과 이야기하기 전에는 미처 알 수 없었던 강렬한 천명이 마침내 움트기 시작하고 있었다.

"화산검문의 제자가 아니라고 하여, 화산의 영혼이 아니라고는 말할 수 없겠지요."

청풍의 말을 들은 천화 진인이 입매를 굳혔다. 잠시 말을 멈춘 그가 어느 때보다 심각한 어조로 입을 열었다.

"너의 마음은 이미 화산검문에 머물러 있지 않은 것으로 보인다. 억울함 때문이라면 그것에 대해서는 얼마든지 보상해 주겠다. 검의 회수와 관련된 사안은 도문(道門)과의 마찰로 인한 착오로 생긴 것이었고, 네가 강호에서 어려움을 겪었던 것은 개방 후개의 음모 때문이다. 그런 것으로 화산을 저버린다는 것은 옹졸함의 소치라고밖에 말할 수 없도다."

옹졸함이라니, 구차한 말이었다.

천하를 굽어보던 장문인의 모습이 이리도 작아 보일 줄이야.

악양에서 보았던 그때의 무력 그대로였지만, 청풍은 더 이상 그가 무섭지 않았다.

무공보다 강한 힘, 협이 청풍과 함께하고 있었기 때문이다.

천하를 향한 발걸음은 천화 진인이 한참 먼저 나갔으되, 하늘 우러러 한 점 부끄러움 없는 청풍의 마음은 이미 천화 진인의 그것을 앞질러 있었던 것이다.

"제가 말하는 것은 제 자신의 억울함이 아닙니다. 화산파의 정대함을 말하고 있었을 뿐입니다."

"네가 어떻게 느끼든 파문은 불가한다. 현 화산의 위기는 심각한 수준일지니, 화산이 다시 일어서려면 네 이름이 반드시 필요하다."

결국 여기까지 왔다.

드높고도 드높은 하늘의 검이 자존심을 굽히고 청풍의 힘을 구한다는 것.

그런 천화 진인을 눈앞에 두고 청풍은 묘하게도 잔잔하게 가라앉는 마음을 느꼈다.

들끓던 분노도 사라져 버렸다.

천화 진인이 청풍을 필요하다고 해서가 아니었다.

천화 진인이 어떤 사람인지 비로소 이해할 수 있었던 까닭이다.

화산파가 강해지는 것.

화산파가 무림 최고의 검문이 되는 것.

천화 진인는 그것밖에 보지 않는다. 그것을 위해 수단과 방법을 가리지 않으며, 또한 수단과 방법을 가리지 않는 것에 대해 아무런 거리낌이 없는 이였다.

이제 청풍에게 있어 더 이상 측량할 수 없는 거인이 아닌 것이다.

화산파의 부흥, 언제 무너질지 모르는 모래성 같은 중흥이 천화 진인의 천명이었다면 그것은 그것대로 슬픈 천명이라 할 수 있었다.

"제가 필요하다면, 제 힘을 어찌 쓰실 생각이셨습니까?"

결국 청풍은 마음을 정했다.

천화 진인은 선현 진인의 죽음을 사과하지 않았다. 앞으로도 그러지 않을 것이다.

그래도 상관없었다. 천화 진인은 사부님을 죽음으로 몰아넣었고, 청풍에게도 많은 고난을 주었지만, 그들에게 악감정이 있어 괴롭히기 위함이 아니었던 것이다.

청풍이 약했기 때문이다.

그가 약하고, 그가 몰랐기 때문에.

화산 장문인으로서의 숙명, 제자들의 목숨까지도 집어삼키는 그 가혹하고 슬픈 숙명에 먹혀 버리고 말았을 뿐이었다.

"너의 힘을 어떻게 쓸 생각이었나 물었느냐?"

"그렇습니다."

"매화검을 주고 매화검수들의 수장을 맡기려고 했었다."

"매화검수의 수장……."

굉장한 제안이었다. 하지만 청풍은 거기에 별반 관심이 없었다. 그것을 단숨에 알아본 천화 진인이 곧바로 말을 이었다.

"북풍단에 대해 들어보았을 것이다. 그들은 무당이 아니지만, 사실은 무당파의 병력이나 다름이 없다. 무당의 이름을 더럽히지 않으면서도 무당에 위해를 가하는 모든 세력을 견제하는 이들이란 것이다. 소림에서도 비슷한 시도가 있었다. 나찰사가 그들이지. 하지만 소림은 실패했다. 나는 매화검수들을 재편하여 그와 같은 무인들로 양성하려 했다. 그 수장으로 너를 지목했지만 너는 내 뜻에 따라 움직일 생각이 없어 보이는구나. 화산 제자로서 화산의 명에 따르는 것은 지극히 당연한 일임에도 말이다."

"협의와 천도에 어긋나지 않는다면 화산의 명에 따르는 것이 지당한 일일 겁니다. 그러나 화산의 길이 지금까지와 같다면 저는 다른 길을 걷는 것을 망설이지 않을 것입니다."

천화 진인이 원하는 화산.

청풍이 말하는 화산.

움터서 드러나는 천명이었다.

천화 진인의 천명이 화산파의 중흥이었다면, 청풍의 천명은 어긋난 화산파를 올바로 되돌리는 것.

천화 진인의 발상이 옳은 것인지, 그 새로운 매화검수가 필요한 것인지는 중요한 것이 아니다. 사부님께서 영혼을 묻은 화산, 그 정기를 곧게 세우려고 함이다. 사부님의 영혼이 화산 안에서 기쁨으로 안식을 취하시도록 만들려는 의지였다.

"다른 길을 가겠다고 했다. 장문의 뜻을 거스르는 제자는 그것으로 이미 패륜의 업을 의미한다. 너는 네 스스로 말한 천도를 어기고자 함인가?"

"장문인께서 발(發)하는 뜻이 천도에 합당하다면 제자가 어찌 그것을 거스를 수 있겠습니까. 화산의 길을 협의로 이끄시겠다면, 화산 제자는 응당 그 부름에 응해야만 하겠지요."

"어불성설, 그것은 곧 언제라도 장문의 뜻을 거스를 수 있다는 이야기다! 그렇다면 네 존재는 화산 문규에 큰 혼란을 초래할 뿐이야."

"장문인께서 협의도(俠義道)를 바로 세우신다면 그런 혼란은 결코 일어나지 않을 것입니다."

직언이었다.

누구도 화산 장문인에게 이런 말을 할 수 있는 자는 없었다.

지금까지 협의지도를 제대로 지키지 않았으니, 앞으로는 제대로 하라는 말이나 다름이 없다. 너무나도 올바른 말이기에 도리어 놀라운 한마디. 천화 진인이 고개를 저으며 탄식했다.

"협도를 바로 세우라……. 네가 원하는 것이 대체 무엇이기에 그런 말을 하는 것인가."

"앞으로 사부님과 같은 이가 생기지 않는 것, 그리고 저와 같은 제자가 생기지 않는 것입니다."

"그것은 불가능한 일이다. 화산은 넓고도 큰 문파일지니, 그런 경우를 완전히 없앨 수는 없어."

"제가 없애겠습니다."

바람이 불었다.

사명이다.

화산의 명에 복종하지만, 그것은 또한 복종이 아니다.

화산 문인이되, 화산 장문인의 소유는 아니라는 말이었다.

제자들의 목숨이 더 이상 장문인의 천명에 희생당해서는 안 된다. 앞으로 선현 진인과 같은 이가 또 있어도 안 되며, 청풍과 같이 사문으로부터 핍박받는 이가 있어서도 안 되는 일이다.

화산 제자로서 고난을 겪으면 반드시 화산이 가서 그를 도와줄 것이며, 연공사와 같이 어려움에 처한 문파가 있으면 어떤 손해를 보아서라도 도와주도록 만들겠다.

천품을 지닌 대협, 세상을 아우를 영웅의 마음이었다.

"너는 어찌하여……."

사명을 깨달음으로써 한층 더 거듭난 청풍이다.

측량할 수 없는 그릇.

천화 진인은 비로소 청풍이 지닌 그릇의 크기를 실감할 수 있었다. 망연자실하여 말을 잇지 못하는 천화 진인의 앞에 청풍의 목소리가 울려 퍼졌다.

"매화검은 다른 이에게 주십시오. 매화검은 매화검수를 자랑스럽게 여기는 자에게 가는 것이 옳습니다."

"매화검수를 원치 않는다는 것이냐?"

"저에게는 이 검들이 있습니다. 매화는 제게 어울리는 것이 아닙니다."

청풍의 두 손이 청룡검과 백호검에 머물렀다.

그렇다.

그에게 어울리는 것은 매화의 고절한 향기가 아니라 사신검을 들고 강호를 종횡하는 거센 바람이었다.

화산 협곡에서 솟아 나와 천하로 몰아치는 질풍, 그것이야말로 청풍의 진정한 길이었다.

"그래서 너는 앞으로 어떻게 하려는 것인가?"

"못다 한 일을 끝마칠 것입니다."

"못다 한 일이라 함은……."

"……."

"설마……?!"

"사부는… 부모님와 같습니다. 부모를 잃은 원한, 풀지 못한다면 그것은 장부의 도리가 아닙니다."

"육극신을 치려는 것인가? 안 되는 일이다! 화산파는 지금 비검맹과 싸울 여력이 없어!"

"화산이 비검맹과 싸울 필요는 없습니다. 개인적으로 승부를 내겠습니다."

"홀로 싸우겠다? 육극신은 강자다! 이길 수 있을 것 같은가!"

청풍의 눈이 천화 진인을 향한다.

"이길 수 있습니다."

압도적인 한마디였다.

무공의 힘이 아니라 마음의 힘이다.

청풍이 입을 열어 결의의 말을 더했다.

"제게는 사신(四神)의 검 외에도 사부님이 남겨주신 심법이 있습니다. 사부님께서는 무검(無劍), 검 없는 손으로 육극신과 팔십 합을 겨루셨지요. 사부님의 심법으로… 이기겠습니다."

천화 진인은 더 이상 아무런 말도 할 수가 없었다.

청풍은 누군가 손에 넣을 수 있는 이가 아니다. 개방 후개에 관한 문제나 매화검 따위로 잡아둘 수 있는 사람이 아니었다.

청풍은 그보다 훨씬 더 높은 곳을 날고 있는 자다.

백호의 기상과 청룡의 지혜.

주작의 날개와 현무의 강인함.

선현 진인이 남긴 자하진기가 그 모든 것을 이끌어내고 있었다.

포권을 취하고 물러나는 청풍이다.

천화 진인이 물었다.

"…어디로 가려는가?"

"돌아가야 할 곳으로 갑니다."

청풍의 대답.

천화 진인은 그 뜻이 무엇인지 모르면서도 재차 묻지 못했다.

범접할 여지가 없다.

화산파, 그 안에서도 유래없던 존재다.

멈추어 선 지객당 고수들을 지나 상궁 밖으로 나갔다.

저벅, 저벅.

화산 장문인과 대등한 기파, 몰려들어 있던 매화검수들과 평검수들이 쫙 갈라지며 청풍이 걸을 수 있는 길을 만들었다.

화산(華山) 103

질풍.

계책과 예상을 모두 다 넘어선 바람이다.

초월자의 위치에 다다르고 있는 한줄기 질풍이었다.

"화산을 떠날 수는 없었어."

"그럴 줄 알았어요."

곱게 번지는 노을이 흰 눈 위에 진한 주홍빛을 수놓고 있었다.

아름다운 절경.

그 안에 그 어떤 것보다 눈부신 미소가 있다. 그곳이 바로 청풍이 돌아가야 할 곳이다. 서영령이 고개를 끄덕이며 밝은 웃음을 지었다.

"화산은 변해야만 해. 나 같은 제자가 또 생겨서는 안 되니까."

"그래요. 이해해요."

서영령은 그것에 어떠한 불만도 표하지 않았다.

남아의 결정이다.

고민을 해왔고, 중대한 만남을 가졌다.

거기서 내린 결단이라면 무슨 일이 있어도 그것을 함께 지켜주는 것이 그녀가 할 일이다. 서영령은 청풍의 마음을 진심으로 이해할 수 있었다.

"령매."

"예?"

이토록 무조건적으로 그의 편이 되어주는 이가 세상에 또 있을까.

청풍이 숨을 들이키며 말했다.

"미안해. 이렇게 되어서."

"미안해할 것 없어요. 풍랑이 화산을 버렸다면 오히려 실망했을 거예요. 그렇게 큰 결정을 내린 풍랑이 자랑스러워요."

서영령이 청풍의 손을 잡았다. 추운 곳에 오래 있어서인지 손이 찼다. 꽉 쥐는 손, 손가락이 얽혀들었다. 청풍이 그녀를 잡아끌어 품에 안았다.

"령매."

"예?"

"숭무련으로 가자."

"숭무련이요? 무슨 말이에요?"

"숭무련은 지닌 바 무(武)로서 스스로를 증명하는 문파라 했었지. 숭무련으로 가서 령매를 얻겠어."

"그게 대체……."

"령매보고 숭무련을 떠나라는 것이 아니야. 나도 화산을 떠나지 않았으니까."

"그럼 어떻게……."

"화산과 숭무련이 싸우지 않으면 돼. 숭무련이 화산에 비무를 청하기 전에 내가 먼저 숭무련으로 가겠어. 화산과 숭무련의 싸움은 내가 막을 거야."

"……!"

놀라운 이야기다.

화안리, 탁종명의 이야기를 들은 후부터.

청풍이 마음속에 담아두었던 계획이 바로 그것이었다.

숭무련의 침공은 일 대 일 비무를 통해 이루어진다. 그것을 역으로 이용하는 것이다. 화산파와 숭무련의 싸움이 되기 전에 청풍 홀로 결판을 짓겠다는 생각이었다.

"내가 나서면 숭무련에서도 고수가 나와야 할 거야. 만일 령매의 아버님이라도 나서시게 된다면, 상황은 상당히 곤란해지겠지. 그럴 경우, 상처없이 끝낼 자신이 없어."

가능성은 충분한 계획이다.

문제는 청풍이 말한 것처럼, 쌍방이 손해없이 끝나야 한다는 데 있다.

어느 쪽이든 불구가 되거나 목숨을 잃게 된다면 청풍의 계획은 하릴없는 물거품이 되고 말리라.

"어쩌려고요? 누가 되었든 상처 입는 것은 싫어요."

"무공을 키우겠어. 원점으로 돌아가서."

"원점으로?"

"자하진기. 처음부터 다시 시작할 거야. 나에겐 사신기(四神氣)가 있지만, 그 모든 것의 근본은 나 자신일 뿐이지. 그러니 자하진기로 승부를 내겠어."

화산으로의 귀환.

자하진기로의 회귀였다.

만류귀원이라 했던가.

백호와 청룡, 주작과 현무를 거쳐, 마침내 처음으로 돌아왔다.

매화정을 나와, 화산을 내려가는 두 사람이다.

목적지는 화안리다.

조용히 수련을 하고자 한다면 역시 화안리만한 곳도 없었다.

청풍은 결심을 했고, 두 사람 사이를 막을 수 있는 것은 아무것도 없어 보였다.

관도를 따라 길을 밟으며 한 마을, 하나의 객잔에 이르렀다.

저녁을 넘겨 깊어가는 밤, 거리낌없이 하나의 방을 잡았다.

어둑한 촛불 빛을 받으며 서로를 보듬어 안았다.

"우리, 잘되겠죠?"

청풍의 품에 안긴 서영령이 그의 얼굴을 올려다보며 작은 목소리로 속삭였다. 청풍이 단호한 목소리로 대답했다.

"그럼, 잘되어야지."

서영령이 눈을 감고 청풍의 가슴에 얼굴을 묻었다.

만남과 헤어짐, 기다림과 엇갈림이 옷깃을 부여잡는 손끝에 있었다.

"잘되도록 만들겠어."

청풍이 손을 올려 서영령의 고개를 들었다. 눈물이 맺혀 있는 봉목, 청풍이 몸을 숙여 그녀의 눈꼬리에 입을 맞추었다. 눈에서 이마, 따뜻함과 촉촉함이 강렬한 느낌으로 다가왔다.

고조되는 마음이다.

백호검에 휩쓸릴 때와는 전혀 달랐다.

주체할 수 없는 연정 속에 부드러움이 있다. 청풍과 서영령의 입술이 누가 먼저라고 할 것도 없이 서로를 찾았다.

쩔그럭, 철컹.

청풍이 검을 풀어 땅에 내려놓자 요란한 소리가 울려 퍼졌다. 검의 힘에 아무것도 통제할 수 없는 상황은 이제 사양이었다. 청풍의 마음을 읽은 서영령, 얼굴을 마주 댄 두 사람이 동시에 작은 미소를 지었다.

"하아……"

청풍의 입이 서영령의 목선을 따라 내려왔다. 누가 가르쳐 주지 않아도 아는 사랑의 몸짓이다.

어색한 손놀림, 어느새 청풍은 서영령의 상의를 끌어 내리고 있었다. 청풍의 입이 어깨선을 타고 내려와 그 아래 봉긋한 가슴에 닿았다.

서영령이 청풍의 머리를 꽉 끌어안았다. 쾌감을 느끼는 얼굴이었지만 저속해 보이지는 않았다. 언제나 화사하고 정열적이었던 그녀의 얼굴이 그 어느 때보다 붉게 물들었다.

청풍의 손이 아래로 내려가 그녀의 무복(武服) 하의를 벗겨냈다. 그 자신도 무복을 벗어내니, 순식간에 겹쳐지는 두 사람의 몸이다. 그녀의 팔이 청풍의 단단한 상체를 힘을 다해 끌어당겼다.

"으음……!"

두 사람이 하나가 되기까지는 오래 걸리지 않았다. 솔직하고도 대담하게 다가가는 연인들이다. 청풍의 몸이 흔들리는 만큼, 그녀의 목소리가 높아졌다.

"아아!"

청풍의 움직임에 동조하는 서영령이다. 서영령의 목과 어깨에 진한 땀방울이 맺혔다.

조심스럽고도 매혹적인 몸짓을 보이는 그녀다. 점차 빠른 떨림을 보이는 두 연인이 서로를 감은 몸에 더 큰 힘을 더한다. 세상이 멈춘 듯한 극점, 두 사람의 몸이 완전하게 얽히고 이내 커다란 한숨을 내쉰다. 오랫동안 억제해 왔던 열정이었다.

"이런 것인 줄 몰랐어요."

서영령이 가쁜 숨을 몰아쉬며 말했다.

검의 힘에 휩쓸려 원치 않은 일을 당했을 때와는 전혀 달랐다.

서툴기는 매한가지였지만, 지금은 마음이 원한다.

시선을 나누며 서영령의 허리를 쓰다듬고 있자니, 다시 한 번 뭉클 솟아나는 애정을 느낀다. 청풍이 다시금 서영령을 끌어안으며 입술을 가져갔다.

"또?"

청풍은 웃었다. 서영령도 웃었다.

일생(一生)에서 가장 따뜻하고도 애틋한 순간이다.

사람으로 태어나 마땅히 지니는 본능, 그것의 강렬함이 얼마나 큰 것인지 깨달은 두 사람은 비로소 또 하나의 천리를 배운다. 사람에게는 무릇 그들에게 정해진 짝이 있는 법, 서로에게 사랑을 느끼면 결국 서로와 하나가 되고 싶어하기 마련인 바.

양과 음이 하나로 섞이는 시간.

해가 지고 달이 뜨는 저녁, 마치 그 순간의 노을과도 같다.

하루가 지나면 반드시 다음날이 시작되기 마련이듯, 남과 여가 만나고 마침내 하나가 된다.

그것은 그 어디에도 비할 수 없는 강한 운명일 수밖에 없었다.

청풍과 서영령은 서두르지 않았다.

전처럼 산중을 헤매지도 않았고, 사람들의 눈을 피하지도 않았다.

그저 가던 길을 갈 뿐이다.

마음의 여유를 배우며, 자하진기의 깨달음을 되짚어 나갔다.

그런 만큼 강해졌다. 청풍 자신도 놀랄 만한 성취 속도였다. 특별히 초식을 연마하지 않아도, 무공의 깊이가 절로 깊어지고 있었다.

청풍은 그 이유를 어렵지 않게 알아낼 수 있었다.

조화와 균형을 찾았기 때문이다.

사람이 항상 팽팽하게 긴장하여 살아갈 수는 없는 법. 하늘이 있으면 땅이 있고 음이 있으면 양이 있듯, 급할 때는 급하더라도 적당할 때

쉬지 않으면 스스로를 망칠 뿐이었다.

사람은 사람답게 살아야만 본연의 그릇을 다 보여줄 수 있다.

그의 무공이 보여주는 비약적인 성장은 감춰져 있던 그릇이 바깥으로 드러난 것에 다름이 아니다. 그것은 또한 그가 얼마나 급하게 이 세상을 달려왔는지 알려주는 증거라고 해도 과언이 아니었다.

그렇게 며칠.

청풍과 서영령은 전에 없이 가벼운 마음으로 여정을 계속했다.

하지만, 그것도 오래가진 못했다.

항상 그렇다.

아직까지 그들에겐 조화와 여유보다는 숙명의 그늘이 더 컸던 모양이다.

풀어내지 못한 인연의 사슬이 그들을 집요하게 따라오고 있었다.

한 마을, 객잔에서 만난 사람이 있었으니.

그들을 쫓아온 그녀다.

반가워야 마땅한 사람임에도 반갑게 맞이할 수가 없는 여인이었다.

"오랜만이야."

천류여협, 화산 매화검수.

여전한 아름다움을 지닌 연선하가 두 사람이 머무르던 객잔으로 찾아왔던 것이다.

"두 사람 다 얼굴이 밝네."

그녀의 얼굴은 어두웠다.

급히 달려온 듯, 먼지를 뒤집어쓴 몰골이었다.

"오랜만입니다. 사저."

지친 모습이나, 그녀의 매력은 여전했다. 서영령이 연선하를 보며 꾸벅 고개를 숙였다.

"오랜만이네요. 언니."

"그래. 백호검과 철선녀. 철선녀는 역시나 너였구나."

그렇다. 서영령과 연선하는 일찍이 알고 지내던 사이였다.

그러나 연선하의 얼굴은 그다지 편해 보이지 않았다. 묘한 일이었다. 서영령이 청풍 옆에 있다는 사실에 대하여 커다란 부담을 느끼는 것 같았다.

"무사하셨군요. 석가장의 일로 걱정했었습니다."

"그게 언제 적 이야기인지 모르겠다. 정말 한참 만이야. 그사이에 또 변했구나."

"말씀하신 것처럼 시간이 많이 지났으니까요."

연선하의 얼굴이 미미하게 굳었다.

청풍의 전신에서 범접하기 힘든 기도가 우러나고 있었기 때문이다.

절제된 반가움도 생소했다.

서영령이 옆에 있기 때문인가, 다가갈 수 없는 벽이 세워져 있는 느낌이었다.

"화산에 올라왔었다는 이야기를 들었다. 네가 벌인 일에 대하여 말들이 많더구나. 다들 어떻게 받아들여야 할지 곤란해하는 눈치야."

"해야 할 말을 했을 뿐입니다."

청풍의 대답은 짧았다.

누가 뭐라 해도 전혀 개의치 않는다는 투였다. 어린 시절의 껍질을 깨부수고 그것을 벗어나 커다란 날개를 달아버렸다. 과거는 과거일 뿐, 연선하가 어찌할 수 있는 남자가 아니었다.

"너는… 정말로 손에 닿지 않는 사람이 되어버렸구나. 내가 알던 그 아이가 아니야."

"……."

청풍은 말없이 그녀를 바라보았다.

그녀를 보니 반갑다. 하지만 반가움은 순간이었을 뿐이었다.

청풍은 그녀를 순수하게 받아줄 수가 없었다.

청풍이 옛날의 그가 아닌 것처럼, 그녀도 옛날의 그녀가 아니었다.

긴장하고 있는 기색.

떨리는 목소리.

굳어진 눈매.

그 모든 것들이 그녀의 의도가 단순히 청풍을 만나보기 위한 것만이 아니라는 것을 잘 알려주고 있었다.

"너를 염려하는 사람들이 있다는 사실을 잊지 마라. 너에게 희망을 걸고 있는 사람들도 많아. 지금 그들은 궁금해하고 있어. 네가 어디로 갔는지, 또 어디로 갈 것인지. 또 무엇을 하려는지."

매한옥, 하운 사형.

송현, 이지정 사숙.

청풍은 연선하의 말을 들으며 그 이름들을 떠올릴 수 있었다. 그러나 그런 것은 당장 중요한 것이 아니었다.

청풍은 알 수 있었다.

연선하가 찾아온 이유는 그런 따뜻한 이름들에 있지 않았다.

"사저, 사저답지 않습니다. 그런 이야기를 하기 위해 여기까지 온 것이 아닐 텐데요."

청풍의 눈은 모든 것을 꿰뚫어 보고 있었다.

연선하가 그 눈빛을 마주하지 못하고 고개를 모로 돌렸다. 사람의 마음을 읽어내는 눈이었다. 연선하가 숨을 들이키며 말했다.

"정말로… 넌 많은 것을 보고 있구나. 정말 대단해. 내가 잘못 생각했어."

일단공, 이단공.

자하신공이 깊어지면서 몇 단공의 의미를 잊어버린 청풍이다. 내력이란 본디 그런 식으로 경지의 수위를 나누는 것이 아니었다. 그저 광대해지는 심오해지는 것이 내력의 힘이다. 그 정도 경지에 이른 청풍에게 있어, 사람이 품고 있는 뜻을 짐작한다는 것은 결코 어려운 일이 아니었다.

"사저가 평소와는 다르게 보이기 때문입니다. 별반 대단할 것이 못 됩니다."

"그래, 네가 그렇다면 그런 것이겠지."

그녀의 목소리엔 불안함이 가득했다.

이미 다른 세상으로 가버린 청풍임을 잘 알고 있으면서도 자꾸만 예전 생각을 하게 되는 그녀.

강호에 대해 아무것도 모르던 소년, 그 소년은 이제 없다.

그녀가 찾아온 의도를 단순히 반갑게만 받아들이기엔 청풍이 지나왔던 길이 너무도 험했을 따름이었다.

"이제 곧 중원 무림맹이 열린다. 소문은 들었을 거야."

"물론입니다."

"그 개맹식이 동정호 군산에서 열리기로 되어 있어. 당연히 우리 화산파도 가기로 되어 있지. 네가 거기에 참가해 주었으면 좋겠어."

장문인의 뜻인가.

그래서 말하기를 망설였다면 이해가 될 법한 일이다.

그러나 청풍은 이번에도 그것이 사실이 아님을 알았다. 청풍이 깊게 가라앉은 눈빛으로 그녀에게 물었다.

"그런 것 말고 진짜 이유를 말해 주십시오. 무엇이 사저를 그토록 급하게 만드는 것입니까."

청풍의 통찰력은 이미 살아온 세월을 훨씬 넘어서 있었다. 연선하가 청풍을 바라보는 얼굴에 체념의 기색이 묻어났다. 그녀가 고개를 내저으며 말했다.

"후우. 이젠 네 앞에서 무엇도 감출 수가 없게 되어버렸어. 한… 가지 일이 있어 도와달라고 왔는데, 참으로 말하기가 어렵구나."

"무슨 일이기에……?"

"내가 아는 한 사람이 곤경에 처했다. 한데 그가 처한 상황이 너무도 위험하기에 누군가가 도와주어야만 하지. 게다가 거기에는 무림의 안위가 걸렸다고 해도 과언이 아닐 만큼의 중대한 안건이 걸려 있어. 하나 그런 만큼 목숨을 장담하지 못할 일이기에… 너에게도 도와달라고 하기가 어려울 따름이야."

"……."

청풍은 곧바로 대답할 수 없었다.

다른 사람도 아닌 연선하. 그녀가 청하는 도움이라면 응당 승낙해야 마땅한 일이다.

그렇지만 청풍에겐 먼저 할 일이 있었다.

서영령 때문이다.

그가 서영령을 돌아보며 곤란한 눈빛을 보냈다.

그러자 서영령이 청풍의 손을 잡으며 한 걸음 앞으로 나섰다.

"걱정 마세요. 언니, 풍랑이 가서 도와줄 거예요."

청풍도 예상 못한 말이었다.

크게 뜨여지는 눈, 청풍이 탄식과도 같은 목소리로 서영령의 이름을 불렀다.

"령매……!"

"풍랑, 누군가 곤경에 처했다면 당연히 가서 구해줘야죠. 나 때문에 망설이다니, 풍랑이야말로 평소답지 않아요."

전혀 개의치 않는다는 듯 연선하를 따라가라고 말한다.

언제나 당당하게 자신의 뜻을 말해 오던 서영령.

그러면서도 그녀가 살아가는 세상의 중심은 그녀 자신이 아니라 그녀 곁에 있는 청풍일 뿐이었다. 그녀의 진심이 청풍의 마음에 다시 한번 따뜻한 파문을 일으켰다.

"하지만 령매는… 어떻게 하려고?"

"나는 걱정 말고 다녀와요. 몇 달씩 걸리는 일도 아닐 거고. 그렇죠, 언니?"

서영령이 연선하를 돌아보며 물었다.

굳어진 연선하의 얼굴과 서영령이 보여주는 환한 얼굴이 무척이나 대조적이었다. 서영령이 그렇게 물어올 줄 몰랐다는 듯 연선하가 당황한 얼굴로 대답했다.

"그, 그렇긴 한데……."

"그렇다잖아요. 나는 그러면… 본가(本家)로 돌아가 있을게요. 산서성 태원부에 있는 무가보(武家堡)를 찾아요. 대신 빨리 와야 할 거예요. 전처럼 늦지 말고."

"태원부 무가보……."

"련에서도 움직임을 시작했으니 가보는 편이 나을 것 같아요. 풍랑

화산(華山) 115

이 찾아올 것이라면 아버지께도 미리 이야기해 놓는 편이 좋겠죠."

서영령은 웃었다.

험지에 갈 수밖에 없는 남자를 이토록 편하게 대해주는 여인이 또 있을까. 숭무련의 핏줄이라 그런 것인지 무인(武人)의 짝으로서는 그녀만한 여인이 없을 것 같았다.

"알겠어. 늦지 않도록 할게."

"그래요. 이번엔 약속 지켜야 해요."

잡고 있는 손에 힘을 주는 두 연인이다.

그것을 보는 연선하의 얼굴에 기이한 표정이 떠올랐다.

완전히 다른 사람이 된 데다가, 어느새 자신의 반려까지 찾아버린 청풍이다.

낯설면서도 이상하게 안타깝다. 놀라우면서도 한편으로 부러운 마음이 드는 연선하였다.

객잔을 나서는 연선하와 그녀를 따르는 청풍.

뜻밖의 동행, 뒤엉킨 사슬이었다.

서영령을 연신 돌아보는 청풍의 앞으로 시리디시린 겨울바람이 스쳐 지나갔다.

차가운 중원의 대지가 그들 앞에 끝없이 펼쳐져 있었다.

　　　　　*　　　*　　　*

남경.

황제가 거하는 궁궐이 지척인 장원이었다.

햇살이 쏟아지는 정원에 찬바람이 머물다 흩어졌다. 살얼음 얼어 있는 연못 위에 두 남자의 그림자가 비쳐들었다.

"무림맹은 어떻게 되었나."

"군산(君山)에서 개맹식을 연다고 하였습니다."

"군산······."

"구파는 물론이고 육대세가를 비롯한 무파(武派) 수십 곳이 군산으로 무인들을 보내고 있는 중입니다. 근래 최대 규모의 회합입니다."

"혈겁(血劫)이 일어나겠군."

"···그렇겠지요."

암행중랑장 조홍이 한 남자의 등 뒤에서 강호의 일을 보고하고 있었다. 그의 얼굴에 강호에 대한 우려와 걱정이 묻어나고 있었다.

"지금까지의 상황은?"

"단심맹과 신마맹이 본격적으로 움직이고 있습니다. 엄청난 숫자가 동정호로 집결하고 있다는 보고입니다. 호광성 도지휘첨사 산하 세 명의 위지휘사가 단심맹의 손에 넘어갔고, 신마맹 산하 아홉 개 방파가 무인들을 투입했답니다."

군산은 산의 이름을 지녔지만, 실제로는 동정호에 가운데에 자리한 하나의 섬을 뜻한다.

군산.

고래로 수많은 전설들이 남겨져 온 아름다운 섬이다. 또한 이제 곧 전장이 되어버릴 섬이었다. 두 사람의 대화가 그것을 예고하고 있었다.

"상당하군. 어떻게 나오리라 생각하나?"

보고를 듣는 남자가 돌아섰다.

한쪽 귀에 암적색 귀걸이. 이 세상 사람 같지 않은 이질감이 맴돌고

화산(華山) 117

있었다.

"군산 장악과 호상봉쇄(湖上封鎖), 군산으로 향하는 군웅들에 대한 무차별적인 공격. 무림맹 자체의 해산보다는 그 상징적인 방해가 주목적이 되겠지요."

"일리가 있어. 숫자는 얼마나 되지?"

"위지휘사가 통괄하는 군사는 오천육백. 그들이 정말로 관군을 동원하기라도 한다면, 적들의 숫자는 일만을 상회하게 될 것입니다."

"무인으로 계산하면."

"삼천에서 사천, 막대한 희생이 불가피합니다."

"사천……."

숫자를 되뇌인다.

그가 문득 고개를 옆으로 돌리며 작은 목소리로 중얼거렸다.

"그것밖에 안 되나……."

들리라고 한 소리는 아니었을 것이다.

하지만 순간 조홍은 온몸에 소름이 돋는 것을 느꼈다.

'그것밖에라니……!'

삼, 사천 정도.

그것도 무인으로 환산했을 때의 숫자였다. 실제로는 만 명이 넘는 목숨이란 말이었다.

그대로 싸움이 벌어지면 적어도 수천의 생명들이 부질없는 죽음을 맞을 것이었다.

그런데 뭐라고 했나.

그것밖에 안 된다고 말했다.

그런 것을 가볍게 생각한다.

반선(反仙)의 경지. 어쩌면 이 남자는 명부에서 인세에 올라온 악선(惡仙)인지도 몰랐다.

"단심궤들은?"

"마찬가지로 이동들을 시작했습니다. 하지만 몇 개나 살아남게 될지는 아직 모르겠습니다."

"확실하다 생각되는 것은?"

"두 개, 또는 세 개 정도. 일단 팽가 하나는 확실히 돌파할 것이라 생각됩니다만……."

"개방 쪽은 어떤가? 그쪽이 가장 중요한데."

"개방은… 불투명합니다. 고립무원인 상태로 몇 달을 버틴 데다가, 지닌 바 무공도 고강한 편이 못 되니 어쩔 수가 없습니다. 후개라고 했는데… 용두방주의 무(武)를 다 잇지 못한 것 같았습니다."

"그거야 당연한 일이다. 진짜 타구봉과 항룡장은 방주 위에 오를 때가 되어서야 전해지지. 후개의 타구봉법을 용두방주의 무공으로 보면 기본공에 불과해."

"그랬습니까."

"모든 것이 부족한 상태에서 커 나가는 것이 개방 후개의 전통이다. 그 정도의 무공을 가지고 천품신개와 단심맹의 압력을 동시에 이겨내 왔다면 인정해 줄 만한 일이겠지. 용두방두가 아주 사람을 잘못 보진 않은 모양이야."

무공 이상의 힘.

장현걸의 재질을 말한다.

대개방의 차기 방주라 하기엔 부족함을 보여주던 무공, 그러면서 장현걸은 조홍의 앞에서 스스럼없이 목숨을 구걸했었다.

돌아보면 알 수 있다. 그것은 결코 쉬운 일이 아니었다.

스스로 지니지 못한 바를 알고, 그런 와중에서도 살길을 찾아낸다.

아무것도 없이 단심맹의 압력을 견뎌내고 있었다는 것. 분명 그것은 그 자체만으로도 대단한 역량임에 틀림이 없었다.

"군산에 다른 조치는 취하지 않으실 생각입니까?"

고개를 끄덕이던 조홍이 문득 묻는다.

곧바로 대답하지 않는 남자. 그가 되물었다.

"…자네는 군산에 가본 적이 있나?"

"아쉽게도, 미처 둘러보지 못했습니다."

"군산. 악양루에서도 볼 수 있는 군산은 무척이나 아름다운 곳이다. 동정호, 은쟁반 위의 푸른 조개라고도 하지. 거기에는 땅과 강을 만들고 아름다움과 추함을 나누는 하늘의 섭리가 있다. 천 년이 지나도 그 절경(絶境)은 변하지 않아. 기껏 몇천 명의 피가 흐른다 하여 다르게 바뀔 만한 곳이 아니다."

"동정호 수군(水軍)이라도……."

"움직이지 않겠다. 더 이상 개입하고 싶지 않아. 차고 이지러짐이 반복되는 것에 천하의 이치가 있는 법이다. 혼돈의 해결은 이미 강호의 몫으로 넘어갔어. 섭리가 흐르는 대로, 유구한 무림의 힘이 자연스럽게 그 결과를 드러내 줄 것이다."

하늘의 이치를 보는 자.

그의 이름은 바로 진천이다.

전능자(全能者)에 도달해 가는 그의 두 눈에 세상의 환란은 대체 어디까지 보이는 것일까.

조홍은 가늠할 수 없었다.

그저 하늘이 조홍에게 내린 몫을 다할 뿐.

강호와 황실의 경계에서.

결코 끝나지 않을 많은 이야기들을 엮어내 갈 뿐이었다.

　　　　　＊　　　　＊　　　　＊

"이쪽입니다!!"

타다닥!

찬바람 부는 갈대 숲 한가운데다.

사결제자 두 명이 그를 기다리고 있었다.

"배는?"

"당장이라도 출발할 수 있습니다!"

"서둘러!"

사사삭!

후개 장현걸은 급하게 움직이고 있었다. 죽립을 눌러쓴 턱 밑으로 하얀 입김이 흩어진다. 왼손에는 칙칙한 철궤 하나, 단심궤가 붙들려 있었다.

갈대를 헤치고 나아간 그들 앞에 탁 트인 호수가 나타났다.

바다처럼 넓은 호수, 동정호다. 풀숲에 가려진 안쪽으로 날렵하게 만들어진 소선(小船)이 감추어져 있었다.

"사공은?"

"제가 몰기로 하였습니다. 강서성, 포양호에서 나고 자랐습니다."

"잘되었군."

기다리고 있던 사결제자 중 하나다.

물길에 밝은 자, 뱃사공을 자처하고 나선다. 이곳에서 구할 수 있는 민초들보다 열 배는 듬직한 사공이었다.

타닥!

장현걸은 지체하지 않았다. 곧바로 배에 오르며 남아 있는 사결제자에게 말했다.

"악양에 들어서면 절대로 분타에 찾아가지 말아라! 소집에도 응하지 말고 몸을 숨겨. 천품신개, 풍 장로가 직접 올 테니까."

"명심하겠습니다!"

촤아아악!

함께 탄 사결제자가 재빨리 노를 들어 배를 움직이기 시작했다. 이번 일에 사활이 걸렸다는 것을 모두가 잘 알고 있었다.

'봉산, 무사해라. 부디.'

이곳까지 오는 동안에도 죽을 고비를 몇 번이나 넘겼는지 모른다.

연속되는 험로.

고봉산과도 호남 지역에 접어들며 갈라질 수밖에 없었다. 추격하는 자들을 분산시키기 위해서 내린 고육지책이었다.

'군산으로 들어가는 것은 모험이다. 악양에 남아 있어야 했는지도 몰라.'

동정호 전체의 공기가 심상치 않다.

군산에서 무림맹의 개맹식이 열린다고 했는데, 그것이 제대로 될지조차 미지수다.

계속되는 추격과 싸움만 아니었더라면 확실하게 정황을 분석해 보았을 테지만, 그럴 만한 여유가 터무니없이 부족했다. 이번 무림맹에서 터뜨려야 한다는 것만 아니었더라면 악양에서 돌아가는 상황을 보는 편이 훨씬 더 안전했을 터였다.

'어쩔 수 없다. 이제는 끝장을 봐야 해.'

순식간에 멀어지는 갈대밭이다.

군산은 가깝다. 조금만 더 가면 수면 저편으로 나타날 것이다.

기호지세.

그런 말로는 설명하기 어렵다.

돌아가는 실제 상황.

머리 속에 느껴지는 예감.

모든 것이 결말을 향하여 치닫고 있을 따름이었다.

"후개, 저것 좀 보십시오!"

넓디넓은 호면을 향하여 한참을 갔을 때다.

귓전을 파고든 외침.

눌러쓴 죽립을 걷어 올리며 사결제자의 손가락을 따라 시선을 맞추었다.

배였다.

그것도 한두 척이 아니다.

무림맹에 참가하기 위한 군웅들의 선박인가.

그렇지 않다. 무림맹의 군웅들이 대명제국 깃발을 올린 군선들을 타고 이동할 리가 없다. 장현걸의 눈이 의아함으로 물들었다.

"군함(軍艦)? 군함이 왜?"

장현걸이 안력을 돋우며 그쪽을 살폈다.

시야 한편.

군함 사이로 움직이는 조그만 쾌속선이 비쳐들었다.

저것이다.

저런 배가 딱 강호의 무인들이 타고 있을 배다. 움직이고 있는 쾌속선들, 군산으로 향하는 무림인들의 배가 널려 있어야 옳다. 그것이야말로 동정호가 보여주어야 하는 마땅한 풍경이었다.

'한데 왜 군함들이……!'

그때였다.

선회하는 군함 측면에서 불꽃이 터져 나온 것은.

콰아앙!

차가운 공기를 가르고 들려오는 폭음은 다른 것이 아니었다. 군함이 탑재하고 있는 화포의 발사음이었다. 검은색 포탄이 하늘을 나는 것은 순간, 군산으로 향하던 쾌속선 하나가 산산조각으로 부서지며 엄청난 파편을 흩뿌렸다.

"공격을 해? 어째서!!"

장현걸은 크게 놀랐다.

순간적으로 든 생각은 군함의 실책이다. 대명제국의 군선이 무림맹의 선박을 공격할 리가 없다. 그러나 그의 생각이 잘못되었음은 순식간에 드러났다.

움직이는 또 한 척의 쾌속선.

군함이 방향을 틀고 있었다. 쾌속선을 노리는 선회다. 포격의 거리를 재고 있는 것이다.

콰쾅!

능숙하게 거리를 잡은 군함이다.

또 한 번 불꽃이 터졌다.

용케도 빗나간 포탄에 물기둥이 하늘로 솟구치며 엄청난 파문을 일으켰다.

"뱃머리를 틀어라, 벗어나야 돼!"

추풍낙엽처럼 흔들리는 쾌속선에서 차디찬 물속으로 뛰어드는 무림인들이 보였다.

겨울의 호수, 얼어 죽기 십상이다.

그래도 그 편이 낫다. 제아무리 내공을 익힌 무림인이라고 한들, 화탄의 폭발을 견뎌낼 수야 없다. 화포에 직격당하여 갈가리 찢겨 죽느니, 물속으로 뛰어들어 살길을 도모하는 편이 현명한 선택이었다.

"후개, 그것이… 어렵겠는데요."

노를 젓는 사결제자의 목소리가 낮게 가라앉았다.

저 멀리 보이는 군함, 이쪽에도 하나 더 있다.

두 군함 사이를 지나가야 하는 마당이다. 군산 전경이 보이고 있었지만, 화포를 겨눈 두 척의 군함은 마치 이빨을 드러낸 범의 아가리와도 같았다.

'돌아가야……!'

장현걸이 뒤쪽을 돌아보았다.

갈대밭은 없다. 이미 너무 멀리 나왔다.

게다가 이쪽에서 군함들을 본 이상, 군함들 쪽에서도 이쪽을 발견하지 못했을 리가 없다. 만일 추격해 오기라도 한다면, 사공 한 명이 노를 젓는 배로서는 군함의 속도를 이겨낼 도리가 없었다.

"어떻게 하시겠습니까?"

사결제자의 질문이었다.

장현걸의 눈에 순간적으로 복잡한 빛이 스쳐 지나갔다.

"돌파할 수 있겠나?"

"시도라면 얼마든지 해볼 수 있겠지요."

두 사람의 눈빛이 교차한다.

어차피 맨손으로 와서 살아온 세상, 죽는다 해도 잃을 것은 없다. 그것이 거지들, 개방의 정신이다.

장현걸이 외쳤다.

"가보자!"

"알겠습니다."

사결제자의 팔이 힘차게 움직였다. 노를 저어 앞으로 나아가는 선체 앞으로 겨울 호수의 차가운 물이 방울져 튀어 올랐다.

촤아아악!

"온다! 발견했어!"

"포신의 방향은 어떻습니까?"

"아직 안 맞는다! 오른쪽으로 틀어!"

사결제자가 배를 다루는 솜씨는 보통이 아니었다. 빠르게 방향을 바꾸어 앞으로 나아간다. 가까워지는 군함의 선체, 검게 빛나는 포신들이 보이기 시작했다. 대단한 위용이었다.

"옆으로 붙겠습니다! 화살을 막아주십시오!"

"알겠다!"

화포를 쏘려면 그만큼의 거리가 필요한 법이다.

그렇기에 군함의 지척으로 배를 몬다.

태양 빛을 가리는 군함의 그림자. 무겁고도 위험한 어둠이 그들의 위로 내려앉았다.

쐐애액! 쐐애애액!

기다렸다는 듯 쏘아지는 화살이다.

당연한 수순이었다.

지척으로 붙은 배라면 그러한 공격을 받을 수밖에 없다. 장현걸의 몸이 급박하게 움직였다. 빛살처럼 내도는 타구봉이 팔방으로 쏟아지는 화살비를 완벽하게 차단하고 있었다.

촤아아아악!

"서둘러라! 버티기 힘들어!!"

장현걸의 외침이 좁은 선상을 울렸다.

아래로 내리꽂는 화살들은 무지막지한 위력을 품고 있었다. 수상전을 위한 강궁이다. 타구봉은 목봉, 한 발이라도 제대로 받았다가는 그대로 부러져 버리고 말리라.

따당! 따다다당! 피피핑!

빠르게 노를 저어 군함의 선체를 스쳐 간다.

장현걸의 움직임이 조금씩 흔들린다 싶었을 때다. 비로소 벗어난다. 그들이 타고 있는 소선이 마침내 군함의 선수 쪽으로 앞질러 나왔다. 산발적으로 쏘아오는 화살이 있었지만, 그것을 막아내는 것은 어렵지 않다. 순간적인 기지가 만들어낸 결과였다.

"좋아! 이제는 앞으로……!"

군산의 북면, 백사장이 지척이다.

그러나.

안도의 한숨을 내쉬기엔 너무도 일렀다.

정면으로부터 하늘을 가르며 날아오는 검은색 구체.

장현걸의 목소리가 멈춘다. 그의 눈이 크게 뜨였다.

'어디서……!'

포격을 받을 위치가 아니다? 어디서 날아왔는지는 중요치 않다. 몸이 먼저 반응한다.

사결제자의 옷소매를 잡아채 던져 내고는 그 자신도 물속으로 몸을 날렸다.

우지끈, 콰아아앙!

두 사람의 몸이 물속으로 잠겨든 것과 화탄이 터진 것은 거의 동시에 벌어진 일이었다. 나무 파편이 사방으로 튀어 오르고, 터져 나간 수면이 빗물처럼 쏟아진다. 직격이 아니었음에도 산산조각나는 소선이었다.

쏴아아아!

출렁이는 물에 파문이 잦아들 때다.

폭발한 지점에서 조금 떨어진 곳, 머리 하나가 불쑥 올라오며 물방울을 흩뜨렸다.

"푸하!!"

한겨울의 물속은 그야말로 얼음장처럼 차가웠다. 옷으로 스며들며 들어오는 한기(寒氣)는 그야말로 고통스러울 정도였다. 장현걸의 눈이 급박하게 주변을 훑어냈다.

'휩쓸렸나?'

사결제자의 모습이 보이지 않았다. 매캐한 연기에 부서진 파편들만 가득할 뿐이다. 장현걸이 손을 휘저으며 물살을 갈랐다.

촤아악!

"후우읍!"

다행이다. 얼마 가지 않아 떠오르는 얼굴이 있었다. 포양호 출신이라더니, 역시나 물에 대해 잘 아는 놈이었던 것 같다.

다만 문제인 것은 이 겨울 물의 차가움.

장현걸이야 고강한 내력으로 어떻게든 버텨볼 수 있다지만, 사결제자 놈의 안위는 장담하지 못한다. 장현걸이 외쳤다.

"섬까지 헤엄칠 수 있겠나?"

"무, 물론입니다!!"

물 위에서 보는 거리는 실제와 다르다.

저 앞에 보인다고 하여 가깝다고 생각하면 절대로 안 된다. 이 차가운 겨울 물속에 헤엄쳐 건너기에는 결코 가깝지 않은 거리였다.

"물이 차다. 어렵지 않겠나?"

"괜찮습니다. 이래 뵈도 물속에선 자신있습니다. 먼저 가십시오, 후개!"

차가운 물뿐이라면 그만큼의 걱정도 안 할 것이다.

장현걸의 시선이 저 멀리 선회하고 있는 작은 전선(戰船)에 닿았다. 전선 측면에서는 엷은 연기가 솟아오르고 있었다.

저 배다.

그들에게 포격을 가한 전선이 틀림없었다. 군함이 아닌데도 함포를 탑재했다니, 상상조차 못했던 일이다. 그처럼 커다란 군함뿐 아니라 적선으로 보이는 배들이 꽤나 많다. 헤엄치는 와중에 화살이라도 쏟아진다면 피하기에 여의치 않음은 당연한 일이었다. 뚫기 어려운 험로였다.

"반드시 살아와라! 목숨을 구걸해서라도 죽지 말아라!"

장현걸은 항상 하던 당부를 잊지 않았다. 여기까지 왔는데 목숨을 잃게 만들어서야 안 되는 일이다. 더 이상의 희생은 이제 사양이었다.

촤아아악!

장현걸이 앞쪽으로 물살을 헤쳐 나갔다. 헤엄을 치기엔 오른손의 단심궤가 아무래도 불편했다. 하지만 그렇다고 하여 손에서 놓을 수도

화산(華山) 129

없는 일이다. 물이 스며들지 않도록 견고하게 만들어진 것이 그나마 다행이었다.

뼛속까지 침투하는 냉기(冷氣)를 견뎌내며 앞으로 나아간다. 적선이 가까워짐에 따라 잠수를 시도하는 장현걸, 생사를 건 험로가 그의 앞에 있었다.

■ 제25장 ■
군산(君山)

…중략…….

그때 열렸던 무림맹은 강호인들에게 잊혀질 수 없는 사건으로 기억된다.

한겨울.

중원무림의 거두들이 주최한 회합이 그렇게 변하게 될 것이라고는 그 누구도 예측하지 못했을 것이다. 직접 그러한 혈사를 획책한 무리들이 아니고서야 말이다.

"설마 하니 그런 식으로 무림맹에 도전할 놈들이 있을 것이라고는 생각조차 할 수 없었지."

명숙들의 반응은 그와 같았다.

하지만 그것이 그렇게 이상한 일은 아니라 보는 이들도 없지 않았다.

"철기맹 탁무양의 일도 있었는데 그 정도 불상사는 예상했어야 했던 일인지도 모른다. 무림맹이 지나치게 안이했을 뿐이야."

군산대혈전.

결과적으로는 강호 전체에 엄청난 변화를 몰고 온 사건이라 할 수 있었다.

무림이 흔들리고, 관가가 흔들리고 민초들의 삶이 흔들렸다.

무림맹으로 유지되던 평화가 근본부터 위협을 받게 되었으니, 온 천하 무림방파들이 들끓는 것도 어찌 보면 당연한 일이었으리라.

철기맹과 성혈교의 발호가 강호 난세를 열었다면, 군산대혈전은 중원 대지를 살아가는 모든 사람들에게 강호 겁난을 피부로 각인시킨 사건이라 보면 된다. 팔황이란 이름이 전면으로 나서게 되는 때, 격변기다. 그 격변기의 한가운데, 그들이 있었으니…중략…….

한백무림서
한백의 일기 中에서.

군산(君山)

군산.

악양의 동정호 변에 서면 군산이 보인다.

넓은 은반 위에 푸르른 군산은 한 폭의 그림이라, 수많은 시인호객들의 이야기가 그곳에 있고 풍류가인들의 꿈이 그곳에 있다.

그런 군산이다.

하지만 오늘의 군산은 달랐다.

악양에서도 훤히 볼 수 있는 불길, 군산 전체가 불길과 검은 연기로 덮여 있었다.

전장의 겁화였다.

동정호에 떠 있던 수많은 배들이 화를 피하기 위해 선착장으로 돌아오고 있었다.

"군산으로 향하는 무림맹의 선박들이 관군들에게 무차별 포격을 당하고 있습니다! 군산 내부의 상황은 아직 확인하지 못했지만, 섬 안에서도 큰 싸움이 벌어지고 있는 모양입니다!"

"관군이라니! 관군이 어찌하여 무림맹을 공격한단 말인가!"

"도무지 이유를 알 수가 없습니다! 게다가 변괴는 군산에서만 일어난 것이 아닙니다! 이곳이나 군산으로 오고 있는 문파들이 각 성의 길목에서 정체를 알 수 없는 무리들에게 파상적인 공격을 당하고 있다는 보고입니다!"

"무엇이!"

"무당과 화산이 늦어지고 있는 것도 그 때문이라 하였습니다!"

악양 전체가 혼란에 휩싸이고 있었다.

사태 파악과 대책 마련을 위하여 뛰어다니는 무림인들의 수만도 엄청났다.

각파들은 서로 간에 정보를 교환하기 위하여 비상 전시 체제로 들어가고 있었고, 실제로 신속하게 고수들을 소집하여 싸움 준비를 하는 문파들도 있었다.

"지금 군산에 들어간 문파가 어디 어디인가?"

"가장 먼저 군산에 도착한 것은 아마도 종남파였을 겁니다. 우리가 그 다음이었고 점창이 세 번째였다 했습니다."

"육대세가는 안 왔나?"

"하북팽가가 오늘 아침 북진을 거쳐 군산으로 출발하였다 했었는데, 다시 돌아왔다는 이야기가 없습니다. 아마도 군산에 도착해 있으리라 생각됩니다."

"네 곳인가, 그러면?"

"예. 일단은 그렇습니다. 개개인으로 움직인 것은 정확하게 파악되지 않고 있습니다만…….”

"그거야 당연한 일이겠지. 그렇다면 이곳은 어떤가?"

"악양 말씀이십니까?"

"그래. 악양에 도착한 문파들은?"

"지금은 모용세가가 도착해 있습니다. 그것도 장문인께서 직접 오셨답니다."

"천수사 모용도가 직접?"

"예."

"그거 다행이다. 희소식이로다, 희소식이야."

"남창의 남궁세가도 어젯밤 강서를 넘었다 했으니, 달리 발목이 잡히지 않는다면 조만간 당도할 것으로 보입니다."

"남궁세가, 남궁세가에서는 누가 온다 하였지?"

"남궁가의 소가주가 오고 있다고 하였습니다."

"남궁가의 소가주라면… 못 미더운 자가 아니었던가?"

"최근 들어 들리는 소문에 의하면 그동안 알려졌던 세간의 평과는 조금 다른 모양입니다. 그 밖에 곤륜파와 해남파에서도 와 있기는 하지만, 두 곳 다 워낙 거리가 먼 곳인만큼, 몇 명만 보내왔다 하더군요. 곤륜에서는 고작 세 명, 해남에서는 다섯 명밖에 오지 않았다고 했습니다. 결국 얼마나 전력이 될지는 미지수라 할 수 있습니다."

"황보세가는 아직 안 왔고?"

"황보세가는 지척에 있는 만큼 기대할 만했는데, 오히려 너무 가까운 곳에 있어서인지 아직 도착하지 않았다고 합니다. 아무래도 개맹식에 맞춰서 당도하려고 했던 것 같습니다."

"어허! 도대체가 어찌 된 일인고! 당장 힘을 빌릴 곳이 그렇게도 없단 말인가!"

"전력이 될 문파가 한곳 더 있기는 합니다만."

"그래? 그곳이 어디인가?"

"개방, 개방입니다. 오 일 전부터 수백에 달하는 개방 정예들이 악양 북문에 머무르고 있다 했습니다. 더욱이 그들을 이끄는 이는 개방의 인의대협이신 천품신개 풍대해 장로시랍니다."

"천품신개!"

"예. 다른 곳도 아닌 개방이니까 눈과 귀는 확보되었다고 할 수 있을 겁니다. 또한 들리는 말에 의하면 천하제일세가인 구양세가에서도 무인들이 출발했다고 하니 아주 비관적인 상황은 아닙니다."

"불행 중 다행이 아닐 수 없도다. 등운, 너는 서둘러 풍대해 장로와 연락을 취하여 정황을 정확히 알아보아라. 등양이는 모용세가에 가서 협조를 요청하고 알았느냐? 나머지는 선박을 구하고, 무인들을 모아보아라. 군산으로 향할 방법을 모색해 보아야지. 삼청이 군산에 갔다지만 예감이 무척이나 안 좋아. 제자들이 걱정이다."

청성파의 노도(老道), 태안 진인이었다.

태안 진인의 노안에는 그 주름살만큼이나 근심이 가득했다. 다급히 발하는 명령에 도열해 있던 도사들이 신속하게 바깥으로 뛰어나갔다.

   *   *   *

촤아아악!

눈 내린 숲, 미끄러운 발밑이다. 앙상한 가지가 뺨을 스치고 지나가니, 불에 덴 듯 따끔한 느낌이 남았다. 관목 숲을 헤쳐 나가는 급한 발길에 숨까지 가빠오고 있었다.

"후욱… 후욱……!"

연신 뒤를 돌아보는 장현걸이다. 그가 오만상을 찌푸리며 욕지거리를 내뱉었다.

"제길!"

장현걸은 내가고수(內家高手)였다.

그만한 고수가 호흡까지 흐트러지는 것은 대단히 드문 경우였다. 또한 그것은 그만큼 상황이 안 좋다는 것을 의미했다.

쐐액! 쐐애애액!

가로막던 나무들이 적어지고 시야가 조금 더 트인다고 생각했을 때다. 뒤쪽에서부터 날카로운 파공성들이 들려오기 시작했다. 기다렸다는 듯 날아오는 화살이었다.

'또냐?'

불평할 여유 따위는 없었다.

급하게 박찬 땅바닥에서 하얀 눈과 검은 흙이 한꺼번에 튀어 올랐다. 장현걸의 신형이 나무와 나무 사이로 빨려들 듯 숨어들었다. 날아온 화살들이 나무줄기에 박히며 요란한 소리를 울렸다.

퍼버버벅! 우직! 우지직!

'강궁(强弓)! 이것도 마찬가지다. 무림인의 화살이 아니야!'

아까부터 느껴왔던 바다.

중원 전체를 봐도 궁술(弓術)을 연마하는 무인들은 그다지 많지가 않다. 쏘아오는 화살들도 무림인들이 쓰는 화살과는 분명 다른 데가 있다.

일제히 내쏘는 간격이 문파의 기술이라기보다는 군율(軍律)의 제사(齊

射)에 가깝다. 궁병(弓兵)의 화살이란 소리였다. 대명 군사의 강궁(强弓)이다. 틀림없었다.

퍼벅! 파악! 쒀아아아!

여러 발의 화살이 한꺼번에 날아와 커다란 나무를 흔들었다.

가지 위에 쌓여 있던 눈이 흩날리며 하얀 운무(雲霧)를 만들었다. 장현걸의 신형이 그 운무를 헤집으며 앞으로 쭉쭉 뻗어나갔다.

'추격하는 대형이 너무도 촘촘해. 이 정도라면 단순히 쫓아오는 수준이 아니다. 곳곳에 미리 배치된 매복 숫자가 엄청나다. 게다가 무림방파와는 다른 방식이다. 수상의 군함들과 같아. 군(軍), 관군이 틀림없다.'

사태는 예상했던 것보다 훨씬 더 심각했다.

수상의 군함들은 역시 착오가 아니었다. 누군가가 계획했고, 제대로 병력을 투입했다.

장현걸의 머리가 빠르게 회전했다.

'황진동, 그 늙은이……. 장부에서 본 이름 중에는 호광의 도지휘첨사도 있었다. 단심맹의 수작에 놀아나는 것 같더니, 그냥 놀아나는 정도가 아니었어.'

강서성 성도에서 얻었던 정보들이 이곳까지 이어지고 있다.

군함을 보았을 때 눈치챘어야 되었다. 장현걸의 눈이 순간적으로 단심궤를 스쳤다.

'호광성 도지휘첨사. 단심맹이 조종한 것이 아니라, 처음부터 단심맹 일원이었을 수 있다. 아니, 그래야만 아귀가 맞아.'

장현걸의 추측력은 분명 뛰어난 데가 있었다.

함부로 군력(軍力)을 발동한다는 것은 그 자체로 모반(謀叛)이다.

모든 것을 뒤집어엎자는 의도가 아니고서야 이럴 수는 없다. 그리고 그렇게 모반을 꾀할 정도로 미친 짓이라면 역시나 단심맹밖에는 생각할 수 없었다.

'도지휘첨사라면 한 번에 움직일 수 있는 것이 위지휘사 둘이나 셋이다. 위지휘사 직책에 소속된 병력이 오천육백이니 제기랄, 일만(一萬) 단위가 나오는군!'

일만, 눈앞이 깜깜해질 정도의 숫자였다.

크지도 않은 섬에 일만 군대.

군산 전체를 장악할 수 있는 숫자일 뿐 아니라, 동정호에서 군산으로 들어오는 선박들까지 모조리 통제할 수 있는 규모다. 섬 전체를 철통같이 틀어막을 수 있는 병력이라 해도 과언이 아니라는 말이었다. 그것은 곧, 무림맹으로 소집된 무림인들 전체가 위협받을 수 있다는 뜻이었다.

'처음부터 이곳에 들어오는 것이 아니었어. 악양에서 기다렸어야 되는데!'

후회는 아무리 빨라도 늦다.

쐐애액! 쐐액!

다시 한 번 파공성이 들려왔다. 장현걸이 나무를 박차고 절묘하게 몸을 틀었다.

땅! 따아앙!

미처 피해내지 못한 화살이 두 발 있었다. 그것들을 가로막은 것은 오른손에 들린 칙칙한 철궤였다. 붉은 주사 단심(丹心)의 두 글자가 그 철궤에 새겨져 있다. 단심궤였다. 단심궤에 부딪친 철시(鐵矢)들이 강렬한 금속성을 터뜨리며 튕겨 나갔다.

군산(君山) 141

'생각 좀 하자, 제발!'

턱! 촤아아악!

장현걸의 발이 눈 덮인 땅 위를 긁었다.

돌아서며 사방을 훑었다. 그물처럼 좁혀오는 포위망, 이제는 싸움없이 돌파할 수 없었다. 장현걸이 품속에서 반쪽짜리 타구봉을 꺼내 들었다.

'개맹식은 이틀 후야. 무림인들은 알고 있을까. 이곳이 관군들, 아니, 단심맹의 소굴이 되어버렸다는 것을······.'

관군들이다?

이들은 이미 관군들이 아니다. 어떤 군사들도 이런 식으로 움직이지는 않는다. 무림인들을 상대하도록 훈련받은 티가 역력했다.

'그저 단심맹의 병력일 뿐, 역모의 무리라고밖에 할 수 없으니······!'

파박! 파아악!

화살 몇 대가 더 날아와 땅에 박혔다.

달려나가다가 다시금 옆으로 몸을 날렸다.

운신이 불편했다.

군산에 상륙하고부터 계속 이런 식이었기 때문이다.

옷을 말릴 여유? 그런 것은 사치였다.

젖어버린 옷에 겨울바람을 받고 있으니, 측량키 어려운 고역이었다. 항룡진결, 뛰어난 내력으로도 견디기 어렵다. 움직이는 몸짓 하나가 고통이다. 체력이 계속하여 고갈되고 있음은 물론이다.

"하아··· 하아······!"

그의 입에서 하얀 입김이 끊기지 않고 뿜어져 나왔다.

아름드리 나무 하나를 등지고는 숨을 골랐다. 그의 눈이 불안하게 흔들렸다.
'이 좁은 섬 안에서 이 상태로 이틀 밤낮을 버티는 것은 불가능하다. 섬 지형 대부분이 구릉이라 숨을 곳도 마땅치 않아. 다른 무인들과 합류해야만 한다.'
군산에 들어온 무인들은 많다. 경황 중에 동정호를 건너오면서도 무인들을 실은 배를 몇 척이나 보았던 장현걸이다. 그들이 군산 말고 달리 가는 곳이 있지도 않았을 터, 분명 이 섬 어딘가에 도착해 있을 것이다. 그리고 그들이 군산에 왔다면 그들이 있을 곳은 단 한 곳으로 정해져 있었다.
'상비사(湘妃祠)밖에 없다!'
무림맹의 개맹식이 열리기로 했던 곳이 바로 상비사다. 소상반죽의 슬픈 전설이 어려 있는 만리동정의 명지. 무인들이 그곳으로 가는 것은 너무나도 당연한 일이었다.
'상비사로 가야 해.'
지금으로서는 그곳만이 유일한 희망이었다.
뒷길은 막힌 지 오래다.
용케 선착장까지 돌아간다 해도 타고 나갈 배가 있을 리 만무했다. 비관적이기 이를 데 없는 상황이었다.
그래도 그나마 다행인 것은 상비사란 곳이 무림맹의 개맹식 장소라는 사실이다.
무림맹은 구파일방과 육대세가를 주축으로 한 맹회인 바, 그런 곳에 오는 무인들은 하나같이 문파를 대표할 수 있는 자들이었다. 단심맹이 아무리 기승을 부린다 해도 능히 방어할 수 있는 고수들이란 이야기였다.

"후우… 후우……!"

숨을 고르며 내력을 도인했다. 입에서만이 아니라 이제는 온몸에서 하얀 김이 솟아오르고 있었다.

'군산은 작아. 신법을 최대로 펼치면 상비사까지 일 다경도 걸리지 않을 것이다.'

비관적으로만 보아서는 아무것도 되지 않는다.

마음부터 가다듬어야 살 수 있다. 일단은 눈앞에 있는 관군들의 벽을 돌파한다. 그 다음은 그 이후에 생각하기로 했다.

'가자!'

장현걸이 아름드리 나무 뒤에서 뛰쳐나왔다.

땅을 박차고 달리는데, 그 속도가 전에 없이 대단했다. 적들의 반응도 빨랐다. 기다렸다는 듯 화살비가 날아들었다.

'맞아줄쏘냐!'

만리추풍의 개방비전이었다.

취팔선의 묘리를 구사하며 화살들을 피해냈다. 피하지 못할 것 같은 화살들은 타구봉과 단심궤를 휘두르며 쳐냈다.

비산하는 화살들 사이로 반대편 관목 숲이 가까워 왔다. 추위를 막기 위한 털옷과 얇은 갑주들을 착용한 관병들의 모습들이 빠르게 확대되었다.

"비켜라!"

화살 두 발이 장현걸의 어깨와 옆구리를 스치고 지나갔다.

엷게 번지는 핏물.

날카로운 고통들은 얼어붙는 몸에 차라리 활력이라 할 수 있다.

그대로 돌진하는 장현걸이다. 그의 몸이 관병들 사이로 깊게 파고들었다.

퍼어억!

타구봉에 얻어맞은 관병 하나가 땅을 굴렀다. 묵직한 위력이었다. 지체없이 몸을 휘돌리며 비서각 일초를 펼쳐 냈다.

빠악!

발끝에 걸리는 느낌이 둔중했다. 머리를 가격당한 관병이 그대로 꼬꾸라졌다.

'이놈들은······!'

단숨에 두 명을 쓰러뜨린 장현걸이다.

기세를 올려서 한꺼번에 제압하려고 했지만 적들의 반응이 예상 밖이다. 그의 눈이 기광을 띠었다.

'동요하지 않는다! 군인들이되 군인들이 아냐!'

두 사람이 쓰러졌는데도 별반 당황한 것으로 보이지 않는다.

한두 명 잃는 것쯤이야 별것이 아니다. 그런 느낌이었다.

'설상가상이로군!'

조금이라도 당황해 주었으면 얼마나 좋았을까.

침착하게 활을 거두어들이며 자세를 가다듬는 적들이다.

접근전이었다. 적들이 일제히 도갑을 치켜들며 장비하고 있던 군용박도(軍用朴刀)를 빼 들었다.

'무인, 관병이 아니라 무인들이다!'

군인으로서가 아니라 무인들로 키워진 자들이었다.

복식과 군율은 관군의 그것이되, 싸움에 직면한 모습은 강호인의 그것이었다.

게다가 적들은 그들뿐이 아니었다.

관병들 뒤편으로부터 흑의를 입은 진짜 단심맹 무인들도 다가오는 중이었다. 사면초가, 첩첩산중이란 말이 따로 있는 것이 아니었다.

"어디 덤벼보아라!!"

채챙! 파바바바박!

장현걸이 기세 좋게 외쳤지만, 정작 적들에게서는 기합성도, 경고성도 들려오지 않았다.

순식간에 거리를 좁혀오는데 그 사나움이 대단했다.

일제 돌격.

무공 수준은 어떨지 몰라도, 함부로 받아내기 쉽지 않은 돌진이다. 이미 지쳐 버린 장현걸임에야 말할 것도 없었다.

퍼억! 빠아악!

장현걸의 몸이 빠르게 움직이며 선봉으로 달려오는 관병들을 쳐냈다.

타구봉법과 각법을 적절히 조화시켜 싸우는데, 일격 일타에 강한 힘이 실려 있었다.

채앵! 철컹!

쓰러뜨린 자가 열 명에 이르렀을 때였다.

포위망이 좁혀지면서 날아오는 박도들의 숫자가 많아지는데 도통 감당하기가 쉽지 않았다. 타구봉으로는 모자라 단심궤까지 휘두르며 적의 공격을 막아보았지만 역부족이다. 장현걸의 미간이 좁아졌다.

'제길! 버텨낼 수 없겠어!'

궁병들이 마음 놓고 장현걸을 몰아붙일 수 있었던 것은 바로 이런 이유에서다.

이들은 관군의 궁병들이되, 근접전에도 충분한 위력을 발휘할 수 있는 무인들이기도 했던 것이다. 중간중간에 제대로 무공을 익힌 단심맹 무인들까지 섞여 있으니 장현걸 혼자서는 돌파해 내기가 어려울 수밖에 없었다.

'피해야……'

장현걸은 부딪침 대신에 회피를 택했다.

몸 상태만 정상이었어도 어떻게든 해보겠으나, 지금 그에겐 그럴 만한 힘이 없었다. 개방 후개라면 이름값만으로도 일당백의 고수를 뜻하는 법이지만, 그러기엔 상황이 너무도 안 좋았다.

"큭!"

나무들을 박차고 몸을 띄워보았지만, 그마저도 쉽지 않았다.

아슬아슬하게 박도가 그의 발목을 스쳤다.

자칫하면 한쪽 발이 통째로 날아갈 뻔한 일격이다. 얼어붙은 옷, 추운 날씨임에도 불구하고 등줄기에 식은땀이 배어들었다.

터억! 촤아악!

두꺼운 나무둥지를 뛰어넘어 땅에 착지했다.

쭈욱 미끄러지는 발에 다시 한 번 오싹함을 느꼈다.

'제기랄! 땅이……!'

이것도 문제였다.

나뭇가지와 땅바닥에 쌓여 있는 미끄러운 눈도 도주를 방해하는 큰 요소가 되고 있었다. 위태위태하게 몸을 날려 측면으로 빠져나왔다. 어렵사리 확보한 거리다. 관병들과 단심맹 무인들이 그를 쫓아 방향을 꺾어왔다.

피잉! 피이잉!

몇 발짝 나가지도 않았을 때였다.

벌써부터 들려오는 화살의 파공음에 장현걸의 눈이 크게 뜨여졌다.

'왜 이렇게 빠른 것이냐!'

재빨리 몸을 숙이며 돌아보았다.

관병들 중 삼분지 일 정도가 어느새 대형을 갖추고 화살을 쏘아온다.

엄청난 공격 전환이다. 상상을 초월한 조직력이었다.

'위험하다! 이것은.'

이 정도일 줄은 몰랐다.

걱정이 물밀듯 밀려온다.

상비사에 모여 있을 구파의 무인들에 희망을 걸고 있었지만 이렇게 뛰어난 전투력이라면 구파와 육가의 무인들도 장담할 수 없을 것 같았다. 적들의 힘을 보아하건대 상비사도 위험에 처해 있을 가능성이 농후할 듯했다.

파파파팍!

장현걸이 발끝에 힘을 더했다. 그러나 생각뿐이다. 속도가 제대로 나질 않았다.

너무나 많은 체력을 소모했던 까닭이다. 군산까지 헤엄쳐 온 것, 몸을 말릴 새도 없이 이어진 싸움, 진기(眞氣)만으로 보충하기엔 체력 소모가 터무니없이 컸다.

쉬익! 쒜에엑!

결국은 따라잡힌다.

등 뒤로 휘둘러진 협도(狹刀) 한 자루가 등줄기를 서늘하게 만들었다. 장현걸이 뛰어가던 기세 그대로 몸을 돌리며 단심궤를 휘둘렀다.

따아앙!

도신을 쳐내면서 다시 몸을 돌렸다.

임기응변이었다. 경험으로 부지하는 목숨, 절묘한 몸놀림이었다.

그의 눈에 하얀 눈밭 저 앞으로 높게 늘어선 대나무 숲이 비쳐들었다.

장현걸의 눈이 가늘어졌다.

'숲… 매복이 있을 텐데.'

이곳이라고 적이 없을까.

그럴 리 없다.

불행하게도, 그리고 예상했던 그대로.

앞쪽의 대나무 숲 사이로 움직이는 검은 그림자들이 보였다.

'저것들은… 설마……!'

적들이 있다는 것쯤이야 대단할 것도 없다. 하지만 장현걸은 또다시 놀랄 수밖에 없었다.

대나무 숲 사이로 뛰쳐나오는 적들 때문이었다.

히끗히끗한 얼굴들, 그냥 얼굴이 아니었다. 꼭두각시 하얀 가면, 암행 중랑장 조홍과의 만남 때 합비에서 보았던 신마맹 백면뢰들이다.

'단심맹 하나가 아니었단 말인가?'

그렇다.

군산을 장악한 것은 단심맹만의 힘이 아니다.

신마맹도 왔다. 그것은 그만큼 위험이 가중되었다는 뜻이나 다름없었다.

'큰일이다! 죽겠다고 했는데, 정말 그렇게 되겠어!'

더욱더 다급한 마음이 된 장현걸이다.

뛰쳐드는 신마맹 백면뢰들을 피해 방향을 꺾었다. 대나무 숲을 스쳐 가는 그의 옆으로 쏘아지는 화살들이 아슬아슬하게 그의 몸을 스치고 지나갔다.

위태위태한 도주였다.

한순간 멈추면서 가까이 붙은 무인을 떨쳐 내고, 또다시 뛰기를 몇 차례.

도주하는 자나 추격하는 자들이나 끈질기기는 매한가지다.

휘이익!

마침내 언덕 하나를 더 넘었다.

저 멀리 상비사 터가 보이기 시작한다.

그리고 그 주변.

싸움이다. 곳곳에서 펼쳐지고 있는 격전의 현장들이 그의 눈앞에 비쳐들었다.

'역시……'

상대는 물론 관병들을 비롯한 단심맹 무인들이다.

백면뢰 괴인들도 간간이 섞여 있었지만 그 수는 그리 많지 않았다. 낮게 펼쳐진 구릉지 전역에서 수백을 헤아리는 무인들이 살벌하기 그지없는 싸움을 치르고 있었다.

장현걸은 달리는 속도를 줄이지 않은 채 재빨리 전황을 살폈다.

가장 먼저 눈에 들어온 것은 전권의 동쪽에서 벌어지고 있는 추격전이다.

푸른색 도포.

도복을 입은 도사들이 밀집 대형을 이룬 채 적진을 돌파하는 중이었다.

'청성, 청성파구나!'

대번에 알아보았다.

청운검법은 그 발검과 탄법에 독특한 특징을 지닌다. 아무리 거리가 멀어도 쉽게 알아볼 수 있다는 말이다.

청성파 도인들.

도사들을 이끌고 있는 것은 작은 체구의 노도사였는데, 잘 보이지는 않았지만 아무래도 청성파 오선인 중 하나라는 삼청 진인 같았다. 고작 오십 명도 안 되는 숫자로 까마득히 몰려드는 단심맹 군사들을 용케 물리치고 있었다.

'중앙은 종남이다. 저쪽은 점창인가!'

중앙에는 종남이 있었다.

종남의 수는 청성파보다 많았다. 칠십은 족히 되어 보였다.

종남파.

벽뢰신수 곽전각의 이름이 먼저 떠올랐다. 하지만 그와 같은 고수는 없는 듯하다.

도리어 숫자가 많음에도 불구하고 포위당한 상태가 워낙 나빴기 때문에 고전을 면치 못하고 있었다.

'그나마 점창은······.'

어느 쪽이나 위험하기는 마찬가지다.

그래도 점창은 조금 나은 편이었다.

실전에 능한 이들이라서 그렇다.

본래부터 점창의 무공은 실전적이기로 유명하지 않았던가.

사일검과 관일창이 쏘아질 때마다 엄청난 양의 핏물이 치솟고 있었다. 삼십여 점창 무인, 대나무 숲을 경계로 펼쳐지는 공방전은 그 어떤 싸움보다 살벌하기만 했다.

'삼파… 소림과 무당은 없구나!'

구파의 세 개 문파가 어려운 싸움을 하고 있다.

하지만 당장 무너질 것으로 보이지는 않는다.

그런 만큼 다른 문파의 출현이 절실하다.

소림과 무당은 무림의 태산북두, 그들이 온다면 활로가 열릴 가능성이 충분할 상황이었다. 장현걸의 눈이 자연스레 섬 바깥쪽, 멀리 보이는 동정호 호변을 훑었다.

'제기랄, 역시……'

행여나 오고 있을까.

오고 있더라도 쉽지 않다.

소림과 무당 대신 그의 눈에 비쳐든 것은 수상의 격전뿐이었던 것이다.

장현걸이 자신이 겪었던 것처럼, 군산 저편의 수상(水上)은 전장으로 변해 버린 지 오래였다. 도리어 그가 건너올 때보다 열 배는 악화된 전황이다.

아수라장을 방불케 하는 전경.

군함들이 돌진하고 쾌속선이 선회한다.

연기를 피워 올리며 가라앉는 배들도 한두 척이 아니다.

배가 들어오는 선착장은 이 싸움터와 다를 바가 없었고, 주변의 백사장 역시 핏물로 얼룩지지 않은 데가 없을 정도였다.

"……!!"

달리면서 수상을 훑어가던 장현걸의 눈이 섬 한쪽에 닿았다.

섬 한쪽에 다가드는 배들. 그의 눈이 번쩍이는 빛을 발했다.

'상륙 중이다! 어느 문파냐!'

험한 수전을 돌파하고 섬에 이른 배들이다.

같은 모양의 쾌속선 몇 척.

잘 보이질 않는다. 거리가 멀 뿐 아니라 달리고 있기에 흔들리는 시야다. 안력을 돋우어보았지만 역시나 어렵다. 배에서 내리고 있는 사람들이 개미처럼 작게만 보였다.

'도(刀), 도인가!'

파팍!

잠시, 아주 잠시 동안 멈추어 섰다.

아무리 작게 보인대도 한 가지는 분간이 가능했다.

도(刀)였다. 배에서 내리고 있는 그들 모두가 허리춤에 한 자루 도(刀)를 매달고 있었다.

그렇다면 하나다.

그의 머리 속에 육가의 일익을 담당하는 하나의 이름이 스쳐 지나갔다.

'팽가다. 하북팽가!'

하북팽가가 도법으로 유명하다고 하여 육전(陸戰)에만 강할 것이라 생각한다면 그것은 커다란 오산이다.

수전과 산전, 어느 지형에서도 강인한 힘을 보이기로 유명한 곳이 하북팽가다.

비록 예전만큼 세가 강하지는 않다고 하지만, 팽가가 하북성 오대수계 중 하나인 대청하(大淸河) 수로에서 가지는 힘은 그야말로 막강하다

군산(君山) 153

알려져 있었다.
그런 팽가이기에 여기까지 뚫고 올 수 있었으리라.
그렇다.
소림과 무당으로서도 마찬가지다.
다른 문파들이 오고 있더라도 결국은 수상의 군선들을 뚫어야만 한다는 이야기다. 들어오는 것만으로도 많은 힘이 필요했다. 섬 전체, 아니, 동정호 전체가 거대한 전장으로 변해 있다는 말이었다.
쐐액! 쐐애액!
'제길!!'
잠시 정신을 팔았을 뿐이지만, 적들의 접근을 허용하기에는 충분했다.
화살 한 대가 그의 등을 스쳐 가며 차가운 아픔을 선사했다.
전황을 확인하려다가 목숨까지 날리겠다. 다시 한 번 욕지거리를 내뱉으며 황급히 몸을 굴렸다.
'구파의 안위는 문제가 아니야! 내가 먼저 죽겠어.'
지척까지 따라붙은 적들만도 수십을 헤아린다.
장현걸이 단심궤를 지니고 있는 한 적들도 집요함을 보일 수밖에 없다. 아니, 단심궤를 알아보아서라기보다는 죽을 때까지 따라붙을 뿐이다. 그냥 따돌리는 것은 절대로 불가능했다.
'이대로는 도망치지 못한다. 어느 쪽에든 붙어야······.'
언덕을 뛰어넘으며 몸을 날렸다.
청성, 종남, 점창.
셋 다 기라성 같은 문파들이라지만 어느 곳도 안심할 수는 없다. 그들이 약해서가 아니다. 단심맹과 신마맹의 준비가 지나치게 철저했기 때문이다.

막 당도한 하북팽가는 어떨까.

그쪽도 어렵기는 매한가지다.

여기서 그들이 있는 곳까지 가는 것만도 문제일뿐더러, 전성기가 지난 현재의 팽가는 육대세가 중에서도 말석을 차지하는 곳이라 평가받고 있다. 냉정히 판단컨대, 팽가보다는 청성이나 점창이 믿을 만하다는 말이다. 그러니 그곳에 붙는 것도 좋은 선택은 아닐 것 같았다.

무림맹 전체를 박살 내려는 단심맹과 신마맹.

장현걸의 머리에 넷 중 한 문파의 이름이 새겨졌다.

'삼청 진인… 결국은 청성밖에 없어.'

결정이 이루어진 것은 순간이었다.

살아남을 확률이라 한다면, 뛰어난 고수가 있는 쪽이 가장 높다고 할 수 있다. 장현걸의 진로가 동쪽으로 꺾였다.

그러나 장현걸은 다음 순간, 절로 신형을 멈출 수밖에 없었다.

지축을 뒤흔드는 폭음 때문이었다. 폭음의 여파가 가시기도 전에

청성파의 밀집 대형 한가운데에서 불기둥이 솟고 있었다.

사방으로 튀어 오르는 육편들이 검은 연기에 섞여 험악한 광경을 만들었다.

'화, 화탄(火彈)!!'

생각이 짧았다.

물에 빠진 것이 어째서였던가.

동정호 뱃길에서 겪었으면서도 예상하지 못했다니, 한탄스러울 지경이다.

그 위력이야 수상이나 육지에서나 다를 바가 없는 법.

제아무리 뛰어난 무인들이라도 밀집 지역에서 화포의 공격을 받으면 견뎌낼 재간이 없다. 청성파 도인들이라고 예외가 있을진가. 십수 명의 생명이 순식간에 불길에 휩싸여 흩어지고 말았다.

'제 편까지 죽이는군! 이들은 미쳤어!!'

화탄이 지척에서 터지고 있는데 단심맹 무인들이라고 무사할 리가 없다.

폭발에 말려드는 무인들이 한둘이 아니었다.

관군이 동원되고 군함까지 나왔을 때, 이미 이야기는 끝났던 것.

처음부터 수단과 방법을 가리지 않던 놈들이 아니었던가.

'이렇게 되면 무당과 소림이 와도 장담 못한다. 전멸을 면치 못해!'

방법이 없었다.

앞쪽은 화탄이 터지는 지옥이고, 뒤쪽에는 그를 잡아죽이려는 적들이 가득하다.

'그래도 쉽게 죽어줄 수는 없지.'

순순히 목숨을 내주기엔 지금까지 해왔던 싸움이 아깝다.

돌아갈 수 없는 길.

지옥일지언정 싸움터로 갈 수밖에 없었다.

신법을 펼치는 그의 얼굴에 강한 결의가 묻어났다.

'일단은 화탄을 봉쇄한다! 나중에라도 살길을 찾으려면 그 수밖에 없어.'

무림인들의 생명을 하나라도 더 구하려면 화포를 막는 것이 급선무였다. 무림인들의 생명을 구한다? 어설픈 영웅심의 발로가 아니다. 그 자신도 살길을 도모하기 위함이었다.

콰콰쾅!

또 한 번 터지는 소리.
군산의 대지를 뒤흔드는 폭음이다.
장현걸의 발이 땅을 박찼다. 적들을 등 뒤에 매단 채, 그의 신형이 전장을 향하여 쏘아져 나가고 있었다.

      *   *   *

군산의 싸움이 격해지고 있는 동안.
악양의 반대편에서는 그들이 말한 모용세가와 대개방의 수좌들이 극적인 만남을 나누고 있었다.
절강성의 패자, 천수사 모용도.
개방 인의대협, 천품신개 풍대해.
두 거인의 회동이었다.
"천품신개께서는 이 사태를 어찌 된 일이라고 보시오?"
"어찌 된 일이라니요?"
"이렇게 된 이유가 무엇이라 보시냐는 말이오."
"글쎄… 이 풍모로서는 모용가주께서 질문하시는 의도를 잘 모르겠소만."
천품신개의 대답에 천수사 모용도의 청수한 얼굴이 가볍게 굳어졌다.
절강성, 일성의 패주라 불리는 이.
모용도가 나직하게 가라앉은 목소리로 물었다.
"설마 하니 이런 대규모의 싸움을 개방에서도 예측하지 못했다는 말이오?"

"싸움의 조짐이 아주 없었던 것은 아니었지만 이렇게까지 될 가능성은 높지 않다고 보았었소. 이렇게까지 엄청난 일이 일어날 것이라고는 감히 누가 짐작할 수 있었겠소?"

온화한 목소리로 말하는 천품신개다. 인자함으로 새겨진 주름들이 소탈한 품성을 보여주는 듯했다.

하지만 모용도는 알고 있었다.

세상 모든 사람이 보이는 것과 똑같지는 않다는 사실을.

맑은 눈, 백발의 노인이라고 하여 모두가 선인(仙人)은 아니라는 것을 말이다.

"개방은 예로부터 정보력에 있어 천하제일을 자랑하는 방파였지 않소? 이런 일이 벌어지기까지 아무런 조치를 취하지 않고 있었다는 것은 도무지 이해가 가지 않소."

"이해가 가지 않는다니, 그것은 또 무슨 말씀이시오?"

"말 그대로요. 수천 관군이 움직이고, 수백 무인들이 군웅들을 습격하고 있소. 이 정도라면 충분히 예상하고도 남을 일 아니었소?"

"허허허. 말씀이 과하시오, 모용가주. 말씀인즉슨, 본 개방이 이런 사태를 예상하고도 감추었다는 것 아니오?"

"과하다? 그렇게 생각하시오?"

"모용가주께서 잘못 보신 게요. 한 가지 분명히 말씀드리리다. 개방이 세가로부터 핍박을 받을 이유는 어디에도 없다고 보오."

모용도의 눈이 번쩍 빛났다.

한 시대를 접고 모든 야심을 떨쳐 버렸던 모용도였다. 패업을 꿈꾸던 그의 피가 가볍게 요동치고 있었다.

'이자, 듣던 것과 다르다. 이자는 세간의 평과 같은 이가 아니야. 인

의대협? 이자의 마음속에 있는 것은 인의가 아니라 야망일 뿐이다.'

다른 사람은 몰라도 모용도는 알 수 있다.

동류이기, 아니, 동류였기 때문이다.

같은 피를 가진 사람들이 서로를 알아보는 것은 너무도 당연한 일이다.

경험으로 얻어진 안목보다 먼저 움직이는 것은 예전에 품었던 심장이었다. 야심을 담았던 그의 심장이 상대의 음험함을 분명하게 감지하고 있었다.

"모용세가가 핍박을 했다라… 내 말이 그렇게 들리셨다면 실망이오. 용두방주께서였다면 절대로 그렇게 받아들이지 않으셨을 터. 내가 원하는 것은 납득할 만한 설명일 뿐이오."

그의 말이 한 자루 검이 되어 천품신개 앞으로 던져졌다.

모용도는 인생의 깨달음과 함께 제패의 꿈을 버린 자다. 그러나 타오르는 야심이 사그라들었다 해도 본래부터 지니고 있던 기질이 없어지는 것은 결코 아니다. 절강 모용세가의 힘은 여전히 강했고, 정점에 선 자의 날카로움은 더욱더 강했다. 그의 말이 가지는 날카로움도 그와 같았을 따름이었다.

"모용가주가 그리 말씀하시니, 이 풍모로서는 함부로 받기가 어렵소이다. 용두방주를 말씀하셨소? 용두방주의 심중이야 본래부터 넓고도 방대한 것이었소. 하지만 지금과 같이 어지러운 난세엔 넉넉한 인심만으로는 살아남기가 힘들 수밖에 없지 않겠소? 세상 모든 일에 촉각을 곤두세우기란 개방으로도 힘들다는 말이외다. 게다가 이번 일은 설령 미리 알았다고 해도 막을 방도가 없었던 그런 일이오. 모용가의 의중이 어디에 있는지는 모르겠으나, 이런 식이라면 우리가 얻을 것은 아무것도 없을 것이오."

모용도의 화검(話劍).

날카롭게 던진 말을 가볍게 비껴간다. 풀어놓는 교묘한 화술에 모용도의 눈이 기광을 번뜩였다.

'암중에 용두방주의 방식을 깎아내리고 있다. 노골적인 반역, 개방을 어지럽히는 이가 있다고 하더니, 이자가 그 장본인이었군. 예상하지 못했다? 말도 안 되는 거짓말이다. 개방 전체는 어떨지 몰라도, 이 자만큼은 틀림없이 이 사태를 예측하고 있었다.'

"하면 천품신개께선 적들의 정체를 어찌 짐작하고 계시오? 조짐이 보였다면 그 흑막에 대해서도 어느 정도는 알고 계셨지 않았겠소?"

"그것이 확실치 않았기에 이번 일의 가능성을 낮게 보았던 것 아니겠소. 일이 터진 지금에 와서 겨우 윤곽을 잡았을 따름이오. 적들의 주력은 관군(官軍)으로, 호광성 위지휘사 세 명이 가담하고 있는 것으로 보여지오. 이것이 무림에 대한 전면적인 공격 선포인지, 아니면 그들의 독단적인 행동인지는 아직 밝혀진 바가 없소."

"무림에 대한 전면적인 공격 선포라니, 그것이 무슨 말이오?"

"당금 황제의 성정을 잘 알고 계시리라 믿소. 이런 식으로 무림에 칼을 겨눈 것이라 해도 아주 이상한 일은 아니라는 말이오."

모용도의 눈이 가늘게 좁혀졌다.

대화를 나누어볼수록 확실해지고 있었다.

태연한 신색으로 말하는 천품신개, 이자는 생각 이상으로 위험한 자다.

서서히 내력을 끌어올리며 개방 제자들의 실력을 살폈다.

개방의 정예다. 뒤에 시립한 모용십수들과 비교하면 어떨까.

힘을 가늠해 본 모용도.

승리와 좌절, 세상 모든 것을 겪어온 모용도. 백전의 경험들이 그에게 심상치 않은 위험을 경고하고 있었다.

"그렇다면 앞으로의 예상은 어떻게 되오? 군산으로 공격해 들어가야 한다고 보시오?"

"물론이오. 군산 내부의 상황이 무척이나 심각한 것으로 생각되오. 한시라도 빨리 무인들을 모아서 그 안의 군웅들을 구해내야 할 것이오."

"군산의 전황이 그리도 험난하다면 적은 수의 무인들이 투입되어 보았자 별 도리가 없지 않겠소?"

"설사 그렇게 된다고 해도 서두르는 것이 협의지도 아니겠소이까, 모용가주? 강호동도들이 험지에 고립되었소. 응당 들어가서 도와주는 것이 같은 하늘 아래 강호인으로서의 도리일 것이오."

모용도는 볼 수 있었다.

천품신개의 심각한 표정 속에 감추어진 득의의 미소를.

강호인들에 대한 애끓는 마음을 드러내고 있는 것 같지만 그 마음속은 겉모습과 전혀 다르다. 이 대화를 결정짓는 이야기, 천품신개의 말이 빠르게 이어졌다.

"이미 이 악양에서는 군산으로 들어가기 위한 공격대가 만들어지고 있을 것이오. 그 지휘를 모용가주께서 맡아주셨으면 좋겠소이다. 나와 같은 늙은이로서는 그럴 만한 그릇이 되지 않소. 대신 개방은 뒤를 책임지도록 하겠소. 싸움의 향방과 적들에 대한 정보들을 확인되는 즉시 지원하도록 하겠소이다."

'당했군. 깨끗하게.'

모용도는 상대의 승리를 인정할 수밖에 없었다.

모든 대화가 천품신개의 뜻대로 흘러갔다.

모용도의 위치에서 천품신개의 말을 거절하는 것은 절대로 불가능한 일이었다.

천품신개 풍대해의 기량은 뛰어나다. 강렬한 야망뿐 아니라 그것을 감출 수 있는 음험함을 두루 갖추었다.

모용도의 역량이 일성의 패주를 논한다지만 그 정도 인물들이 부딪친다면, 그 승부는 결국 누가 더 준비를 했느냐에 따라 갈리기 마련일 것이다.

그래서 질 수밖에 없다.

천품신개는 모든 것을 알고 있었고, 모든 것을 예상했다.

군산의 격전뿐 아니라 모용도와의 만남까지 철저한 계획 속에서 행한 일이다.

위험천만한 제안을 수락하는 모용도다.

그의 눈이 그 어느 때보다 서늘한 기운을 품었다.

"알았소. 군산의 싸움을 준비하기 위해 최대한 서두르도록 하겠소. 개방의 무운을 기원할 따름이오."

모용도가 몸을 돌렸다.

짧은 대화였지만, 마치 비무를 치르기라도 한 것처럼 적지 않은 심력을 소모했다.

긴장을 늦추지 않은 채 악양북문 개방 문도들의 소굴을 빠져나왔다.

개방 제자들이 보이지 않게 된 직후다. 모용도가 입술을 달싹이며 모용십수 네 명에게 명령을 전달했다. 그들 외에는 누구도 듣지 못할 전음입밀의 비기였다.

"첫째! 최대한 빨리 이 악양에 있는 무인들을 파악하도록 하라. 둘째! 이곳에 있는 구파와 접선하고, 셋째! 군산으로 향하려는 무인들을 막는다. 지금 급조한 구출대로는 소용이 없다. 의미없는 죽음을 당할 뿐이야. 그리고……."

모용도의 걸음이 빨라졌다.

네 번째. 마지막 명령을 내리기까지 한 번 더 생각을 정리한다.

열 걸음, 십 보를 더 걸어간 후 결정을 내렸다. 그가 전음을 펼쳤다.

"넷째! 잘 들어라. 지금부터 개방은 적(敵)으로 간주한다. 그들의 정보는 단 하나도 믿지 않는다. 필요하다면 손을 쓰는 것도 망설이지 마라."

모용도의 말.

제아무리 놀라운 명령이라도 모용도가 발했다면 절대적이다. 달라진 것이 있다면 첨예한 경각심이라고 할 수 있을까. 그들의 몸에서도 모용도와 똑같은 전의(戰意)가 피어오르기 시작했다.

'청! 그 아이를 부른다면 천군만마의 힘이 될 것이다. 하지만 소주의 북풍장은 멀어. 거기까지 갔다 오는 것은 그것만으로도 모험이다.'

모용도는 일순간 그의 딸을 떠올렸으나 이내 고개를 내저었다.

하나밖에 없는 딸.

모용청.

강호에서는 그녀를 북풍마후라 부른다.

북풍마후의 아버지, 그것이 바로 모용도였다.

'군력(軍力)이 개입한 전투. 북풍단만한 전력은 없겠지. 그러나 그럴 수야 없다.'

훌륭했던 딸의 못난 아버지로서.

그는 모용청을 부를 수가 없었다. 아무 일도 없었던 것처럼 도움을 청하기에는 너무도 이른 시점이다. 충분한 세월이 흐르지 않았던 까닭이다.

'너와 북풍단주가 있어 들끓던 욕심에서 벗어날 수 있었다. 그렇다고 모용가의 힘이 쇠락한 것은 아니다. 모용세가의 가주로서, 네 녀석 같은 딸아이의 아버지가 되었다면 그에 걸맞는 모습을 보여주어야만 하겠지.'

모용도가 걸음을 멈추었다.

그가 돌아보는 곳, 악양북문이 시야 한쪽에 들어왔다.

야심은 접었지만, 그 자리에는 딸에게 배운 협의의 도가 채워져 있다.

진정한 적을 단숨에 알아보고 과감한 결단을 내린 것.

그것이야말로 육대세가 가주의 역량이다.

무공 이상의 힘, 천하의 일부를 차지한 능력의 증명이었다.

    *   *   *

"동정호… 목적지는 무림맹이었군요."

"그래. 말했잖아. 무림맹에 가자고."

동정호가 바라 보이는 곳.

충천하는 화광과 미친 듯 얽혀드는 선박들의 수상전이 그들 앞에 있었다.

내려다보는 청풍의 눈동자에 전장의 격렬함이 비쳐들었다. 청풍이 연선하에게 물었다.

"이것이 어찌 된 싸움이지요?"

"이제부터 알아봐야지."

연선하는 그렇게 말했다.

하지만 청풍은 그녀의 어투에서 그녀가 이 사태를 예상하고 있었다는 느낌을 받았다. 그녀가 먼저 신법을 펼치며 호변의 관도를 따라 몸을 날렸다.

"어디로 가시는 겁니까?"

"악양을 거쳐야겠어. 저런 싸움이 벌어지고 있는데 배를 띄울 사람은 아무도 없을 거야!"

"배를 띄우다니?"

"군산으로 들어가야 할 것 같아. 서둘러, 시간이 없으니까."

'군산으로? 저길 돌파한단 말인가?'

연선하를 따라 달리면서 동정호의 호면을 돌아보았다.

격한 싸움이다.

수상전이라면 장강에서 얼마든지 겪어본 바 있지만, 지금의 동정호는 그에 못지않은 살벌함을 보여주고 있었다.

두 사람이 악양의 외곽에 이른 것은 그로부터 얼마 지나지 않아서였다.

전력으로 신법을 펼치는 연선하.

여유롭게 따라가던 청풍이 한쪽을 가리키며 연선하를 멈추어 세웠다.

"사저, 저쪽을 보십시오!"

청풍의 외침에 연선하가 고개를 돌렸다. 그녀의 눈이 놀라움으로 물들었다.

"저것은……!"

관도 한쪽의 공터였다.

수많은 사람들이 쓰러져 있었다.

흩어진 병장기들. 핏자국이 널려 있다. 움직이는 이는 하나도 보이질 않았다.

"싸움이 있었군요. 끝난 지 얼마 되지 않았습니다."

"그래. 이것 봐. 제마곤(制魔棍)이다. 아미파(峨嵋派)야. 아미파가 이곳에 있었어."

제마곤은 아미의 독문병기다.

부서진 병장기들 한가운데, 몇 자루의 제마곤이 한데 모여서 땅바닥에 꽂혀 있었다. 연선하가 말을 이었다.

"시신과 부상자들은 이미 전부 다 수습해 간 모양이다. 주인 잃은 병장기를 싸움터에 두는 것은 아미의 전통이지. 이곳에는 적들의 시신밖에 없어."

아미파 승려는 한 명도 남아 있지 않았다.

하지만 그곳에 있는 모든 것들이 아미파의 존재를 가르쳐 주고 있었다. 땅바닥의 깊은 족적은 아미복호권의 투로를 나타내고 있었으며, 적도들의 가슴에 새겨진 수인(手印)은 아미파 항룡모니인(降龍牟尼印)의 흔적이었다.

"한데 이들은 무엇입니까?"

아미가 이곳에 있었다는 것은 알겠다.

한데 적들이 어떤 자들인지를 모르겠다. 삼십 구가 넘는 시신들, 각양각색의 무복을 입었다. 얼굴에는 하나같이 기이한 문양이 새겨진 백색 가면들을 쓰고 있었다.

"흰 가면… 잘 모르겠어. 이렇게 특징있는 자들이라면 들어본 적이 있을 텐데."

아미파를 단숨에 알아본 그녀로서도 전혀 모르겠다는 기색이었다. 그래서인지 그녀의 얼굴에 깃든 그늘도 더욱 깊어져 보였다.

"예상했던 적들이 아닌 모양이군요."

"그래. 예상 밖이야. 아미파가 습격을 받았다는 것은 다른 문파도 같은 일을 당했을 가능성이 커. 수로뿐 아니라 육로까지. 그만큼 더 위험해졌다는 이야기지."

연선하가 두 눈에 불안한 빛을 떠올렸다.

말 그대로다.

아미파만 싸웠으리라는 법은 없다. 무림맹을 위해 오고 있을 다른 문파들, 화산파 역시도 예외는 아니리라.

그녀가 앞장서며 악양 쪽을 가리켰다.

"일단 악양에 들어가 서천각과 접촉하는 것이 급선무겠어. 군산에도 어서 가야 할 텐데. 걱정이 태산이구나."

땅을 박차고 달리는 두 사람이다.

천 년의 고도 악양.

크나 큰 싸움의 한가운데, 중원 무림맹의 결맹지가 그들을 기다리고 있었다.

   *   *   *

"아미파가 도착했습니다."

"누가 왔지?"

"만불신니(萬佛神尼)께서 오셨답니다."

"거물이 왔군. 복호승들은?"

"여덟 명입니다. 오는 동안 열 명이나 잃었다고 노기가 하늘을 찌를 정도입니다."

"복호승들을 잃어?"

"예. 세 번이나 습격을 당했다고 하셨습니다. 바로 악양 근역에서도 한 차례의 싸움을 거쳤다고 하며, 이에 현재 개방 문도들이 싸움터의 조사를 위해 움직이고 있습니다."

"또 당했군. 개방이 간다니… 얻을 것이 없겠어. 다른 단서는 없나?"

적들의 정체에 관한 단서를 물음이다. 모용도의 미간이 깊게 좁아져 있었다.

"아미에서 적들의 물품이라 하여 하얀색 가면을 들고 왔습니다. 열 개 정도를 회수해 왔는데, 그 정체를 알기 위하여 각파 명숙들에게 하나씩 돌리고 있답니다. 이것이 그것입니다."

모용십수가 모용도에게 한 개의 가면을 내밀었다.

아직도 핏자국이 선연한 가면이었다.

받아 들어 살피는 모용도의 눈에서 기광이 번뜩였다. 그가 고개를 갸웃거리며 말했다.

"이 가면… 들어본 적이 있다. 내 기억이 맞다고 한다면 이것은 아마도 사패 시절의 물건일 게야. 골치 아파지겠어."

"사패라면… 팔황과 관련되어 있다는 말씀이십니까?"

"그럴 것이다. 만불신니께 연락해. 경동하시지 말라고."

"벌써부터 군산의 싸움에 뛰어든다 난리십니다. 적들의 수괴를 찾아야 한다면서 말입니다."

"적들의 수괴? 그런 것은 없어. 굳이 찾는다고 한다면 이 악양 땅이다. 지금은 고수가 한 명이라도 더 악양에 머물러 있어야 하는 시점이야."

"하지만 만불신니께서 기어코 가시고자 한다면 막을 수 있는 사람이 없습니다. 게다가 개방 측에서 바람을 넣고 있는 모양인지라……."

"그럴 줄 알았다. 교활한 수작이야. 어쩔 수 없겠지. 어떻게든 고수들을 분산시켜야 할 테니."

모용도가 고개를 내저었다.

잠시 동안의 침묵으로 생각을 정리한 그다. 그가 눈을 빛내며 말을 이었다.

"군산은 사지(死地)다. 풍대해가 이 일을 획책한 무리들과 내통하고 있다고 한다면, 되도록 많은 고수들을 그 안으로 밀어 넣고 싶겠지. 일단 거기까지 가는 것만으로도 어려우니까."

"하지만 버릴 수도 없는 일 아닙니까."

"맞는 말이다. 이미 여러 문파들이 군산에 당도해 있어. 그 안에서도 곤란에 처해 있으리란 것은 보지 않아도 능히 짐작할 수 있지. 그들을 구해내야 해."

"결국은 군함들, 군부가 문제로군요."

"그렇다. 군사들 개개인의 무력이야 보잘것이 없지만, 이렇게 군력으로 공격해 온다면 상대하기가 만만치 않다. 무엇보다 문제인 것은 우리로서도 본격적으로 손을 쓰기가 어렵다는 사실이지. 자칫 잘못하다가는 우리가 역모의 무리들로 몰릴 수 있어. 아마도 그것이 풍대해가 노리는 바겠지. 애당초 군사들이 무림인들을 공격하기 시작한 근본

군산(君山) 169

적인 이유를 알아야만 한다. 그것이 첫째야."

"관가와의 접촉은 일단 시도를 하고 있습니다만……."

"그런 식으로는 안 돼. 놈들은 대명제국의 수군을 움직인 놈들이다. 중간에 막힐 것은 자명한 일이지. 보다 직접적인 통로가 필요해. 단번에 군부의 상황을 알 수 있는 곳."

"황실!!"

"그래. 황실밖에 없다. 개방이 제 역할을 해주고 있었다면 이런 것으로 고민하지 않았겠지. 군부의 의도를 파악하는 것은 반나절로 족했을 것이다. 그것이 안 되니 우리가 움직일 수밖에 없겠어."

"어떻게 할까요. 명령만 내리십시오."

"일단 악양 내에서부터 시작하자. 군부 관계자를 모조리 찾아봐. 황실로도 한 명 가도록 해. 황실과 연결이 여의치 않으면 동인회의 귀제 갈유준과 접촉해라. 지금쯤이면 아마도 남경에 와 있을 것이야. 금의위의 위 도독과 직접 선이 닿아 있으니까."

"시일이 좀 걸릴 텐데요."

"물론이지. 시일이 걸려도 상관없어. 이 일이 어떻게 된 것이든 폐하의 뜻은 아닐 것이니까. 현 황실의 대 무림 정책은 이렇게 과격하지 않아. 그것만 확인하면 돼. 싸움이 끝난 후일지라도 그것만 확보해 두면 역모의 문책은 당하지 않을 것이야."

"일단 싸우고 보시겠다는 말씀입니까?"

"당연한 일이다. 지금 상황에서 군과의 충돌은 필연이지. 군산에도 군사들이 있을 것이 틀림없고. 그렇다면 이미 많은 무인들이 군인들과 교전을 치렀을 거야. 죽은 군사들이 한둘이 아니겠지. 무림인들이 대명제국의 관군들을 죽였다면, 그것이 역모가 아니고 무엇이겠나. 무림맹 전체가 반역의 무리로 낙인찍힐 가능성도 적지 않아. 그런 식으로 몰아가서는 절대로 안 돼."

"만일 잘못되면……."

"구족 멸문. 우리도 목숨을 걸어야 한다. 주모자를 찾아야 돼. 동정호에 수군을 보낼 수 있는 자, 이 병력 규모를 독단으로 움직일 수 있다면 그 범인은 몇 명으로 좁혀질 수 있겠지. 해야 할 일이 많아."

시야가 다르다.

개방을 적으로 상정했기 때문에 확실한 정보가 한정된 마당이다.

그럼에도 모든 것을 꿰뚫어 본다. 전황을 넓게 보면서 큰 그림을 그릴 뿐 아니라, 세세한 부분에서도 정확한 판단을 내리는 모용도였다.

표면적으로 보이는 적들만 상대하려고 해서는 안 된다.

일단 싸워야 할 상대가 대명제국의 군사들이라면, 훗날 생길 수 있는 사태까지 미연에 방지해 놓아야만 했다.

모용도는 모용십수를 모두 다 내보냈다.

황실과의 접촉.

군부와의 연결.

주모자의 탐색.

강호인들의 경동을 막는 것까지.

어느 하나도 가벼운 일이 아니다. 모용십수 정도의 고수들이 나서야만 하는 일이었다.

항상 곁에 두었던 이들은 이제 없었다.

함께 악양에 온 몇몇 가신들이 있지만 전력으로 쓰기엔 미흡한 이들이다.

호위할 사람이 없다는 이야기였다.

모용도 자신도 스스로를 홀로 지켜야만 하는 상황이었다.

'이 정도의 싸움, 실로 오랜만이다. 나도 본격적으로 움직여야겠어.'

모용십수에게 임무를 맡겼다.

하나같이 만만치 않은 임무들, 어떤 위험이 있을지 알 수 없다. 그런 마당에 그도 가만히 앉아 있을 수는 없는 것이다.

천수사 모용도가 나서야 하는 일.

육대세가의 하나를 맡고 있는 모용가주가 직접 나서야 할 일이 무엇이 있을까.

남은 것은 하나다.

가장 위험하고, 가장 어려운 일이다.

문파 하나와의 싸움이라 할 수 있을까.

풍대해의 뒤를 캐는 일.

그의 진의를 파악하는 일이다.

문파 하나, 천하제일방이라 불리는 개방과 맞서는 것이 그가 선택한 일이었던 것이다.

　　　　　*　　　　*　　　　*

악양의 상황은 극에 이른 혼란 그 자체였다.

마치 전쟁이 난 것 같다.

보이는 것은 오직 무인들뿐이요, 백주의 거리에서 신법을 전개하는 자들까지 있었다.

연선하도 다를 것은 없었다.

곧바로 악양의 화산지부로 달려들어 가 서천각을 찾았다. 인사를 할 겨를도 없이 전황부터 물었다.

"어떻게 되고 있지?"

"연 사저 아니십니까! 화산도 도착한 겁니까?"

"아니, 화산은 오지 않았다. 지금은 둘뿐이야. 급하다. 다른 말을 할 상황이 아니니 돌아가는 상황부터 말해라."

"아, 알겠습니다. 일단 악양의 상황부터 말씀드리자면, 이곳으로 오고 있는 여러 문파들이 파상적인 습격을 받고 있다 하였습니다. 적들의 규모와 숫자가 워낙 다양하여 그 정체를 알 수가 없었습니다만, 현재는 몇몇 원로 명숙들 사이에서 신마맹이라는 이름이 조심스레 거론되고 있다 합니다."

"신마맹!! 그랬군, 확실히 그런 이름이었어!"

하얀 가면을 쓴 괴인들.

어디서 보았나 했더니, 수십 년 전에 쓰여진 서천각 문서에서 읽었던 기억이 난다. 연선하가 두 눈을 빛내며 서천각 제자를 재촉했다.

"군산은? 군산이 먼저야. 군산의 상황은 어때?"

"보시는 대로입니다. 동정호 뱃길이 온통 막혀 버렸고, 지금은 격한 수상전이 펼쳐지고 있는 중입니다. 관가의 수군들이 갑작스레 무림인들의 선박들을 공격하기 시작하면서 어쩔 수 없이 반격하는 이들이 나와 버렸고, 그것이 여태까지 이어지고 있습니다."

"그게 언제부터였지?"

"오늘 새벽부터입니다. 왜 수군들이 무림인들을 공격하게 되었는지는 아직 아무도 모릅니다. 개방에서도 전혀 감을 못 잡고 있다 합니다."

"개방? 개방이 와 있나?"

"예. 천품신개 풍대해 장로께서 사결 이상 개방 정예들을 이끌고 오셨습니다. 혼란에 빠진 무림인들을 수습하기 위해 백방으로 노력하고 힘을 쓰고 계십니다."

"강호인들을 수습하고 있다고? 풍대해가?"

"예? 풍, 풍 장로께서……."

"아니, 아니야. 말이 잘못 나왔어. 군산 내부는? 군산 내부의 상황은 어떻지? 아직 알 수 없나?"

연선하의 얼굴은 창백할 정도로 하얗게 변해 있었다.

목소리를 높이며 다급하게 묻는 모습이 무척이나 생소하다. 서천각 제자가 당황한 목소리로 대답했다.

"예, 예에. 군산 내부의 상황은 알려진 바가 없습니다. 여기서 보이는 대로라면, 군산에서도 격한 전투가 벌어지고 있는 모양입니다. 하지만 상대가 누구인지, 왜 이렇게 되었는지는 아직 윤곽이 뚜렷하지 않습니다."

"그렇겠지. 군산 내부에 들어가 있는 문파들은?"

쉴 새 없이 퍼붓는 질문이었다.

서천각 제자가 탁자 위의 문서를 내려보며 하나하나 문파들의 이름을 열거했다.

"구파로는 청성파, 점창파, 종남파가 있습니다. 청성은 삼청 진인께서 이끌고 계신다 하였는데, 점창과 종남은 누가 있는지 알려지지 않았습니다. 악양을 거치지 않고 바로 군산으로 들어가셨기 때문입니다. 육대세가 중에서는 오늘 아침, 하북팽가가 군산으로 출발했었는데 악양으로는 돌아오지 않았습니다. 그곳에 당도했거나 아니면……."

"침몰했겠지. 그러면 지금 수상에서 싸우고 있는 문파들은 어떤 문파인가?"

"어디 어디가 나가 있는지는 정확히는 모르겠습니다. 개별적으로 출발한 무인들도 많고, 구파 이외의 문파들도 상당수 있기 때문에 싸움의 흐름이나 피해 상황을 산출하기가 힘이 듭니다."

"적들도 어떤 자들인지 잘 모르겠군. 군부의 군함만 있는 것이 아니겠어."

"예. 그럴 것이라 보고 있습니다."

"악양에는 어떤 문파들이 와 있지?"

"먼저… 아까 말씀드린 개방이 있습니다. 지금 서천각도 개방과의 연계를 통해 움직이고 있지요."

"개방과의 연계? 누굴 통해서?"

"이삼(李三)이라고 풍 장로께서 보내주신 인물입니다."

"지금 안에 있나?"

"아니요. 방금 전 북문에 있는 개방지부로 돌아가셨는데요. 만나보시겠다면 언제든 불러 드릴 수 있습니다."

"아니, 만나지 않겠어. 그보다 지금 여기 서천각은 누가 맡고 있지? 동한 사제인가?"

"예, 맞습니다."

"지금 있어?"

"아니요. 전황을 알아보시느라……."

"사제가 오면 전해줘. 한 자도 틀리지 말고 그대로."

"어떤 말씀을……?"

"개방과의 연계를 끊어. 절대로 그들을 믿지 마. 분명히 이야기해."

"예? 개, 개방과……?"

"두 번 말하게 하지 마. 개방과의 연계를 끊어. 그들이 주는 정보는 십중팔구 가짜야. 절대로 믿으면 안 돼. 알겠어?"

연선하의 목소리는 강경했다.

아연실색한 서천각 제자다. 개방을 믿지 말라니. 뒤에서 잠자코 지켜보는 청풍까지도 놀랄 수밖에 없는 일이었다.

"그, 그대로 전하겠습니다. 하지만……."

"믿지 않으면, 화산 매화검수로서 돌이킬 수 없는 실책이 될 거야. 그 말도 전해."

"알겠습니다, 연 사저."

"다시 묻겠어. 개방 말고는 또 어디가 있지?"

"개방 외에 바로 한 시진 전에 도착한 아미파가 있습니다. 만불신니께서 아미복호승들을 대동하고 오셨다 합니다."

"만불신니, 만불정의 그 만불신니?"

"예. 그분 맞습니다."

연선하가 두 눈을 크게 뜨며 청풍을 돌아보았다.

바로 악양에 들어오기 전, 아미파의 흔적을 확인했던 두 사람이다.

그곳에 남아 있던 제마곤들.

희생당한 아미파 승려들의 유품이다.

만불신니 정도의 고수가 있었으면서도 아미복호승들이 몇 명이나 죽음을 당했다면, 적습의 강도도 보통이 아니라는 말이 된다. 연선하가 고개를 저으며 되물었다.

"그 밖에는?"

"구파로는 해남파 몇 명, 곤륜파 몇 명이 남아 있을 뿐입니다."

"그것이 다야? 소림과 무당은 오지 않았어?"

"감감무소식입니다. 아무래도 이곳에 오는 동안 적습에 막혀 버린 것 같습니다."

연선하가 다시 한 번 고개를 설레설레 내저었다.

소림과 무당을 막는다.

상상하기 어려운 일이다. 그러나 아미파의 일을 생각하자면 그럴 수 있을지도 모른다. 지금까지 겪었던 사건이나 전투와는 완전히 다른 상황이라 봐야 했다.

"육대세가는?"

"개방을 제외하고는 가장 강한 전력이 육대세가 쪽에 있습니다. 모용세가 모용가주께서 직접 와 계시지요."

"모용가주!"

찌푸려진 얼굴에 한줄기 밝은 빛이 깃든다. 모용가주, 천수사의 이름은 지금까지 거론된 고수들 중에서 가장 신뢰가 가는 이름이라고 할 수 있었다.

"다른 육대세가는 없고? 황보세가는 지척이잖아. 아직 안 온 건가?"

"예. 너무 가까워서 도리어 천천히 출발하려 했던 모양입니다. 남궁세가가 거의 다 왔다고는 한 것이 한참 지났는데, 아직까지 정작 도착했다는 말은 들리지 않고 있습니다."

"지금으로서는 모용세가밖에 믿을 곳이 없다는 말이로군."

전력이 지나치게 부족했다.

이름값으로만 치자면 모두가 천하를 넘볼 만한 문파들이다.

그러나 전투는 이름값만으로 하는 것이 아니다.

무인의 숫자.

군산(君山) 177

고수들의 숫자.

너무도 없다. 이래서는 안 된다. 군산도 악양도, 이래서는 위험할 따름이었다.

"마지막 질문이야. 지금 현재 군산으로 갈 수 있는 배는 없어?"

"구, 군산으로 말입니까?"

"그래."

"지금으로서는 아미에서 군산행을 이야기하고 있습니다만……."

"있지만?"

"갈 수 있는 배가 없을 것으로 생각됩니다. 전선(戰船)으로 쓸 만한 배들은 이미 전부 다 동정호로 나가 버렸기 때문이죠. 뱃사공도 없기는 마찬가집니다. 아무도 가려고를 안 하겠지요. 그나마 용기있는 뱃사람들이 있기는 했는데, 바로 반 시진 전 청성파를 따라 군산으로 출발해 버렸습니다."

"청성? 청성은 먼저부터 군산에 가 있다고 하지 않았어?"

"아, 그것이 사실 청성파는 본래 처음부터 악양을 거친 후, 군산으로 출발했었습니다만 출발 당시 둘로 나뉘어 일부가 악양에 남아 있었습니다. 군산 쪽은 삼청 진인께서, 악양 쪽은 태안 진인께서 이끌고 계셨지요. 한데 상황이 이렇게 된 만큼 군산 쪽의 안위가 걱정된 나머지, 이곳에 계시던 태안 진인께서 남아 있던 제자들과 몇몇 무림인들을 규합하여 군산으로 떠나시게 된 겁니다."

"무모하군. 그 정도로는 어려울 텐데."

"모용세가 측에서는 조금만 더 기다려 보자고 했지만, 청성파로서도 마음이 급했을 테니까요. 더욱이 개방 측에서도 한시빨리 군산에 고수들을 투입해야 한다고 주장함에 따라……."

"그랬나. 개방……. 역시 풍대해야."

연선하가 이를 갈 듯 말했다.

무림인들을 군산으로 내모는 풍대해.

그 의도를 능히 짐작할 수 있다.

무림맹 고수들을 군산에 고립시킨 후 한꺼번에 죽여 버리려는 것이다. 군산이라는 죽음의 함정으로 무림맹을 박살 내려는 계책이다. 그 음험함이 피부로 느껴졌다.

"가자. 움직여야겠어."

돌아서는 그녀다.

성큼성큼 걸어나오는 연선하.

뒤에 서 있던 서천각 제자가 그녀를 불러 세운 것은 그때였다.

"잠시만요, 연 사저."

"왜?"

"아직 말씀드리지 못한 것이 있습니다."

"어떤 것을?"

"저, 연 사저께선 지금 군산으로 들어가시려는 것이지요?"

"맞아, 그런데?"

"그… 서천각에서 우연히 발견한 것입니다만, 특기할 만한 사람이 한 명 악양에 와 있습니다."

"특기할 사람?"

"예. 그 사람이라면 군산으로 배를 몰아줄 수 있지 않을까 생각되어서요."

"무림인?"

"아닙니다. 관인이에요. 마영정이라고 아실런지 모르겠습니다."

"마영정. 마 제독? 해군(海軍)의?"

"예. 맞습니다! 알고 계셨군요."

"알다마다. 한데 마 제독이 왜 이곳에 있지? 설마 하니, 적 수군의 군함들과 관련이 있는 것인가?"

"아닙니다. 남왜의 소탕이 끝난 후, 휴양차 동정호에 왔다고 들었습니다. 그도 지금쯤 이 사태에 대해 크게 궁금해하는 중일 테지요."

"연관이 없다면 그렇겠지."

그녀의 두 눈에 복잡한 빛이 떠올랐다.

마영정, 마 제독.

그는 무척이나 유명한 남자다.

몇 년에 걸쳐 이루어졌던 남왜 해적 토벌전.

무림인들까지 대거 동원되었던 긴 싸움을 끝까지 해내고, 결국 철혈의 제독으로서 이름을 날린 대명 수군의 영웅이 바로 마영정이었다.

"…마 제독은 어디에 있어?"

"용린루(龍鱗樓)에 계십니다."

"용린루? 악중로(岳中路) 구석에 있는?"

"예. 그곳 맞습니다."

"허름한 곳 아니었나? 제독 같은 거물이 왜 거기에?"

"그것까진 잘… 그래서 여태껏 악양에 와 있는지도 몰랐습니다."

"여하튼 알겠어. 거기부터 가봐야겠네. 다른 할 말은 없고?"

"아, 예에. 무, 무운을 빌겠습니다."

"고마워. 동한에게 전하란 것 잊지 마!"

"예. 걱정 마십시오."

연선하가 몸을 돌렸다.

정보를 얻은 것까지는 좋았지만, 시간을 꽤나 많이 썼다. 시간만 많이 쓴 것이 아니라, 앞으로도 넘어야 할 언덕이 남아 있다. 가라앉은 눈빛, 청풍이 그녀의 뒤를 따랐다.

*　　　*　　　*

"장로님, 새로운 정보입니다."
"보고하라."
"모용세가가 본격적으로 움직이기 시작했습니다. 군부와의 접선을 시도하려는 모양입니다."
"누가 움직였지? 모용십수인가?"
"예, 한 명이 호광성 군부 관계자를 수소문하고 있습니다. 일단은 추격을 붙여놓았습니다."
"모용십수라면 쫓기 어려울 거야. 일단 동향만 파악해 놔. 그 부분은 내가 처리하겠다."
"알겠습니다."
"다른 것은?"
"모용십수 다른 한 명이 반 각 전에 만불신니와 접촉했습니다. 군산행을 만류하고 있는 것으로 사료됩니다."
"모용가주… 지략가라더니, 발빠르게 움직이는군. 그렇다면 모용가주 곁에 있는 것은 둘뿐인가?"
"아닙니다. 지금은 한 명도 없습니다."
"그런가? 나머지 둘은?"
"한 명은 악양 내부의 정보를 모으고 있는 듯합니다. 다른 하나는 위치 파악이 안 되고 있습니다."

"그렇다면, 지금은 모용가주 혼자란 말이렷다."

"예, 그렇습니다."

풍대해의 눈이 번쩍이는 기광을 발했다.

온화해 보이는 안색 위로, 감추어진 살기가 우러나왔다.

그가 고개를 끄덕이며 말했다.

"파악이 안 된다는 모용십수 하나를 마저 찾도록 해라. 어떤 수작을 부리고 있는지 알아야 한다."

"알겠습니다."

"모용가는 그렇고… 다른 정보는 없는가?"

"있습니다. 반 시진 전쯤, 악양으로 한 쌍의 남녀가 들어온 것이 확인되었습니다. 한데 그것이 심상치 않은 인물들로 보이는지라……."

"어떤 이들이기에?"

"아직 확실치는 않지만, 한 명은 화산파 천류여협으로 생각됩니다. 다른 하나는 그… 청홍무적검이라는 질풍검 청풍이라고……."

"무엇이?"

풍대해가 목소리를 높이며 되물었다. 자리에서 박차고 일어날 만큼 놀란 얼굴이었다.

"연사진에서 일을 벌인 이후로 질풍검이라는 명호가 떠돌고 있습니다."

"질풍, 사신검(四神劍)의?"

"예, 맞습니다. 하지만 정확하진 않습니다."

"계산 밖의 놈이로다. 왜 온 것 같나?"

"모르겠습니다."

"알아봐."

"예. 죄송합니다. 그리고……."

"더 있군. 보고해."

"예. 그보다 반 시진 전, 그러니까 지금으로부터 한 시진 전쯤, 동정호 북부에서 단심궤의 움직임이 포착되었습니다."

"단심궤라고?"

"그렇습니다."

"누구인가, 이번엔."

"그것이 송구스럽게도……."

"설마……!"

"그렇습니다. 팽가오호도로 사료됩니다."

툭!

손에 들려 있던 죽간이 땅에 떨어지는 소리였다. 인자함으로 가장되었던 풍대해의 얼굴이 삽시간에 무너졌다. 악다문 이빨 사이로 탁한 목소리가 새어 나왔다.

"오호도! 살아 있었단 말인가."

"……."

"그래서, 어디로 갔지?"

"군산으로 배를 띄운 것 같습니다."

쾅!

풍대해가 탁자를 내려쳤다. 그가 명령했다.

"마맹(魔盟)에 연락해. 표자정(豹子精)과 황풍괴(黃風怪)를 투입하라고."

"두 명이나 말입니까?"

"그렇다. 지금까진 너무 가볍게 보았어."
"알겠습니다. 그렇게 전하겠습니다."
단심맹의 일원으로서 풍대해를 보좌해 온 심복이다.
지시를 받았음에도 자리를 뜨지 않는 모습. 아직도 보고할 것이 남았기 때문이다. 풍대해가 두 눈에 노화(怒火)를 떠올리며 물었다.
"또 있나?"
"마지막입니다."
"이번엔 누구인가."
"강호인이 아니라 관군입니다. 마영정이라고……."
"마영정이라면 남해 해군(海軍) 제독 아닌가. 그가 악양에 있었나?"
"그렇습니다. 작은 객잔에 머무르고 있어서 미처 파악하지 못했습니다."
"……."
"왜 이곳에 있는지는 정확하지 않습니다. 단순한 휴양이라고 했지만, 그것도 사실을 모르는 일이라……."
"길게 이야기할 것 없다. 죽여."
"해군 제독인데 위험하지 않겠습니까?"
"남해를 기억해라. 오류왜장은 어렵게 구한 검호(劍豪)들이었어. 해군 제독……. 그저 군부의 개일 뿐이지만, 방치해 두면 상당한 위험 요소가 될 것이다. 살려두는 것이 더 위험하단 말이지. 여기에 와 있는 이유가 무엇이 되었든, 지금 죽여놓는 것이 좋아."
"그럼 처치하겠습니다. 누구를 보내는 것이……?"
"은각(銀角). 그 하나면 충분하다. 당장 움직여."
진면목을 드러내는 풍대해다.

살업(殺業)을 논하는 대화.

음모(陰謀)와 살계(殺計)가 오가는 곳.

개방의 인의대협, 천품신개 풍대해의 거처였다.

* * *

철기맹의 발호가 있었던 시절부터.

서천각의 일을 맡게 됨에 따라 중원 무림맹지 악양에 상주했던 연선하로서는 이곳의 지리를 완전히 꿰뚫고 있을 수밖에 없었다.

용린루까지 단숨에 찾아올 수 있었던 것도 그래서다.

새롭게 생긴 지 일 년 남짓한 곳.

직접 들어가 본 적은 없지만 조악하게 용(龍)을 새긴 현판 때문에라도 기억에 남을 만한 곳이었다.

촤르륵!

주렴을 걷고 들어간 안쪽으로는 검박한 탁자와 식기들이 쭉 놓여져 있었다. 바깥의 상황이 상황인지라, 무거운 침묵만이 깔려 있는 상태다.

몇 명 있는 사람들도 이층 객점에 머무르다 내려온 손님들인 것 같다. 내부의 전경을 쭉 둘러본 연선하가 빠른 걸음으로 하나의 탁자 앞에 이르렀다.

"마 제독님이시지요?"

불안한 공기가 오히려 익숙하게 느껴지는 중년 남자다. 호리호리한 체구, 검게 그을린 얼굴에 형형한 눈빛을 지녔다.

범상치 않은 기도.

무공은 고강해 보이지 않았지만, 내뿜는 기세만큼은 어지간한 강호 무인들 이상이다. 군부의 장수로서 수많은 군사들을 호령해 온 경험이 그 모습 속에 우러나고 있었다.

　　"어찌 나를 아는가? 처음 보는 여협인데?"

　　"화산파의 연선하라 합니다. 이쪽은 제 사제인 청풍이고요."

　　연선하에 이어 포권을 취하는 청풍이다.

　　그녀에게 머물렀던 마영정의 시선이 청풍에게 이르렀다. 그의 눈에 이채가 떠올랐다.

　　"화산파? 한데 어인 일인지?"

　　"제독께 여쭈어보고자 하는 일이 있어서 왔지요."

　　"내게? 무엇을?"

　　"돌려 말씀드리지 않겠어요. 지금 동정호에서 벌어지는 일은 군부가 주도한 일이 확실한가요?"

　　"싸움 말이로군. 글쎄. 대답해 줄 말이 없어. 사실 왜 그러고 있는지 나로서도 알지 못한다네."

　　"모르신다는 말씀은 중앙과도 관계가 없다는 의미겠지요?"

　　"아니, 그런 것은 아닐세. 거기에 대해서는 확언하기 힘들지. 나는 휴식을 위하여 동정호에 왔을 뿐이야. 일에서는 완전히 손을 뗀 상태이니 뭐가 어떻게 돌아가고 있는지는 전혀 모른다네."

　　"그렇군요."

　　마영정의 말엔 거짓이 없었다. 그의 목소리보다 그가 보여주는 눈빛이 그의 진실됨을 말해 주고 있었다.

　　"한 가지 더 여쭙겠어요. 제독께서는 혹시 이 일의 진상이 어떻게 된 것인지는 궁금하지 않으신 건가요?"

"왜 궁금하지 않겠나. 하지만 내 입장으로서는 모처럼의 휴식을 망치고 싶지 않다네. 게다가 호광성 수군은 내 관할이 아니야. 굳이 끼어들 이유가 없다네."

연선하의 얼굴이 미미하게 굳었다.

별반 의욕을 보이지 않는 마영정.

그래서는 곤란했다. 연선하가 단호한 어조로 물었다.

"만일 지금 저 수군들이 정상적인 명령에 의해 움직이는 것이 아니라면요? 그래도 손을 놓고 보실 건가요?"

"그것이 무슨 뜻이지?"

"무림인들을 먼저 공격하기 시작한 것은 수군들이라 했어요. 아무런 이유도 없이 화살을 날리고 포격을 가해왔지요. 지금 이 순간에도 수많은 사람들이 영문을 모른 채 죽어가고 있어요. 두고 볼 일이 아니지 않나요?"

"글쎄, 내가 본 것과는 다른데."

"예? 다르다니요?"

"말 그대로라네. 지금 저기서 죽어가는 이들은 무림인들만이 아니지 않던가? 군함 한 척이 대파되어 침몰되는 것을 내 두 눈으로 똑똑히 보았어."

"그것은 어쩔 수 없는 상황이었겠죠."

"과연 그럴까? 무림인들에게는 함포도 없고 철궁도 없다네. 그런데도 수군의 군함을 침몰시킬 수 있었단 말이다. 그래서야 되겠나? 무림인들의 힘은 그와 같이 강해, 지나쳐. 대명제국의 군사에 위협을 줄 정도로 강하지. 그토록 무서운 강호의 도당들일진대 누가 장담하겠나? 시작을 누가 했는지……. 군이 했는지, 무림이 했는지 어떻게 장담할 수 있겠냐는 말일세."

일리있는 말이었다.

대명률을 지키는 관병들에게 있어 가장 큰 위협은 외부의 침략이 아닌지도 모른다.

내부의 무림인들일 수 있는 것이다.

마영정의 이야기도 그것과 같다. 관군의 입장에서 보자면, 무림인들과 싸우는 것이 그렇게 기이한 일로 비쳐지지 않을 수 있었다.

"증거가 있다면요?"

"무슨 증거?"

"관군이 제국의 명령에 따라 움직인 것이 아니라는 증거요."

"무단으로 수군을 운용했다는 말인가?"

"무단으로 수군을 움직였을 뿐 아니라 그 배후에 다른 무리가 있다면, 그래서 무림과 관부가 반목하도록 만든 것이라면 그래도 제독께선 수수방관하실 것인가요?"

연선하의 말을 듣는 마영정의 눈이 번쩍 빛났다. 그가 되물었다.

"다른 무리라는 것은 어디를 말하는 것인가?"

"무림과 관부 곳곳에 뿌리를 둔 채 반역을 획책하는 무리를 말함이지요."

"반역. 지금 저 수군들의 움직임을 역모라 보는 것인가?"

"맞아요. 그렇게 보고 있어요."

"무서운 이야기를 하는군. 자네는 지금 자네의 말을 책임질 수 있나?"

"물론이에요."

마영정이 등을 뒤로 기댔다. 연선하를 올려다보는 눈에 강렬한 빛을 담았다.
 그가 문득 고개를 돌리며 한쪽을 향해 물었다.
 "권욱, 너는 이 여협의 말을 어떻게 생각하는가."
 마영정의 시선은 이 용린루 루주, 주인장으로 보이는 장한에게 닿아 있었다. 안쪽에서 걸어나오는 장한이 우렁우렁한 목소리로 답했다.
 "화산과 천류여협이 하는 이야기라면 허언은 아니겠지요."
 연선하를 가리키며 말하는 장한이다. 그녀의 미간이 가볍게 좁혀졌다.
 '무인(武人)이었나?'
 상당한 무공이 느껴지는 남자다. 그가 연선하에게 포권을 취하며 자신을 소개했다.
 "처음 뵙겠습니다. 용린루 루주인 권욱(權勖)입니다."
 "예, 화산의 연선하예요."
 용린루의 주인이 무인이었다는 것은 지금에 와서야 처음 알았다. 그자가 텁수룩한 수염 사이로 희미한 미소를 지으며 가까이 다가왔.
 권욱이 마영정의 옆에 와 마치 호위무사라도 되는 양, 그 옆에 시립했다. 그가 마영정에게 몸을 숙이며 말을 이었다.
 "제독, 꼭 천류여협의 말 때문만은 아닙니다. 기억하십니까? 호광성 도지휘첨사는 배진웅 그놈입니다. 그놈, 본래부터 심상치 않은 놈 아니었습니까."
 도지휘첨사의 이름을 아무렇게나 말한다.
 일개 객점의 주인이 할 수 있는 이야기가 아니었다.
 담대한 목소리 안에 뛰어난 지모(智謀)가 있다. 큰 체구와 우락부락한 외모에 어울리지 않는 성정, 범상치 않은 남자다. 권욱의 말을 들은

군산(君山) 189

마영정이 눈살을 찌푸리며 말했다.

"배진웅, 배진웅. 골치 아프군. 왜 여기까지 와서 그 이름을 들어야 하는 것이냐."

탄식처럼 하는 말이다. 권욱이 다시 한 번 웃음을 지었다.

"그것이 제독님 업(業), 아니셨습니까. 입버릇처럼 말하시던 전장의 업이요."

마영정의 눈이 가볍게 흔들렸다.

권욱의 이야기. 그가 지녔던 과거의 신분을 짐작케 해주는 대목이다.

마영정이 연선하를 돌아보며 무언가를 말하려고 할 때다.

그때였다.

오랫동안 침묵을 지키던 청풍이 갑작스레 입을 연 것은.

"사저. 누가 옵니다."

몸을 돌리는 청풍이다.

입구 쪽을 바라보는 청풍의 전신에서 삼엄한 진기가 솟구쳐 올랐다.

적습이었다.

적의 살기가 다가오고 있다.

청풍과 연선하, 마영정과 권욱의 시선이 동시에 입구의 주렴 쪽으로 향했다.

촤륵!

주렴이 흔들리는가.

아니다.

청풍의 눈동자가 빠르게 한쪽으로 움직였다.

입구에서 벽으로, 벽에서 창문으로.

옆이다.

와장창!

마영정이 앉아 있는 쪽.

창문과 벽이 한꺼번에 터져 나갔다. 사방으로 튀는 나무 파편들 사이로 강맹한 권력이 짓쳐들어왔다.

우지끈! 콰아앙!

가장 먼저 움직인 것은 청풍도 연선하도 아니었다.

권욱이다.

마영정의 옆에 서 있던 그였다.

기민하게 탁자를 올려 세우며 권풍의 일격을 막아낸다.

산산조각으로 부서지는 탁자.

순식간에 마영정의 신형을 잡아채 뒤쪽으로 돌렸다. 수십 번 연습이라도 한 것처럼, 능숙한 몸놀림이었다.

"웬 놈이냐!"

고함을 친 것도 권욱이었다.

땅에 흩어진 나무 파편들을 밟으며 들어오는 그림자가 있었다.

머리까지 덮어쓴 흑포가 괴이했다. 흑포로 가려진 얼굴 아래쪽에서 음산한 목소리가 새어 나왔다.

"쥐새끼들이 더 있었군."

괴인은 두 손에 은빛 수투(水套)를 끼고 있었다. 그자가 손을 들어 올려 검지 손가락으로 마영정을 가리켰다.

"마영정. 내가 필요한 것은 네놈 목숨뿐이다. 나머지에게는 흥미없어."

마영정의 눈이 날카롭게 변했다.

권욱이 마영정의 앞에 서며 주먹을 겨누었다. 그의 입에서 투지 어린 목소리가 발해졌다.

"웃기는 놈이다! 제독님의 터럭 하나라도 건드리려면 나를 먼저 넘어서야 할 것이다!"

연선하의 눈에 이채가 떠올랐다.

마영정을 보호하는 모습. 하루 이틀에 이루어지는 모습이 아니었다.

주종 관계와 다름이 없었다.

군부에 몸을 담았다가 귀향하여 객잔을 차린 무인, 달리 생각할 도리가 없다. 권욱의 과거가 엿보이는 순간이었다.

"시체를 넘어가는 것쯤이야 어려운 일이 아니지."

파아아아!

괴인의 몸이 빠르게 쳐들어왔다.

대단한 신법이다. 권욱의 얼굴이 크게 굳어졌다.

퍼엉! 빠악! 빠아악!

권욱의 권각과 괴인의 수투가 삽시간에 세 번이나 부딪쳤다.

일격에 한 걸음씩.

세 걸음 뒤로 물러난 권욱이다. 단숨에 드러나는 우위, 괴인은 그에 비해 압도적인 힘을 지녔다. 권욱의 얼굴에 참담한 빛이 깃들었다.

퍼어엉!

좌측에서 휘어서 들어온 수투다.

제 주인의 모습처럼 괴이한 권법이었다. 몇 수 안 보여주었을 따름이나, 투로하나 하나에 기묘막측한 기운이 담겨 있었다. 사이한 무공, 정통무공이 아니었다.

"크윽!"

자신만만하게 막아섰지만 실력의 차이는 어쩔 수가 없었다. 권욱이 보여줄 수 있는 것은 물러나지 않는 기개뿐이었다.

괴인의 목소리에 비웃음이 깔렸다.

"고작 그 정도로 날뛰었나? 분수를 알았어야지."

쐐액! 따아앙!

괴인의 일격이 들어왔다.

그리고.

튕겨 나간다.

"거기까지 해라."

권욱의 목줄기를 노리던 수투를 순간의 일격으로 비껴냈다.

호피 문양, 흑백의 검집이다.

청풍이었다.

호갑의 백호검을 휘돌려 허리춤에 꽂아 넣는다. 언제 손을 썼냐는 듯, 자연스럽기 그지없는 움직임이었다.

"네놈은 또 뭐냐. 방해하지 말고 꺼져라."

청풍은 대답하지 않았다.

그냥 그 자리에 서 있을 뿐이다.

네 자루 검을 언제라도 뽑아낼 수 있는 모습으로.

"이놈도 죽여야겠군."

말은 그렇게 했지만, 괴인은 그것이 쉽지 않을 것이라는 것을 순식간에 깨달을 수 있었다.

달려들려고 하다가 흠칫 멈추기를 몇 차례.

쉽사리 공격을 해오질 못한다.

서 있는 것만으로 막대한 압력을 가해오는데, 믿을 수 없을 만큼의 무력이 전해진다.

탓, 쐐애애애액!

한순간 괴인의 몸이 발악적으로 짓쳐들었다. 기이한 보법, 놀라운 속도를 보여주며 측면으로 파고든다. 뒤로 돌아 마영정이라도 죽이려는 시도 같았다.

치링! 촤아악!

괴인의 몸이 움직이는 것도 순간이었지만, 청풍의 검은 그보다 더 빨랐다.

질주하는 백호검에 괴인의 몸이 옆으로 튀어 올랐다.

피하지 않았으면 머리가 통째로 날아가 버렸을 일격이다. 뛰어오른 괴인이 몸을 회전시키며 객잔 안쪽의 탁자 위에 내려섰다. 펄럭, 하고 내려오는 흑포. 날카로운 검기에 찢겨진 흑포가 아래로 흘러내리며 감추어져 있던 머리를 드러냈다.

'뿔?'

머리를 덮었던 흑포가 사라졌지만, 그렇다고 그의 맨 얼굴이 드러난 것은 아니었다.

가면이다.

그것도 이마 한가운데 뿔이 돋아나 있는 은색 가면이었다.

"이놈! 누구냐?"

당황한 마음이 그대로 드러나는 목소리였다. 청풍이 변함없는 눈빛으로 그를 올려보며 말했다.

"그것은 도리어 이쪽이 해야 할 질문이지."

청풍이 움직인 것은 반보뿐이다.

어느새 검을 되돌렸는지, 뛰쳐나왔던 백호검은 벌써 검집 안에 들어가 있다.

은가면의 괴인.

청풍을 노려보지만 어쩔 도리가 없었다. 그 살기조차도 청풍의 앞에 이르니 범접하지 못할 기파에 연기처럼 흩어져 버리고 있었다.

"대체 어디서 이런 놈이……!"

이를 악물며 말하는 괴인이다.

거리를 재는 듯싶더니 탁자를 박차며 뒤쪽으로 몸을 날렸다.

도망치려는가.

그렇지 않다. 속임수다.

몸을 돌리며 손을 휘두르는데 그 끝에서 미세한 파공음이 터져 나왔다.

날카로운 기운, 암기였다.

치리리링! 쿼유우웅!

암기가 아무리 은밀하게 다가온다고 해도 청풍의 검을 피하는 것은 불가능한 일이었다.

발검의 압력, 열 개가 넘는 암기들이 단숨에 튕겨져 나갔다.

그러나 문제는 암기가 아니었다.

암기 따위가 소용없다는 것은 상대도 잘 알고 있는 사실이다.

탁자를 박차고 땅을 스치며 쇄도한다.

목표는 오직 마영정이다. 은가면의 괴인이 해군 제독의 지척에 이르고 있었다.

텅! 화아악!

백호검의 속도가 한 단계 더 올라갔다.

작보의 신속(神速)에 청풍의 검끝이 은가면의 앞을 가로막았다.

군산(君山) 195

쩡!

급하게 내지른 검인만큼 실린 힘이 부족했다.

백호검이 비껴 나간다.

괴인의 수투가 마영정의 가슴에 파고들 찰나.

좁은 공간, 청풍의 몸이 회전한다. 그의 왼손이 빛살처럼 움직였다.

빠아악! 와장창!

괴인의 몸이 뒤쪽의 탁자를 부수며 튕겨 나갔다.

한쪽 어깨를 늘어뜨리고 한 손으로는 얼굴을 감싸 쥐며 몸을 일으키는데, 그 신형이 당장이라도 쓰러질 듯 위태위태했다.

투욱!

땅으로 떨어진 물체는 반짝이는 은빛을 품고 있었다. 용갑의 검력에 가면마저 부서져 버린 것이다. 휘청거리는 괴인이 필사적으로 얼굴을 감싸 쥐고는 살기 어린 목소리를 발했다.

"이놈! 이대로 끝날 것이라 생각지 말아라."

두려울 것 없는 경고다.

괴인의 몸이 탁자의 잔해를 박차고 용린루 바깥을 향해 뛰쳐나갔다. 쫓으려던 연선하였지만 생각을 바꾼 듯, 이내 발을 멈추며 이쪽으로 돌아선다.

권욱이 의아한 표정으로 물었다.

"왜 쫓지 않소? 잡을 수 있었을 텐데!"

"저런 자는 잡는다고 하여 얻을 것이 없어요. 게다가 그보다 급한 일이 있습니다."

"하, 하지만."

"권욱, 그만 되었다."

권욱을 만류한 자는 마영정이었다. 그가 연선하를 돌아보며 말했다.

"왜 나를 노리는지 모르겠지만, 결국 나 또한 이 바람을 피해갈 수 없다. 그런 것 아닌가?"

눈앞에서 살벌한 활극이 있었으면서도 전혀 당황한 기색이 아니다. 무림인들 이상으로 담대한 자였다. 일군을 호령하는 대제독이란 말이 실감났다.

마영정은 연선하의 대답을 기다리지 않았다.

대신 권욱의 어깨를 잡으며 묻는다.

"배는 있겠지?"

마영정의 얼굴을 돌아본 권욱이다. 그가 고개를 끄덕이며 힘있는 목소리로 말했다.

"물론입니다. 악양에 터를 잡았는데 배가 없을 리 있겠습니까."

의도한 바가 아니다.

그녀는 마영정에게 배를 구하고 있다 말하지도 않았다.

그러나 그가 먼저 배를 찾는다. 난데없는 괴인의 습격이 마영정의 마음을 한꺼번에 돌려놓았던 것이다.

"동정호로 나가자. 당장."

한번 결정한 일에 다른 사소한 이유는 중요한 것이 못 된다.

마영정은 제독이다.

육지에서 아무리 고민을 해도, 물 위에 나가서 직접 부딪치는 것만 못하다. 연선하의 말따나 군함들이 미심쩍다면, 직접 그 위에 올라 상황을 알아보면 되는 일이다.

"제독, 동정호로 나가시겠다면 저희도 함께 데려가 주시면 좋겠어요."

"함께 싸울 생각인가?"

"그런 것은 아니에요. 저희는 군산으로 가야 하지요."

"군산으로 간다. 그러니 거기까지 데려다 달라?"

"그런 셈입니다."

"왜 나를 찾아왔나 했더니, 처음부터 그런 의도였던 모양이군. 저 전장을 돌파하려면 보통 뱃사공으로는 확실히 무리지. 하지만 그렇다고 해군 제독의 힘을 구한다라… 여인임에도 배포가 이만저만이 아니야."

마영정이 성큼성큼 발을 옮겼다.

주렴을 들추고 나오는데, 사방에 구경꾼들이 몰려들어 있었다.

구석에 웅크리고 숨어 있던 점소이들.

권욱이 그들에게 다가가 몇 마디를 지시하고는 바깥으로 따라 나왔다.

부서진 용린루의 벽을 다시 한 번 돌아보고는 얼굴을 찌푸리며 일행의 앞으로 나섰다. 그가 마영정을 돌아보며 말했다.

"이쪽입니다. 크지 않은 배라 제대로 된 싸움을 하기에는 무리입니다."

"괜찮다. 빼앗으면 되니까."

"아, 그때처럼 말이군요."

"그래, 중산해전(中山海戰)."

"피가 끓어오릅니다. 그때를 생각하니."

격렬한 싸움터로 가야 하는 그들인데, 마치 유람이라도 가는 듯하다.

사공을 구해야 했다?

사공을 구했다면 제대로 구했다. 전장의 부하와 과거의 전투를 이야기하는 대제독이니, 그 이상의 뱃사람을 어디에서 구할까.

흑연(黑煙)과 화광(火光)을 향해 걸어가는 네 사람이다.

동정호 호변에 이르러 선착장을 찾았다. 수상의 싸움을 피하여 몰려든 선박들이 빽빽하게 들어차 있었다.

"이곳입니다."

권욱이 그들을 이끌어온 장소는 선박들이 모여 있는 곳에서 조금 더 떨어진 외곽 지역이었다.

조악하게 지어진 커다란 목조 건물 하나가 그들 앞에 있었다.

호면에 접해 있는 건물, 그가 가까이 다가가자 안쪽으로부터 방만한 옷차림을 지닌 세 명의 청년이 어슬렁거리며 걸어나왔다.

"형님, 오셨습니까?"

"그래. 별일들은 없고?"

"별일이야 저 한가운데 있습죠. 왜 저렇게 난리랍니까."

"그걸 알아보러 왔다."

"정말입니까? 간만에 한바탕 치르는 건가요?"

"한바탕 치러야지. 용아(龍牙)는?"

"당장이라도 나갈 수 있지요. 손님들도 함께 벌이는 모양입니다?"

"말조심해라. 이분이 내가 모시던 그분이시다."

"아! 이분이……!"

마영정을 가리키는 손짓.

건들거리며 권욱과 대화하던 청년이 머리를 조아리며 말했다.

"형님께 이야기 많이 들었습니다. 대두목님을 뵙습니다."

대두목이라니, 참으로 엉뚱한 호칭이다.

멀뚱대던 두 청년까지도 허둥대며 다가와 꾸벅 고개를 숙였다. 권욱이 오만상을 찌푸리며 머리를 긁었다.

"소싯적에 수적질을 할 때부터 인연이 있었던 놈들입니다. 말버릇 자체가 원래 이런 놈들이니, 부디 개의치 마십시오."

"자네, 함께 가려고 생각하는 것 같은데, 위험하지 않겠나?"

"괜찮습니다. 이래 보여도 배를 다루는 솜씨가 일품이지요."

"싸움은?"

"걱정 마십시오. 싸움에도 이골이 난 놈들입니다. 제 분수들을 모르는 놈들이라서요. 용린단만은 못해도 어지간한 무인들보다는 훨씬 나을 겁니다."

"그렇게까지 말한다면 할 수 없겠지. 한데 배 이름이 용아(龍牙)라?"

"달리 이름 짓는 재주가 없어서 말이지요. 가끔 옛 생각도 떠올릴 겸, 그렇게 붙여보았습니다. 진짜 용아 같은 전함은 아니라도 꽤나 튼튼한 녀석입니다."

권욱의 손짓에 어쩔 줄 모르던 세 놈이 건물 쪽으로 재빠르게 달려갔다.

건물 한쪽, 커다란 문을 열어젖히는 세 사람이다.

아예 물 쪽으로 나와 있는 건물, 이제 보니 이 건물은 그 자체로 배를 집어넣을 수 있는 선착장이었던 모양이다.

"갑시다."

소형선이라고 하기엔 크고, 중형선이라고 하기엔 작다.

본 적 없는 배였다. 평저선의 구조를 지녔는데, 일반적인 평저선보다 훨씬 날렵하게 생겼다. 선미 쪽에는 신기하게도 중형선 이상에서나 볼 수 있는 바퀴형의 키가 만들어져 있었다. 돛대와 돛의 형태 역시도 보통과는 달랐다.

모르긴 몰라도, 속도를 중시한 배 같았다. 전체적인 구조에서 보여지는 느낌이 그러했다.

청년 두 명이 아래쪽에 앉아 노를 잡았고, 한 명은 돛대로 달려가 조범수 역할을 했다. 범(帆)과 노(櫓) 양쪽으로 추진력을 얻는다.

마영정이 선수(船首)로 나아가 동정(洞庭) 물길을 바라보았다. 노가 움직이고 물살을 가르기 시작하는 배, 겨울바람에 얼어 있던 살얼음이 가볍게 부서져 나가며 용아의 출진을 알렸다.

촤아아아악!

처음 보았던 느낌 그대로다. 한번 나아가기 시작한 배는 순식간에 바람을 타고 있었다. 동정호 전장을 향하여 빠르게 전진하는데, 마치 준마를 탄 장수가 달려가는 듯했다.

"우측이다! 방향을 틀어라!"

적진으로 뛰어든 것은 금방이었다.

군함 한 척이 빠르게 확대되고 있었다. 그쪽에서도 용아를 발견한 듯, 방향을 틀면서 응전 태세를 갖추기 시작했다. 좌현을 노출시키며 비스듬한 위치로 화포의 조준각을 맞춰왔다.

"느리군! 그대로 돌파한다!"

상대 군함의 반응 속도가 못마땅했는지, 마영정의 목소리엔 불만이 가득 차 있었다. 지금으로서는 적선이지만, 마영정은 어디까지나 수군의 제독이었다. 아무리 싸워야 할 상대일지라도 수군의 움직임이 느리다는 것은 제독에게 있어 탐탁지 않은 일일 수밖에 없었다.

콰앙! 콰아앙!

빠르게 전진하는 용아.

군함의 함포에서 불꽃이 뿜어졌다. 그러나 닿지 않는다.

몇 장이나 떨어진 앞쪽에서 솟구치는 물기둥들. 마영정의 눈이 가늘게 좁혀졌다.
"동정 수군의 책임자가 누구였지? 포격을 가르치기는 하는 것인가?"
"이쪽이 빨라서 그럴 겁니다, 제독! 그래도 각도는 제대로 잡고 있지 않습니까!"
"그 거리에서 쏘는 놈들이 이상한 것이다!"
마영정의 목소리에는 활기가 넘치고 있었다. 근엄하고 과묵해 보이기만 하더니 수상에 나오자 영락없는 전장 호걸의 모습이다.
제독의 지시에 따라 군함과 군함 사이를 스쳐 나아가는데, 망설임이라고는 찾아볼 수가 없다. 돛대와 노를 다루는 세 놈도 완벽하게 손발이 맞고 있었다.
"오른쪽 상방, 포격 범위에 들어갑니다. 어떻게 할까요!"
"좌방 선회, 돛을 최대로 펴! 속도를 낸다!"
무모할 정도의 돌진이었다.
포격이든 무엇이든 조금도 두려워하는 것 같지 않았다.
마영정의 명령대로 속도를 올리는 용아다. 적선의 선체가 급속도로 가까워졌다.
촤아아아아악!
포말로 부서지는 물살이었다.
방향을 틀면서 나아가는데, 적선 우현, 흑색의 포신들이 불을 뿜고 있었다. 네 발, 흩어지는 검은 연기 사이로 네 개의 포탄이 하늘을 날았다.
"두 발은 닿지 않는다!"
마영정의 외침이다.

짧은 순간, 그의 고개가 청풍에게 돌아갔다.

마주치는 눈빛.

마영정의 눈이 한마디를 발한다.

막아라.

청풍의 발이 움직였다. 용아의 우현, 청풍의 손에서 한줄기 백광이 튀쳐나갔다.

퀴융! 쐐애애애액!

두 발의 포탄이 닿지 않는다는 것. 나머지 두 발은 위험하다는 말과 같다.

그래서 청풍이 나섰다.

발검에 이어지는 공명결.

하늘을 날아간 백호검이 태양 빛을 반사시키며 찬연한 검광을 일으킨다. 한순간 가속하는 백호검이 날아오는 포탄들을 연이어 꿰뚫고 지나갔다.

꽈앙! 꽈아아앙!

포탄들이 공중에서 터진 것은 순간이었다.

확 끼쳐드는 폭발의 충격파가 용아의 선체를 통째로 뒤흔들었다.

그러나 그것이 전부다.

흔들린 것도 잠시뿐, 마주 오고 있던 군함을 스쳐 보내며 유유히 앞으로 나아간다. 포탄을 터뜨리고 공중을 선회하던 백호검이 부드럽게 날아와 청풍의 손에 잡혀들었다.

"어… 검? 어검(御劍)이라니!"

그것이 전설 속 어검이었는지, 아니면 절묘한 비검술(飛劍術)의 일종인지는 그녀로서도 알지 못했다.

본 적이 없기 때문이다.

하지만 그것이 무엇이 되었든 청풍이 보여준 이 한 수는 다시 보기 힘든 신기(神技)임에 다름이 아니었다.

우현 난간을 내려와 백호검을 회수하는 청풍이다.

그는 놀란 그녀를 아랑곳하지 않은 채 마영정에게 발을 옮기며 물었다.

"막을 수 있다는 것, 어떻게 아셨습니까."

그랬다.

마영정이 지금까지 마음껏 돌진할 수 있었던 것은 그래서다.

포격이 오더라도 청풍이 막아줄 수 있기 때문에.

청풍은 그런 것을 어떻게 알았는지, 그것이 궁금했다.

"느낌일세. 별다른 것은 아니야."

마영정의 대답은 간단했다.

아니다.

그런 것이 아니다. 청풍은 잠자코 기다렸다. 마영정이 어쩔 수 없다는 듯 고개를 내저으며 말을 이었다.

"남왜 토벌 당시, 삼매도에서 해전이 있었네. 그때 나는 한 자루 마검(魔劍)과 한 자루 신검(神劍)을 볼 수 있었지. 그들은 강호 일문인 무당파와 남해 바다 보타암의 고수들이었어. 단신으로 군함을 상대할 수 있고, 쏟아지는 포격을 한 자루 검으로서 막아낼 수 있는 자들이었네."

'무당파!'

청풍은 그 순간, 언제나 기억 속에 살아 있는 마검의 모습을 떠올릴 수가 있었다.

드넓은 강호 어디에나 드리워져 있는 그림자다.

알 수 없는 호승심이 그의 가슴 깊은 곳에서부터 솟아올랐다.

"난 대명제국의 군인(軍人)이야. 사람이 혼자서, 인간의 육신으로 군부의 전함을 박살 낸다? 그런 자들이 세상에 있어서는 안 된다고 생각하네. 하지만 무림이란 그런 곳인 모양이지. 자네도 비슷해. 자네에게서 그들과 같은 느낌을 받았다는 말일세."

마영정의 목소리는 가벼움과 침중함을 동시에 담아내고 있었다.

청풍과 연선하를 보고 처음에 나서고 싶지 않다 하였던 것은 그래서였는지 모른다.

관가와 강호는 다르다.

물과 기름처럼 섞일 수 없는 영역이다.

문제는 그 두 가지가 이미 혼란스럽게 얽혀 버렸다는 사실이다. 그들이 서로 다른 영역의 사람들임에도 이렇게 함께하고 있다는 사실이었다.

"군산까지만 가주시면……."

"그래. 어서 내려줘야지. 그때부터는 우리 방식으로 싸울 것이네. 자네가 없었더라면 방금 같은 방식으로 돌진하지는 않았겠지."

마영정의 말은 거기까지였다.

다시금 저 앞쪽으로 군함들의 모습들이 비쳐들고 있었다. 저들만 돌파하고 나면 끝이다. 수상의 싸움이 육지로 이어지는 곳, 겨울 군산의 아름다운 전경이 적선들의 뒤쪽으로 커다랗게 다가오고 있었다.

마영정과 권욱, 용아는 그들을 군산에 내려주기 무섭게 수상의 전장을 향하여 선수를 돌렸다. 백병으로 군함 하나를 제압한 후, 싸움을 재개할 생각이라 하였다.

무모하다면 무모한 계획. 하지만 실패할 것으로 생각되지는 않는다.

반역이든 무엇이든, 군함에 오른 수병들 전체가 역모의 마음을 품고 있지는 않을 터, 주모자가 되는 지휘관들만 척살하면 될 것이라 하였고, 분명 그것은 성공할 가능성이 높은 계책이라 할 수 있었다.

"결국 이렇게 도착했다. 이제는 한 사람을 찾아야 해."

군산에 오른 연선하의 첫마디였다.

여기까지 온 지금.

이제는 풀어놓을 수밖에 없다. 청풍이 물었다.

"찾아야 한다니 대체 그가 누굽니까."

"그가 누군지는 묻지 않았으면 좋겠어."

"사저."

"……."

"말하지 않는 것이 많다는 것, 잘 알고 있습니다. 하지만 어떻게 돌아가는지 정도는 알아야 할 것 아닙니까."

청풍의 어조는 단호했다. 그러나 연선하는 어두운 표정으로 고개를 저을 뿐이다. 그녀가 침중한 어조로 대답했다.

"다 이야기해 줄 수 없는 것은 정말 미안해. 하지만 이것만은 알아 둬. 무림맹의 일부가 적들과 손을 잡았고, 관가에서도 음모를 꾸미는 자가 있다는 것을. 지금 도와주어야 하는 이가 바로 그 주모자들에 대한 증거를 가지고 있는 사람이야. 그가 있어야 진실을 밝히고 상황을 역전시킬 수 있어."

"무림의 안위가 걸렸다는 이야기도 그래서입니까?"

"그래."

두 사람의 대화는 거기서 일단 멈출 수밖에 없었다.

어느새 적들이 접근하고 있었던 까닭이다.

순식간에 두 사람을 에워싸면서 병장기를 치켜들고 있다. 이십여 명에 이르는 적들, 갑주를 입은 관군들 사이에 흑의무복을 입은 무인들이 여럿 섞여 있었다.

"무림인들이로군. 죽여라."

흑의무복을 입은 자들 중 한 명이 음산한 목소리로 말했다. 군산에 당도하는 무림인들을 무작정 공격해 온 듯, 아직까지도 마르지 않은 선혈이 그들의 병장기 끝에 묻어 있었다.

쐐애액! 쐐액!

상륙하는 자들을 이유불문하고 공격한다.

무도하고 잔인한 자들이었다. 거칠게 달려드는데 그 기세가 삼엄하기 그지없었다.

'살검을 제대로 구사한다. 그러나……'

이만큼의 인원, 이런 방식으로 상륙한 자들을 공격해 왔다면 꽤나 많은 무림인들을 죽일 수가 있었을 것이다.

하지만 이번에는 상대가 나빴다.

일격.

선두에서 달려들던 세 명의 흑의무인이 일순간에 피를 뿌리며 뒤쪽으로 튕겨 나갔다.

쩌정! 파아아아!

땅을 나뒹군 세 명의 무인은 어디까지나 시작에 불과했다.

검이 언제 뽑혔는지도 모른다.

백색의 검날이 대지를 갈랐다. 네 명의 관군이 한꺼번에 쓰러졌다.

뿌려지는 피.

아깝다.

검날을 보여줄 가치조차도 없었다. 백색의 검이 검집으로 돌아갔다.

호피 문양 흑백의 호갑이 둔중한 힘을 품은 채 사방으로 몰아쳤다.

퍼억! 퍼벅! 퍼어억!

관군들의 대도가 몇 자루가 되었든, 호갑의 질주를 막을 수 있는 칼날은 단 한 자루도 없었다. 순식간에 관군 두 명이 피를 토하며 튕겨 나갔고, 무인 셋이 허리를 꺾으며 땅바닥을 굴렀다.

폭풍과도 같은 기도. 막대한 무력이다. 그가 발하는 맑은 목소리가 양광이 내리쬐는 겨울 하늘을 시리도록 갈라놓고 있었다.

"이들은 단심맹이 아닙니까?"

"단심맹, 어떻게 알았지?"

"일전에 싸워본 적이 있습니다."

주작검을 얻을 때 부딪쳤던 이들이다. 그들과 비슷한 기도에 비슷한 무공, 단숨에 알아보는 것이 당연했다.

"……!"

"이놈들이었군요. 어디가 이렇게 큰일을 벌이나 했더니."

순식간에 열 명이 넘는 적들을 쓰러뜨려 놓고도 안색 하나 변하지 않은 청풍이다.

태연하게 말하는 그의 앞쪽으로 남아 있는 적들이 주춤거리며 뒷걸음질치고 있었다. 청풍이 발을 옮기며 낭랑한 목소리로 말했다.

"길을 열어라. 도망치는 자는 잡지 않겠다."

앞으로 나아가는 청풍의 기세는 경이로움 그 자체였다.

도망치고 싶어도 발이 떨어지지 않는다.

그 자리에 그대로 굳어버린 적들.

청풍의 발이 눈 내린 대지에 족적을 만든다. 움직이지 못하는 적들을 훌쩍 지나쳐 버린 청풍의 뒷모습, 뒤따르는 연선하의 두 눈에 다시 한 번 크나큰 감탄의 빛이 어렸다.

'수준을 달리하는 무공이다. 이미 일대종사를 논할 만한 힘이야.'

그것이 청풍의 진면목이었다.

악양에서 은가면의 괴인을 물리칠 때도 전력을 다하지 않은 것이 틀림없다.

선상에서 어검으로 짐작되는 기예를 선보였지만, 그것으로도 끝이 아니었다.

더 나아간다.

아까 본 것이 달랐고, 조금 전 본 것이 다르며, 지금이 또 달랐다. 눈으로 보고도 믿기 힘든 성취였다.

쐐애애액!

적들을 단숨에 제압한 그들은 움직임을 지체하지 않았다.

군산은 크지 않은 섬.

일단 지대가 높은 곳을 찾아 올라가니, 아수라장이 된 군산의 전경이 한눈에 들어왔다. 피어오르는 검은 연기에 매캐한 냄새가 코를 찔러왔다. 섬 전체가 포격의 불길에 휩싸여 있었다.

"이래서는……!"

한 편의 지옥도다. 너무도 어지럽게 얽혀 있어 무엇이 무엇인지 분간이 가질 않았다. 곳곳에서 싸움이 벌어지고 있는데, 눈에 보이는 격전만도 십여 개에 이르고 있었다.

"위험하군요. 일단 뛰어들고 봐야겠습니다."

"잠깐! 멈춰봐!"

청풍은 먼저 몸부터 날리려고 했다. 하지만 연선하의 생각은 그렇지 않았다. 그녀가 빠른 목소리로 말을 이어나갔다.

"누구 하나를 구할 때가 아닙니다. 당장만 해도 위태로운 사람이 많지 않습니까."

"멈추라고 한 것은 그래서가 아냐. 적들의 숫자가 너무 많아서 그래. 포위를 당했으니 뭉쳐서 뚫어야 할 텐데 그것도 어려워. 화포의 포격 때문이지. 봐, 모두가 산개해서 싸우고 있잖아."

"어떻게 하자는 이야깁니까."

"일단 화포부터 막아야 해. 많은 사람들을 구하려면."

일리있는 말이다. 전투 능력으로만 따지자면 관군이나 단심맹 무인들보다 구파일방과 육대세가의 무인들이 더 강한 것은 자명한 일이다. 그럼에도 밀리고 있는 것은 적들의 숫자도 숫자지만 화포의 위협이 가장 큰 이유라고 할 수 있었다. 한데 뭉쳐서 돌파하지 못하니 대형이 분산될 수밖에 없었고, 그러다가 적들에게 에워싸이고 나면 그 다음부턴 어려움의 연속일 수밖에 없는 것이다.

"포병들을 치자는 말이군요."

"그래. 일단 저쪽부터 가야 되겠어."

연선하가 포격 소리가 들리는 방향을 가리켰다. 청풍이 굳게 고개를 끄덕이며 작보의 신법을 전개했다.

쐐애애액!

놀라운 속도였다.

공간을 압축하고 눈길을 질주하는데 발자국조차 남지 않을 정도였다.

곳곳에서 적들이 뛰쳐나왔지만 청풍의 움직임은 결코 거침이 없었다. 막아서는 자들은 백호검 호갑을 휘둘러 일격에 날려 버렸고, 달려들지 않는 자들은 그대로 지나쳐 버렸다.

엄청난 빠르기.

연선하로서는 그의 뒤를 따르는 것만으로도 혼신의 힘을 다 짜내야 할 지경이었다.

콰쾅! 콰콰쾅!

화포의 발사음이 가까워지는 것도 금방이었다. 무인지경으로 달려 나가는 청풍의 시야에 수십 명의 관군들과 또 그만큼의 단심맹 무인들이 비쳐들었다.

"기, 기다려! 적들이 너무 많아!"

족히 백여 명에 이르는 적들이었다.

화포부터 봉쇄해야 한다는 것은 전투에 능한 무림인들이라면 누구라도 생각할 수 있는 일. 그런 만큼 적들의 방어 역시 철통같을 수밖에 없었던 것이다. 어떻게든 포격을 중단시키기 위해 달려들었다가 실패하고 죽은 무인들의 시체가 이곳저곳에 널려 있었다.

'위험해!'

입고 있는 옷, 다양한 복장들이 죽어간 그들의 신분을 말해 주고 있었다. 청성파의 도인들도 있고, 점창의 무인들도 있다. 화산과 가까운 종남의 무인들도 몇 명이나 쓰러져 있었다.

"풍 사제!"

적진을 향하여 돌진하는 청풍의 모습이 무모하게만 보였다. 그가 지닌 놀라운 기량을 확인한 게 바로 조금 전이었지만, 그래도 적들의 숫자가 너무나 많았다. 만반의 태세를 갖춘 채 청풍을 맞이하는 적들, 단신으로 뚫고 들어가기에는 그 누구라도 불가능해 보였던 것이다.

쩡! 쩌저정!
그러나 연선하의 생각은 기우에 불과했다.
그녀는 모른다.
청풍의 수준을. 초상승의 경지를.
순식간에 적들의 일각을 허물면서 깊숙이 들어간다. 쌍검을 꺼내지도 않고, 오직 하얀색 백호검을, 그것도 검집째 휘두르는데 그 누구도 일격을 버텨내는 자가 없었다.
퍼엉! 퍼어어억!
장판파의 장비가 그랬던가. 아니면 상산의 조자룡이 그랬던가.
일당백이라는 말로는 부족했다.
땅을 울리는 호보의 진각에 땅에 덮인 눈가루가 비산했고, 휩쓸어 몰아치는 백야참에 적들의 병장기가 박살났다.
쓰러지는 적들로 길을 만든 것은 순식간이었다. 땅에 박힌 대포 세 기가 지척이다. 청풍의 왼손이 호갑의 중간을 잡고, 백호검의 오른손이 강한 힘을 품었다.
'어떻게 하려고……'
연선하의 눈이 크게 뜨였다. 대포의 포신으로 몸을 날리는 청풍. 땅을 박차는 진각음이 들린다. 호갑으로부터 백색의 검신이 뛰쳐나왔다.
쩌어어어엉!
금강탄, 강철이 강철을 꿰뚫어 부수고 있었다.
백호검이 가르고 있는 것은 다름 아닌 대포의 포신 그 자체였다. 일격에 두 쪽으로 갈라지는 대포의 포신이다. 믿을 수 없는 위력이었다.
쿵! 쩌어엉!
믿을 수 없는 일이다?

청풍은 그와 같은 놀라운 광경을 두 번이나 더 보여주었다. 세 기의 대포를 그런 식으로 모조리 파괴해 버린다.

청성과 점창, 종남이 힘을 합쳐 달려들고도 할 수 없었던 것을 가볍게 해내는 그였다. 충격에 휩싸인 적들을 무인지경으로 물리치며 연선하에게 돌아오는데, 그녀의 얼굴에도 적들과 똑같은 놀라움의 표정이 떠올라 있었다.

"다음은 이쪽으로 가겠습니다!"

정신없이 청풍을 따라가는 연선하였다.

절세(絶世)라는 말은 이럴 때 필요한 말이다.

절세고수를 왜 절세고수라 부르는가.

절세고수는 싸움의 향방을 단숨에 바꾸어놓을 수 있는 사람이다. 그 싸움이 아무리 큰 싸움이라도 마찬가지다. 이전에 철기맹의 발호를 북풍단주 한 명이 박살 내놓았듯, 청풍에게도 군산혈전의 흐름을 바꿀 만한 능력이 있었던 것이다.

파아아아아!

고조되는 기세다.

청풍은 곧바로 다음 목표를 찾았다. 두 번째 포격진이 저편에 있다. 화포의 발사음이 들리는 곳을 향하여 폭풍처럼 질주했다.

"앗! 저기!!"

연선하의 경호성이 들린 것은 적들의 지척까지 접근했을 때였다.

고개를 돌리니 그녀가 손을 들어 한쪽을 가리키는 것이 보였다.

청풍의 시선이 그녀의 손을 따라 움직였다.

그곳.

이전까지와는 다른 광경이 비쳐들고 있었다.

'저것은……?'

적들의 움직임이 묘했다.

이쪽과는 관계없이 어떤 한 지점을 향하여 몰려들고 있었다. 게다가 그 숫자도 엄청났다.

방금 전에 박살 낸 포격진에 비교하더라도 두 배는 족히 넘을 만한 규모였다.

'누군가 싸우고 있다.'

관군들, 단심맹 무인들, 처음 보는 흰 가면의 괴인들까지 적들의 모습도 다양하기만 하다.

그들 모두가 한곳을 노린다. 적들의 살기가 한 점으로 집중되고 있었다.

'포위당했군.'

그렇다.

적들의 모습이 알려주는 것은 하나다.

누군가가 그 가운데 있다는 뜻. 안쪽에서 들려오는 연속적인 격타음이 적진에서의 외로운 싸움을 알려주고 있었다.

"거기야! 거기에 그가 있어!"

청풍보다 먼저 그 누군가를 알아본 연선하였다.

그녀의 목소리에 다급함이 가득했다.

수많은 적들 사이.

고군분투하고 있는 남자의 신형이 언뜻언뜻 엿보이고 있었다.

'누가 되었든……!'

그 사람이 누구라도 이런 상황에서는 구하고 봐야 했다.

청풍은 알지 못했다. 그 생각이 한순간에 바뀌게 될 것이라고는.

백호검 비껴들고 적들을 향해 뛰어든 그다.
연선하가 말하는 그 사람을 구하기 위하여.
금강호보가 강력한 진각음을 발했다.
터어엉!
대지에 부는 바람이다.
바람에 휩쓸린 적들이 피를 뿜으며 이곳저곳으로 튕겨 나갔다.
퍼억! 쩌어어엉!
하나둘.
인(人)의 장막이 걷혀가고 있었다.
마치 경극의 막이 오르는 것처럼.
어떤 배우가 나타날지 모르는 극적인 장면에서와 같이.
청풍의 눈앞으로 안쪽, 그 남자의 모습이 비쳐들었다.
타악! 퍼어억!
어디선가 본 적이 있는 보법이었다.
화살이 박히고 검에 맞아 피투성이가 된 등이 보였다.
지쳐서 당장이라도 쓰러질 것 같은 모습, 한 손에는 묵직해 보이는 철궤가 들려 있다.
퍼억!
비틀거리던 그 남자가 적의 창봉에 얻어맞으며 균형을 잃어버렸다. 절체절명의 위기였다.
"안 돼!"
뒤쪽으로부터 날카로운 경호성이 울려 퍼졌다.
여인의 목소리다. 바짝 따라붙고 있었던 연선하였다. 청풍의 몸이 본능적으로 짓쳐 나갔다. 남자에게 쏟아지는 공격을 막아낸 일격, 병장기의 충돌음이 사방을 채웠다.
 쩌엉! 쩌저저정!
 청풍의 검이 선회하여 움직였다.
 지친 목소리가 청풍의 귓전을 울렸다.
 "누군지 모르겠지만 고맙소. 덕분… 에……!!"
 꺾여진 무릎을 어렵사리 돌려 세운다.
 일어나는 남자.
 하지만 그 남자의 몸은 청풍을 보는 순간 단번에 굳어지고 말았다. 감사의 인사도 끊겨 버렸다. 청풍의 눈이 그 사람의 얼굴에 닿았다.
 '설마…….'
 이것이 경극의 한 장면이라면.
 결국, 비극의 절정이라고 볼 수 있을까.
 청풍의 눈에 가득한 것은 불신의 빛이다. 그의 입에서 믿을 수 없다는 한마디가 새어 나왔다.
 "후… 개?"
 피칠갑을 한 얼굴이었다.
 얼굴 곳곳에도 험한 상처들이 나 있지만, 그렇다고 알아볼 수 없을 정도는 아니었다.
 악연 중의 악연이었다. 강호에 나와 엮어왔던 인연들, 가장 떠올리기 싫었던 얼굴이 거기에 있었다.
 쩌정! 쩌저정!
 놀랍고도 놀라운 일이다.
 후개.
 장현걸이었다니.

하지만 청풍은 그대로 굳어 있을 수가 없었다.
적들의 공격이 이어지고 있었기 때문이다.
맞이하는 청풍의 검이 백야참의 반원을 그렸다. 사방에서 몰려들었던 적들의 병장기가 한꺼번에 튕겨져 나갔다.
"괜찮아요?"
연선하의 목소리가 귓전을 울렸다. 장현걸에게 하는 말이었다.
장현걸의 팔을 잡으며 그를 부축하는 모습이 청풍의 시야 한 켠에 칼날처럼 박혀들었다.
'어찌하여……!!'
그것은 충격, 일대 충격이다.
거칠게 내치는 백호검에 청풍의 격동이 깃들었다. 격동이 그대로 몰아치는 힘이 되니, 믿을 수 없는 무력이 되어 뻗어나간다. 적들의 육신이 무차별로 터져 나갔다.
퀴유웅! 퍼억! 콰아아앙!
몇 번이나 검을 내뻗었는지 모른다.
청풍의 전면, 십 장 거리가 박살난 병장기와 부서진 육신들로 가득 찼다.
이제까지와 판이하게 다른 살기다. 파멸적이라고밖에 표현할 수 없는 기파였다. 누구도 다가올 수 없는 기세에 적들의 공격이 일순간 멈추고 말았다.
"이것이 어떻게 된 겁니까."
몸을 돌리며 말하는 청풍의 목소리엔 불과 같은 분노가 깃들어 있었다. 마치 남강홍의 모습이 그의 몸 밖으로 뛰쳐나온 것 같다. 연선하가 떨리는 음성으로 대답했다.

"미안해. 하지만 어쩔 수가 없었어."

구하고자 하던 이가 누구였는지 계속하여 감추려 했던 그녀.

이제는 미안하다고 말한다.

그것은 곧, 연선하가 청풍과 장현걸의 관계를 알고 있었다는 것을 뜻했다. 무림의 안위를 위해서라 하여 여기까지 끌려왔는데, 그 결과가 이런 것이었다니 기가 막힐 지경이었다.

"사저는 알고 있었군요. 그에 대해서."

"그래. 그가 네게 한 일, 알고 있었어."

이제 와 감출 수도 없다.

연선하가 결심이라도 한듯 굳게 고개를 끄덕였다.

짐작했던 그대로의 대답이었다. 하지만 정작 그것을 확인받은 기분은 분노의 감정이 아니라 허탈감에 가까웠다. 청풍이 씹는 듯한 어조로 되물었다.

"그런데도 이래야만, 이렇게 해야만 했습니까?"

청풍의 목소리가 흔들리고 있었다.

연선하의 얼굴에도 진한 슬픔이 떠올랐다.

그녀가 말했다.

"도움을 청할 사람이 너밖에 없었으니까."

가슴에 직접 와 닿는 목소리.

그렇다.

그런 것이다.

청풍이 눈을 감았다. 그러자 그의 머리 속에 과거에 들었던 밝은 목소리들이 찾아들었다.

"누구에게 배운 거지?"

"그래. 그렇다고 쳐! 그런데 왜 넌 아직도 보무제자야?"

"보무제자 수준이 아니잖아. 너."

"여기까지 올라와. 매화검수까지. 검을 잡고 싶지 않다면 매화권사로라도. 선현 진인께서 남기셨다는 심법도 어느 정도일지 궁금하니까. 여기까지 올라와서 진인의 역작(力作)을 증명하는 거다. 이번 일을 눈감아주는 대신에 꼭 이루어야 되는 약속이야. 알겠지?"

"어머. 지금 걱정하는 거니? 날 못 믿는 거야? 나도 강해. 아직까진 하운이나 동한한테 밀리지 않는단다."

"너무 걱정하지 마. 아무런 문제도 없을 거야. 몇 달 지나고 나면, 너도 매화검수, 나도 매화검수. 같은 위치에서 만나는 거야. 알겠지?"

첫 만남에서부터 쭉 이어져 온 적지 않은 인연의 고리들.

연선하가 했던 말들이 따뜻한 기억으로 남아 있다.

사부님이 돌아가신 이후, 아무도 없었던 화산파에서 그를 진심으로 대해주었던 유일한 사람이 그녀 아니었던가.

부족했던 그를 걱정해 주고, 그의 발전을 기원해 주었던 것이 그녀다.

그런데 그녀는 장현걸을 구해주라고 했다.

그리고 말했다.

도움을 청할 사람이 청풍밖에 없었다고.

'사저……!'

그런 연선하를 어찌 탓할 수 있을까.

다른 사람도 아닌 연선하에게.

제아무리 분노가 치밀어도 어쩔 수 없는 일이다. 하늘 아래 불어오는 바람이 어디로 향할지 모르는 것처럼, 인간사 인연이라 어떻게 얽힐지 알 수가 없는 일인 것이다.

청풍이 감았던 눈을 떴다.

장현걸과 그를 부축하고 있는 연선하의 모습이 시린 겨울 대지 위에 아프도록 비쳐들었다.

치리링!

날카로운 발검음이 터져 나왔다. 청풍이 백호검을 뽑아 들며 연선하와 장현걸에게 발을 옮겼다. 연선하의 얼굴이 창백하게 굳어졌다.

"안 돼, 청풍. 그러지 마."

장현걸 쪽으로 다가간다.

모든 것을 체념한 그의 눈빛이 보였다.

한 발, 한 발.

나아가는 청풍은 그 걸음에 그동안 담아두었던 많은 것들을 비워냈다.

누구도 원망할 사람은 없다.

고난을 겪었지만, 그래서 어떻게 되었나.

청풍은 그 덕분에 성장할 수 있었다. 그렇게 생각하기로 했다.

장현걸의 바로 앞에 왔다.

끝내.

청풍은 끝내 검을 휘두르지 못했다.

연선하 때문이다. 연선하의 눈빛, 외로웠던 시절 그에게 유일하게 정(情)을 주었던 그 눈빛을 외면할 수가 없었다.

그의 몸이 장현걸을 그대로 지나쳤다.

청풍의 등을 보는 연선하. 그녀의 눈에 눈물이 고였다. 청풍의 굳어진 입매, 그녀를 위해 모든 것을 털어버린 그다. 진정한 대협의 길을 걸어가는 그 모습이 그녀의 마음을 아프게 찔렀다.

청풍의 발이 호쾌한 금강호보의 일보를 밟았다. 백호검의 검력이 뻗어나가자 둘러친 적들이 그의 검을 피하며 사방으로 흩어졌다. 청풍이 나직한 목소리로 말했다.

"길을… 열겠습니다."

연선하가 고개를 끄덕였다.

그것이 청풍이란 남자.

누구보다 놀란 것은 장현걸일 수밖에 없었다. 청풍의 뒷모습에서 시선을 뗄 수가 없다. 청풍의 결단은 장현걸에게 있어 놀라움 이상의 경이(驚異)라고밖에 표현할 길이 없었다.

콰아아앙!

청풍의 결단만큼 경이로웠던 것은 역시나 그의 무위였다.

상상을 초월한 무력. 싸움의 형세를 단번에 바꾸어 버리는 괴력이었다. 둘러싸여 공격당하던 상황이 그 포위망 전체가 그들을 뒤쫓는 것으로 변해 버렸다.

단숨에 포위망이 뚫려 버리니, 당황하는 와중에서도 적들은 신속하게 대열을 정비하고 있었다. 청풍과 연선하, 그리고 장현걸 삼 인을 빠르게 따라붙으며 하늘 높이 신호탄을 쏘아 올렸다. 그러자 주변의 숲에서 흰 가면을 쓴 자들이 미친 듯 뛰쳐나오며 추격하는 대열에 합류하기 시작했다. 계속 불어나는 숫자다. 까마득하게 달려오는 적들의 위용이 가히 장관이라 할 만했다.

가장 위협적이었던 것은 그 엄청난 규모보다도 그중에 뛰어난 기세를 지닌 고수들이 섞여 있다는 사실이었다. 흰 가면을 쓴 자들 사이로 형형색색의 문양이 그려진 가면을 쓰고 있는 자들이 하나둘 보이고 있었다. 눈에 띄는 모습만큼이나 지닌 바 무력도 하나같이 대단해 보였다. 미친 듯 쫓아오는 수백 명 적들과는 격이 다른 고수들이었다.

조금 더 달리자, 급격하게 폭이 좁아지는 길이 나타났다. 한쪽은 가파른 비탈, 다른 쪽은 접근이 어려운 바위 지형으로 이루어진 곳이었다. 청풍의 눈이 번쩍 빛났다.

콰아앙!

바로 여기였다.

땅을 차며 신형을 멈추는데 대지를 찍어내는 발소리가 실로 대단했다.

청풍이 그 자리에 서며 위압감을 사방으로 내뿜었다.

"여기서 끊습니다. 어서 가십시오."

좁아지는 길, 진입할 수 있는 적들은 한정되어 있었다. 지형을 이용하여 막겠다는 의도였다. 달리던 연선하가 놀란 얼굴로 소리쳤다.

"혼자서 막는다고? 불가능해!!"

수백에 이르는 적들이 해일처럼 몰려오고 있었다. 연선하를 돌아보는 청풍. 그의 얼굴이 평온함을 되찾고 있었다. 그가 말했다.

"사저. 그동안 고마웠습니다. 그 고마움, 영원히 잊지 않습니다."

진심 어린 목소리였다. 그 안에 깃든 마음이 승천하는 바람을 품고 있었다.

"그러니, 마음의 부담 덜어버리시고, 어서 가십시오."

연선하의 눈에서 고여 있던 눈물이 울컥 솟아올랐다. 목메이는 답답함이 그녀의 마음을 짓눌렀다. 그녀가 확 몸을 돌리며 장현걸을 부축

했다.

타탁!

두 사람이 멀어지는 것을 등 뒤로 느끼는 청풍이다. 순식간에 덮쳐드는 적들이 그의 시야를 가득 채웠다.

'그래. 이것으로 된 것이다.'

장현걸에게 품었던 원한.

이제는 잊어야 한다.

연선하, 사저를 위해서.

움직이는 양손. 백호검을 옆으로 늘어뜨리고 청룡검을 뽑았다.

그의 등이 꿈틀 움직였다.

치링! 치리링!

열십 자로 교차되어 등에 메어져 있던 주작검과 현무검이 저절로 뛰쳐나오며 공중에 떠올랐다.

두 개의 진검과 두 개의 어검.

굳건하게 대지를 밟은 그가 소리쳤다.

"오라! 내가 바로 화산의 청풍이다!"

화산에서 부는 바람이다. 천하를 가로지르는 웅혼함을 지닌 질풍이었다.

사방신검, 네 개의 검이 질풍의 검무(劍舞)를 내뿜었다. 쓰러지는 적들이 바람의 흐름을 타고 있다.

화산질풍검.

그 전설이 세상에 울려 퍼지는 순간이었다.

■제26장■
결전(決戰)

군산대혈전의 결과는 참담했다.

수많은 무림인들이 죽었고, 그것보다 훨씬 많은 관병들이 목숨을 잃었다.

단심맹이 획책한 일대 사건이었다. 더불어 신마맹이라 불리는 무리가 관련된 혈사였다.

모든 강호인들에게 있어 가장 충격적이었던 것은 그 참혹한 혈겁에 개방이 관여하고 있었다는 사실이다. 단심맹과 연수하고 신마맹과 내통하며 강호인들의 죽음에 일조했던 개방의 행사가 밝혀진 것은 전적으로 군산에서 살아 나온 개방 후개가 벌인 일이었다.

개방 후개 장현걸.

인의대협 천품신개 풍대해가 피투성이로 나타난 개방 후개와 대치했을 때까지만 해도 사람들은 그것을 일대 방파에서 벌어질 수 있는 권력 다툼 정도로만 생각했었다. 하지만 개방 후개가 단심궤라 불리는 철궤를 열고 믿기 어려운 강호비사들을 낭독하기 시작했을 때, 군웅들은 비로소 그것이 심상치 않은 일임을 알 수가 있었다. 가장 커다란 놀라움이었던 것은 풍대해가 단심맹의 주구(走狗)로서 강호인들을 속여왔다는 대목이었다. 불신과 경악으로 얼룩진 군웅들의 웅성거림 속에서 급기야 개방 후개는 풍대해의 장로 직 박탈을 공표해 버렸다. 더욱이 풍대해를 무림의 공적(公敵)이라 선언했고, 군산대혈전의 직접적인 책임을 물었다.

풍대해의 첫 반응은 비웃음이었다.

하지만 후개의 증거 수집은 철저했고, 단심궤에 담겼던 문서들은 누구도 부인할 수 없는 진짜였다. 게다가 후개는 놀랍게도 육대세가의 하나이자 절강의 패자였던 모용세가의 비호를 받고 있었다. 천수사 모용도가 후개를 지원했고, 이어서 당도한 소림의 고수들이 그의 주장을 거들었다.

결정적이었던 것은 하북팽가의 등장이었다.

군산대혈사에서 화산의 질풍검과 함께 무적의 무위를 보여주었던 자, 팽가의 오호도가 나타났던 순간은 후개와 풍대해의 설전에서 절대로 빼놓을 수 없는 백미였다. 후개의 그것과 똑같은 단심궤를 열고 팽가의 비사(秘事)를 밝힌 그가 팽가의 대적(大敵)으로 풍대해를 지목했을 때, 강호인들은 후개의 주장이 진실이었음을 직감할 수가 있었다. 결국 본색을 드러낸 풍대해가 군웅들 앞에서 쓰러졌고, 그와 동시에 개방이 쌓아 올렸던 많은 것들이 한꺼번에 무너지고 말았다.

…중략…….

한백무림서 무림편
강호난세사 中에서.

결전(決戰)

 군산을 떠난 청풍은 곧바로 산서로 향했다. 태원부, 무가보를 찾는 것은 어렵지 않았다.
 누구를 붙잡고 물어봐도 아는 곳.
 도시의 외곽에 위치한 무가보는 상상했던 것 이상으로 커다란 규모를 자랑하고 있었던 것이다.
 "어쩐 일로 오셨습니까?"
 "숭무련을 찾아왔소."
 "이곳은 무가보입니다. 잘못 찾아오셨습니다."
 외문(外門)에 시립해 있는 무인들은 안색 하나 변하지 않은 채 대답했다. 모르는 채로 왔다면 정말로 숭무련을 모른다고 생각할 만한 말투였다.
 "그렇다면 산서신협께 전해주시오. 화산파, 청풍이 왔다고."

"무슨 이야기를 하시는지 모르겠습니다. 다른 곳에서 알아보십시오."

훈련받은 것치고는 지나치게 자연스럽다. 청풍이 미간을 좁히며 물었다.

"서영령이라는 여인이 이곳에 있을 텐데."

"모르는 일입니다."

"하면 이 무가보의 보주께선 어떤 분이시오?"

"보주님의 함자를 외인에게 함부로 알려 드릴 수는 없습니다. 무가보에 볼일이 없다면 그만 돌아가 주시길 바랍니다."

이래서야 어쩔 도리가 없다. 난감한 상황이었다.

청풍이 문득 담장 위쪽을 올려보았을 때다. 뒤쪽에서 들려온 목소리가 청풍의 얼굴에 놀라움의 표정을 만들었다.

"허어, 월담이라도 하려고?"

놀라움에 이어지는 것은 놀라움보다 훨씬 더 큰 반가움이었다. 돌아서는 청풍의 눈에 그 목소리의 주인이 비쳐든다. 청풍의 얼굴이 환해졌다.

"갈 대협!"

"대협? 대협은 무슨! 형님이라 부르거라. 하하하!"

성큼성큼 다가온다. 갈염이다.

오랜만에 보는 갈염의 얼굴은 전보다 더 호탕해 보였다. 느껴지는 무공도 전보다 훨씬 강해 보였다.

"어떻게 지내셨습니까?"

"무엇을 어떻게 지내나? 벌여놓은 일이 많아서 바빴을 뿐이지."

진주언가와의 싸움을 승리로 장식하고, 하북팽가의 고수들을 연신 꺾어내고 있는 숭무련이다. 강호에 돌풍을 일으키고 있는 숭무련의 행보, 그것을 그리도 가볍게 이야기하다니 과연 갈염이라 아니 말할 수 없었다.

"너무 혹독하게 훈련을 시켜도 탈이다. 귀중한 손님도 못 알아보고 말이야. 어서 문이나 열어라!"

시립해 있던 무인들이 당황한 표정을 지으며 옆으로 비켜섰다. 육중한 문이 열리고 넓디넓은 눈앞에 펼쳐졌다.

"그래, 어쩐 일로 왔나? 숭무련에 투신이라도 하려고?"

농담처럼 던지는 말에 단단한 뼈가 감추어져 있었다. 청풍이 그를 돌아보며 미소 띤 얼굴로 대답했다.

"그럴 리 있겠습니까. 저는 화산 제자입니다."

"호오… 그럼 왜 왔지?"

"무련에 비무를 청하려고 생각했었지만… 생각을 조금 바꾸었습니다."

갈염의 호방함에 전염이라도 된 듯, 청풍의 말은 거침이 없었다. 놀랍다는 표정으로 걸음을 멈춘 갈염이 일순간 커다란 웃음을 터뜨렸다.

"하하하하! 비무라? 대체 누구와?"

"누가 되었든 상관없었습니다. 령매를 데려갈 수 있다면 말입니다. 하지만 당장은 아닙니다."

"잠깐. 령매를 데려간다고? 그래서 비무를? 하! 그것 정말 놀라운 발상이군. 대단해. 일리가 있어."

"그렇습니까……."

갈염이 청풍을 직시하며 말했다. 유쾌한 눈빛이다. 그가 말을 이었다.

"누가 되었든 상관없다고 했지? 그것은 누구라도 자신있다는 말인가?"

"아, 오늘은 아닙니다. 다시 말씀드리지만요."

"어찌 되었든, 누구와도 싸울 수 있다는 말이겠군?"

멈추어 선 갈염의 몸에서 강력한 기운이 뭉클뭉클 일어나고 있었다. 그것을 그대로 받아내는 청풍이다. 그가 태연한 얼굴로 대답했다.

"무(武)의 증명이 곧 숭무련의 정의라 들었습니다. 자신이 있다기보다는 지닌 바 무공을 보여 드릴 뿐이겠지요."

"하! 재미있는 말이다. 못 보는 사이 말솜씨도 늘었어."

갈염의 기세가 세상을 덮을 만큼 커져 가는 데에도 청풍의 기파에는 흔들림이 없었다. 조금도 밀리지 않는다는 뜻이다. 여유롭게까지 느껴지는 그 모습, 청풍의 무력에 만족했다는 듯 갈염이 자신의 기세를 거두어들이며 발걸음을 옮겼다.

"령아를 데려가기 위해 비무를 청한다. 그런데 묘하군. 그것은 비무라고 부르지 않지."

"……?"

"비무라니, 그것은 비무가 아니라 납채(納采)야. 아니지, 납채는 중매인이 와야 되는 것인데 본인이 직접 온 만큼 그렇게 보기도 어렵겠어. 차라리 비무초진이라 말하는 것이 옳겠군."

"비무초진……."

납채란 혼인 육례의 하나로서, 남자가 여자의 집에 서신을 통하여 혼례 의사를 묻는 절차를 뜻한다. 그렇게 본다면 청풍의 행동은 분명 비무초진에 더 가깝다. 비무를 통해 신부를 얻는 것, 송대에 무가(武

家)들에서 행해지곤 했다던 비무초진의 일화가 떠오르는 순간이었다.
 "무엇이 되었든, 나와 할 이야기는 아니겠지. 만나볼 사람이 따로 있겠어."
 "아, 계십니까?"
 "그래, 있지. 이곳에. 하지만 대사형은 널 그다지 좋아하지 않아."
 갈염이 말하는 대사형. 그것은 다름 아닌 서영령의 아버지, 서자강을 말함이었다.
 내원 문을 열고 들어가 청석 바닥을 가로질렀다. 안쪽까지 들어가자 멋진 위용을 자랑하는 한 채의 전각이 보였다.
 '산서신협……!'
 전각문을 열지 않아도 그의 존재감을 느낄 수가 있었다.
 갈염도 그런 청풍의 기색을 눈치챈 듯 엷은 미소를 지었다. 갈염의 지시에 전각 앞을 지키던 무인들이 문을 열었다. 그리고 마침내 만난다.
 산서신협 서자강이 거기에 있었다.
 "산서신협 서자강 대협을 뵙습니다. 화산파. 청풍입니다."
 포권을 취하고 고개를 숙이는 청풍의 모습에는 정중함이 가득했다. 그때처럼 비 내리는 흙탕 위에서가 아니라, 완전하게 격식을 갖춘 모습이었다. 청풍의 복장 역시 전에 없는 성장(盛裝)으로 꾸며져 출중한 외모를 더욱더 돋보이게 만들고 있었다.
 "그 아이에게 들었다. 여기까지 올 것이라 하여 믿지 않았더니, 진실로 나타났군."
 "당연히 와야만 하는 일이었을 따름입니다."

"당연히 와야만 하는 일이었다?"
"약속을 했기 때문입니다."
"그런가. 하지만 나는 자네를 죽이려고 했었다. 그것을 잊지 않았겠지?"
"지나간 일입니다."
"지나간 일이라도 별반 달라진 것은 없어. 그러니 이곳은 말하자면 자네에게 있어 적진이다. 자네는 적진 한가운데에서 대체 무엇을 구하고자 하는 것인가."
"적진이라 생각하지 않습니다. 그저 무공의 증명을 통해 반려를 찾아가길 원할 뿐입니다."
청풍의 목소리는 맑고도 정대하여 일 푼의 망설임도 없었다.
정식으로 청혼을 하는 것과 다름이 아니다. 서자강의 눈에 섬광이 떠올랐다.
"그것은 내 딸을 말함인가?"
"그렇습니다."
"비무를 청하여 원하는 것을 얻겠다……. 하지만 말이다. 그렇게 내 딸을 데려가서 자네가 해줄 수 있는 것이 무엇이 있겠는가?"
"제가 할 수 있도록 허락된 모든 것을 해주겠습니다."
청풍의 진솔한 품성이 단적으로 드러나는 한마디였다.
솔직함을 표현하는 데 조금도 어색함을 느끼지 않았다. 서자강으로서도 그러한 대답에는 꽤나 놀란 듯, 그 얼굴에 흥미롭다는 표정이 떠올라 있었다.
"말로는 무엇이든 못할까. 하지만 자네는 자네가 말한 만큼 내 딸을 행복하게 해줄 수가 없다. 우리는 구파와 가는 길이 다르기 때문이다."

같은 길을 갈 수 없다. 숱하게 들어온 말이다.

하지만 청풍은 그리 생각하지 않았다. 쭉 생각해 왔던 바다. 청풍이 고개를 내저으며 말했다.

"숭무련은 정대한 무파입니다. 설령 화산과 비무를 하고 무공을 겨루게 될지라도, 반드시 두 문파가 원수가 되라는 법은 없습니다. 서로가 서로의 무공을 인정하고 선의의 경쟁을 해 나가면 될 뿐입니다."

"어리석은 이야기를 하는군."

"그렇습니까? 가능한 일이라고 생각합니다만."

"어불성설! 세상의 이치는 그렇지 않다. 일단 싸우기 시작하면 전쟁이야. 무림맹을 소집하고 철저하게 짓밟는다. 그것이 구파가 해온 방식이다!"

"반드시 그런 것만은 아닙니다. 만일 그렇게 된다고 한다면… 제가 그렇게 되지 않도록 막겠습니다."

"세상을 모를 뿐 아니라 광오하기까지 한 놈이로다! 너 홀로 무슨 방법이 있어 구파를 막겠다는 말인가!"

"사악한 악행을 저질렀다면 모르되, 정식으로 비무를 한 상대라면 그 결과가 어떻게 나오더라도 승복을 하는 것이 무인의 도리입니다. 그것을 모르는 구파는 이미 명문정파가 아니요, 그런 구파라면 구파라 불릴 자격이 없습니다."

청풍의 말이 빈말이 아니라는 것쯤은 서자강으로서도 충분히 알 수가 있었다.

청풍의 몸에서 뿜어져 나오는 확고한 의지가 그 진실됨을 말해 주고 있었기 때문이다. 구파의 명성에 앞서 그 무엇보다 대의를 먼저 생각하는 것, 대의를 저버리는 문파라면 직접 나서서 싸움을 치르는 것도 마다하지 않겠다는 의지였다. 흔들리지 않는 분명한 삶의 방식이 그가 발산하는 기파 안에 있었으니, 그것을 보는 서자강의 눈이 차츰차츰 누그러지고 있었다.

"그런 문파가 화산파일지라도 그럴 수 있다는 말인가?"

"화산이라면, 제가 그렇게 되지 않도록 만들겠습니다. 제 이름을 걸고 장담컨대, 숭무련이 화산과 피를 흘리며 싸울 일은 절대로 없을 것입니다."

모든 것을 그가 책임지겠다는 말이었다.

어떤 어려움도 두려워하지 않는 심력이다. 또한 그 모든 것은 서영령을 위해서 해야만 하는 일, 서자강이 고개를 내저으며 말했다.

"그것은 말처럼 쉬운 일이 아니다. 또한 자네에겐 그보다 먼저 해야 할 일이 있지 않은가."

"먼저 해야 할 일이라 함은……."

"그 아이에게 들었다. 자네가 결판을 내야 할 대적에 대하여, 저 장강의 육극신에 대하여 말이다. 그에게 죽는다면, 자네의 그 모든 이야기도 헛된 말이 될 것 아닌가."

"물론 그렇겠지요."

청풍은 순순히 인정했다.

대신 청풍은 그 다음 말에 강한 힘을 담았다.

"그래서… 말씀드립니다."

청풍은 잠시 말을 멈추었다. 바로 지금부터다. 그가 서자강을 만나서 하려고 했던 가장 핵심적인 이야기가 여기에 있었다.

"저는 곧 육극신과 겨루기 위해 장강으로 가게 될 것입니다. 육극신과 겨루고 올 때까지. 그때까지만 섬서 진출을 뒤로 미루어주십시오."

"섬서 진출을 미루라?"

"숭무련이 화산과 비무를 하게 되었을 경우, 지금으로선 전면전을 예상해야 할 것입니다. 장문인이신 천화 진인께서 그런 성정을 지니고 계시기 때문이지요."

"지금의 화산이 그럴 만한 여력이 있나? 도리어 친다면 지금이라고 생각하는데?"

"전면전이 아니더라도 큰 싸움이 될 것은 확실합니다. 가는 길이 다르다고 하심은 바로 그런 이유이셨던 것 아닙니까?"

"가는 길이 다르다… 틀린 말은 아니지. 그래서 어쩌겠다는 말인가."

"육극신과 싸운 후, 제가 화산으로 돌아오면 그런 전면전을 막을 수 있습니다."

"그것이 무슨 말인가."

"화산과 숭무련의 모든 비무에는 제가 나갈 것이기 때문입니다."

청풍의 대답.

침묵을 부르는 대답이었다.

서자강의 얼굴이 굳어진 것은 물론이요, 흥미로운 표정으로 옆에서 듣고 있던 갈염까지 멈칫 몸을 굳혔다.

화산파와 숭무련의 비무에는 청풍이 나가겠다는 것.

그리고 화산파와 숭무련이 전면전을 벌이는 일은 없을 것이라는 것.

그것은 단 한 가지 사실을 뜻하는 까닭이었다.

화산파가 비무에서 패배하지 않을 것이라는 이야기다. 그것은 곧 청풍 자신이 숭무련과의 싸움에서 모두 이길 것이라는 말, 숭무련의

결전(決戰) 237

무력(武力)을 혼자서 모두 받아내겠다는 말이라 해도 과언이 아니었다.

"하하하하하!"

난데없는 웃음소리. 정적을 무너뜨린 것은 다른 누구도 아닌 갈염이었다. 갈염이 통쾌하다는 듯한 표정을 지으며 서자강을 돌아보았다.

"그것 보십시오, 무상! 내 말하지 않았습니까! 이 친구가 어떤 친구인지요. 이런 배포는 전 중원을 뒤져도 찾기 어려울 겁니다. 령아를 준다 해도 하나도 아깝지 않은 놈이란 말입니다!"

"조용히 해라. 갈염! 나도 충분히 보았다."

서릿발 같은 목소리로 말하는 서자강이다.

그러나 묘하게도 그 눈빛에는 흡족한 기색이 떠올라 있었다. 청풍의 말에 불쾌해하기보다는 오히려 만족하는 듯한 느낌이란 말이다.

갈염과 전혀 다른 성정을 지닌 듯 보여도, 서자강도 사실은 그와 비슷한 인물인지도 모른다는 생각이 들었다. 청풍의 마음을 꿰뚫듯 바라보던 서자강이 이내 진중한 목소리로 말을 이었다.

"천하에 이르는 기상과 강인함이다. 그 아이가 왜 너에게 매달렸는지 이제야 알겠다."

서자강이 의자에서 몸을 일으켰다.

그가 청풍을 똑바로 쳐다보며 말했다.

"좋다. 마음에 들었어. 자네 뜻대로 섬서 진출은 무기한 연기하겠다."

역시나 그렇다.

빗속에서 싸울 때는 그렇게나 무서운 기운을 발하더니, 지금에 와서는 완전히 달랐다.

같은 사문이다. 숭무련이다. 역시나 갈염과 비슷한 구석이 있었던 것이다.

아무리 중대한 사안일지라도 결단을 내리는 데 고민하지 않았다. 마음이 흘러가는 대로 행하고 그것을 망설임없이 밀어붙인다. 핏줄은 속이지 못한다고 했던가. 서영령의 성정은 아무래도 그 아버지를 닮은 것이 분명해 보였다.

"그렇다면, 령매를 데려가도 되는 것입니까?"

"부(否)! 그것은 아직 허락할 수 없다."

"하면……."

"언제 죽을지도 모르는 놈에게 내 딸을 줄 수는 없지 않겠나."

"……."

"모든 은원을 마무리 짓고 오라. 무(武)의 증명이라면, 육극신과 겨루는 것으로 그 의지를 보이는 것도 괜찮겠지. 화산파의 촉망받는 후기지수라고 한들, 내 딸의 배필로는 달갑지 않겠지만 육극신을 꺾은 남자라면 이야기가 달라."

서자강의 결론은 명쾌했다.

청풍도, 옆에 있는 갈염도 완벽하게 수긍할 수 있는 말이다.

이것으로 한 가지가 더 생겼다.

육극신과 싸워야 할 이유, 이겨야만 할 이유다.

청풍의 두 눈에 육극신을 향한 강렬한 투지가 피어올랐다.

마지막.

네 개의 신검을 찾아 나서던 강호행의 절정이 가까워 오고 있다. 그의 마음속에 긴 여정의 끝을 알리는 바람이 몰아치고 있었다.

　　　　　*　　　　*　　　　*

육극신과 어떻게 싸울 것인가.

비검맹의 핵심이 되는 그에게 어떤 방식으로 접근할 수 있을까.

청풍은 간단히 그것을 해결했다.

승무련의 방식에서 영감을 얻어 취한 방법이었다.

육극신을 지명한 비무 신청이다. 경천동지의 승부를 공개적으로 세상에 알려 버린 것이다.

화산 제자 청풍은 사부의 원수를 갚기 위하여 비검맹의 파검존 육극신에게 비무를 신청한다. 장소는 장강 대천진, 일시는 섣달 그믐날이며, 승부는 그 누구의 방해도 받지 않는 일 대 일로 겨루도록 한다.

화산파의 직인이 찍힌 방문(榜文)이었다.

각 성 주요 도시에 빠지지 않고 내걸린 것은 거의 동시에 벌어진 일.

온 천하 강호인들을 들끓게 만든 대사건이었다.

군산대혈전 이후, 강호에 혼란을 일으키는 무리들 중 하나로 거론되고 있던 비검맹과 전통과 역사로 각인된 구파의 일익인 화산파의 비무는 중원 땅을 살아가는 모든 사람들로서 주목하지 않을 수가 없는 거대한 자존심 대결이라 말할 수 있었다.

모두의 시선이 대천진으로 집중되었다. 일전에 그곳에서 질풍검 청풍이 육극신에게 패퇴당한 바 있다는 소문도 강호에 퍼져 나갔다.

그믐이 되기까지 보름이나 남았다. 그러나 장강 대천진에는 벌써부터 수많은 사람이 몰려들고 있었다. 일대 승부를 보기 위한 강호인들과 민초들까지, 인적없던 대천진이 순식간에 인산인해로 가득 찼다.

이렇게 되면 그 누구라도 비무를 받아들일 수밖에 없었다.

여기서 물러나면 온 강호인의 조롱거리가 될 뿐이다.

육극신 본인을 불러내기에는 그보다 좋은 방법도 없다고 할 수 있었다.

아니나 다를까. 비무 신청에 대한 소문을 듣고 격분한 육극신이 반쪽밖에 남지 않은 그 파검으로 전함 하나를 침몰시켰다는 이야기가 삽시간에 장강 전체를 타고 흘러 나갔다. 섣달 그믐 바로 그날, 질풍검 청풍이 그때 파괴된 전함처럼 장강 아래 수장(水葬)될 것이라는 말들도 비검맹 문도들을 통해 세상 밖으로 흘러나왔다.

그것은 곧 육극신이 비무에 나올 것이라는 사실을 뜻하는 소문이었다. 화산의 이름값에 질풍검의 승리를 점치는 사람들, 장강의 물을 뒤엎는다는 그 명성처럼 화산이라고 하여 이길 수는 없을 것이라는 사람들까지 구구한 예측들이 난무했다. 두 사람이 함께 죽을 것이라는 동사구패의 결말까지 예측하는 사람도 많았다.

"매화검수가 전부 필요할지 모른다. 매 사제는 먼저 가서 정황을 알아두도록. 대천진은 비검맹의 영역이기 때문에 무슨 일이 벌어질지 알 수가 없으니."

"기어코 엄청난 일을 저지르는군. 시일이 촉박하다, 봉산. 모을 수 있는 모든 고수들을 모아라."

"도와줘야 하는 것 아닙니까? 맹주께서도 받은 것이 있는데?"

직접적으로 관련이 있는 사람들부터 그렇지 않은 사람들까지. 엄청난 숫자의 무인들이 움직이고 있었다.

말 그대로 온 강호를 진동시키는 일전이다. 마음을 졸이는 사람들과 싸움을 기대하는 사람들, 싸움에 얽힌 사람들, 그 모두가 이 승부에 각자의 인연을 걸어내고 있었다.

"이 이상의 접근은 불허한다."

비무 날짜로부터 이틀 전, 싸움의 공기가 고조되던 때였다.

대천진으로 통하는 모든 길이 차단당했고, 몰려들었던 무인들과 민초들 대부분이 대천진 땅 위에서 내침을 당했다.

그것은 다름 아닌 비검맹의 짓이었다. 싸움을 구경하고자 했던 사람들 중에는 무인들이 많았고, 그 때문에 무력 충돌까지 빚어질 기세였지만 그런 불상사까지는 일어나지 않았다. 비검맹의 무적전선들, 영검존의 마령선과 태검존의 괴암이 대천진에 그 위용을 드러낸 까닭이었다. 두 전함의 모습도 장관이었지만 실제로 모습을 드러낸 영검존과 태검존 두 검존들의 기세는 그야말로 압도적이라고밖에 표현할 도리가 없었다. 무공을 아는 자와 모르는 자 모두가 도망치듯 대천진에서부터 빠져나오고 말았다.

엄청난 병력을 대천진에 집중한 비검맹이다.

두 검존이 직접 나섰다는 것은 곧, 비검맹의 주 전력이 모두 투입되었다고 해도 과언이 아닌 바, 비무 결과에 관계없이 무슨 일이 터질 것만 같은 분위기가 대천진 전체에 깔렸다. 질풍검이 살아서 돌아가는 일은 있을 수 없을 것이라는 예측이 지배적일 정도였다.

하지만 그렇다 한들 파검존 육극신이 정작 일 대 일 비무 원칙을 깨 버릴 것이라 생각하는 사람들은 하나도 없었다. 파검존 육극신의 명성도 명성이거니와, 온 천하에 천명한 지명 비무를 두고 차륜전을 벌인다는 것은 그 어떤 무인으로서도 도무지 상상할 수가 없는 일이기 때문이었다.

대천진 봉쇄에 대해서도 마찬가지였다. 도리어 비검맹의 처사가 당연하다고 보는 이들도 무척이나 많았다. 수로맹이 재건의 기미를 보이고 있는 만큼, 비검맹 입장에서도 그 정도 대비는 이상한 일이 아닌 것이다.

이래저래 격전의 조짐이 고조되는 나날들이 지나고.

마침내 결전의 날이 밝았다.

한 해의 마지막을 알리는 추위가 대천진 주변의 물가에 얇은 얼음을 만들어놓고 있었다.

"드디어 오늘이다. 결국 이렇게 되었어."

"그렇군요."

새벽 안개 자욱한 대천진의 아침 위에 두 사람의 남자가 서 있었다.

출중한 기도, 매한옥과 하운이었다. 그들의 뒤쪽으로 마령선과 괴암의 선체들이 거대한 그림자를 드리우고 있었다.

"그나저나 용케 들여보내 주더군. 하지만 돌아갈 때는 그처럼 쉽지 않겠지."

"긴장을 늦춰서는 안 될 겁니다. 이 공기, 무슨 일이 벌어져도 이상하지 않으니까요."

두 사람이 대천진에 서 있을 수 있었던 이유는 간단했다.

비검맹이라고 강호의 법도를 완전히 무시할 수는 없는 법, 참관인으로 온 화산파의 인물들은 비검맹의 대천진 통제 대상에서 제외되어 있었던 까닭이다. 그들뿐이 아니라 불러 모은 매화검수 삼십 명이 만약의 사태에 대비하여 만반의 준비를 갖추고 있는 중이었다.

뛰어난 명성을 가진 몇몇 고수들에게도 관전의 길은 열려 있었다. 물론 이 싸움에 영향을 주지 않을 자들에 한해서다. 대천진이 훤히 보이는 언덕 하나가 완전히 개방된 상태, 새벽부터 하나둘 모습을 드러내는 무인들이 보였다.

"저기 옵니다."

"그래."

매한옥이 가리키는 손가락 끝에 한 사람의 모습이 걸린다. 웅성거리는 사람들, 비무 신청자인 청풍이 관도를 따라 걸어오고 있었다.

"나쁘지 않아 보이는데……. 이길 수 있을까?"

"이겨야지요. 져서야 되겠습니까."

상대가 상대이니만큼.

하운과 매한옥의 얼굴에는 심각한 우려의 빛이 떠올라 있었다.

장강무적을 칭하는 파검존, 그리고 이쪽은 강호신성인 청홍무적 질풍검.

누가 봐도 육극신을 위로 쳐줄 수밖에 없다. 걱정하지 않는다면 도리어 그것이 이상한 일이었다.

터벅, 터벅.

그러나 정작 청풍은 마치 산책이라도 나온 듯, 편안한 신색을 유지하고 있었다.

하얀 옷에 그려진 노을빛 화산 산수의 문양이 그의 사문(師門)을 보여준다. 좌청룡 우백호의 쌍검과 등 뒤에 비껴 맨 열십 자 주작, 현무가 여전히 훌륭한 신기(神氣)를 뿜어내고 있었다.

화악!

공기가 바뀌었다.

청풍이 대천진 한가운데에 선 직후였다. 벌써부터 싸움이 시작되기라도 한 것 같은 긴장감이 온 땅 위에 퍼져 나갔다.

촤아아아악!

청풍이 도착한 지 얼마 지나지도 않아서다.

팽팽하게 잡아둔 바람 사이로, 새벽 안개 저편으로부터 물살을 가르는 소리가 들려오기 시작했다. 살얼음이 부서지는 소리가 마치 천둥처럼 울려 퍼지고 있었다.

"온다……! 육극신이다."

거대한 무엇인가가 다가오고 있었다. 모습조차 드러나지 않은 상황이었지만 그곳에 모인 모든 사람들이 그의 접근을 알아챌 수가 있었다. 그만큼 굉장한 기파다. 대천진 전체를 날려 버리겠다는 듯한 패도적인 기운이 이처럼 먼 거리까지도 전해질 정도였다.

촤악! 쫘작! 쫘자작!

육극신의 기함이 대천진 선착장에 당도하기까지는 오랜 시간이 걸리지 않았다.

육극신의 기함, 검형.

그 규모와 무장은 오히려 이미 닻을 내리고 있는 마령선이나 괴암보다 못해 보였지만, 그래도 검형은 명실 공히 비검맹 최강의 전선이었다. 육극신이 그 안에 있기에, 오직 그 사실만이 검형을 비검맹 최강 전선이라 부르게 만드는 이유였다.

퍼얼럭!

하늘 위 어딘가에서.

장포가 펄럭이는 소리가 들려온다.

선체를 가리고 있는 안개 위쪽으로 마침내 모습을 드러내는 육극신이다. 안개를 밟고 선 모습이 마치 구름 위의 천신이 강림한 것만 같았다.

텅!

청풍은 갑판을 박차는 소리로부터 과거 기억의 재현을 경험할 수 있었다. 다만 이번에는 안개가 그 모습을 희미하게 만들고 있을 뿐이다. 그때와 다를 것 없는 광경, 물 위에 내려서는 육극신의 모습을 그 누구보다 명확하게 그려낼 수 있었다.

저벅, 저벅.

희미하게 다가오던 그림자가 뚜렷한 윤곽으로 다가오는 것은 순식간이었다. 육극신의 발걸음 하나하나에 안개가 걷혀 나가기라도 하는 것 같다. 장강 저편에서 동터오는 여명이 그들의 모습을 커다랗게 비추고 있었다.

쿠웅.

삼 장 거리.

청풍의 앞에 선 육극신의 위용은 여전히 놀라울 따름이다.

무력의 화신.

개세무적의 힘도 전혀 달라지지 않았다. 왜인(矮人)의 복식에 가까운 전포(戰袍) 역시 똑같다. 넓게 흩날리는 주홍색 장포 위에 검은색의 칼날 무늬가 화려했다.

"질풍검인가."

목소리만으로도 중압감을 배가시키는 능력을 지녔다.

뿌리부터 흔들어대는 내력이다. 살을 에는 기파를 온몸으로 받아내던 청풍이 흔들림없는 목소리로 대답했다.

"그렇소. 내가 화산의 질풍검이오."

질풍검.

군산혈전 이후, 강호에 몰아친 이름이다.

청홍무적, 무적이라는 거창한 칭호보다 훨씬 더 좋은 별호라고 생각했다. 바람의 이름, 스스로를 질풍검이라 분명하게 칭하는 순간이었다.

"그전과는 전혀 다른 검이 되었군. 부러뜨리기에 부족함이 없다."

육극신의 말투는 하늘에 선 군림자의 그것이었다.

파검.

부수어 무너뜨리는 것이 당연하다는 말투다.

군림의 절대자와 질풍의 도전자가 이 땅 위에 마주한 순간. 그와 같은 말을 들었음에도 청풍은 곧바로 검을 뽑지 않았다.

도리어 한 발 다가가며 포권을 취한다. 그의 입에서 정중한 목소리가 흘러나왔다.

"화산의 청풍이오. 비검맹의 파검존에게 정식으로 비무를 청하오."

예를 갖춤으로서, 그렇기에 더욱더 당당한 그다.

어떤 말을 들어도, 어떤 상대를 만나도 다를 것이 없었다. 하늘을 우러러 단 한 점 부끄러울 것이 없는 모습이었다.

"예를 갖춘다? 그럴 여유가 없을 텐데."

펄럭!

육극신이 장포 소매를 뒤로 돌렸다. 반 동강 난 파검을 꺼내 든다.

"내가 바로 육극신이다."

그가 청풍을 향하여 파검을 겨누었다.

그의 입이 열리며 압도적인 목소리가 더해졌다.

"오라!"

명령과도 같은 한마디다.

치리리링!

청풍의 오른손에 백색의 검이 잡혀들었다. 첫 일보는 언제나처럼 금강호보다. 백호검이 호갑에서 뛰쳐나오며 호쾌한 기세로 바람을 갈랐다.

큐우우웅!

드디어 시작이었다.

세상이 좁아지고 시간이 잊혀졌다.

순수한 무(武)의 격돌이다. 과거의 은원도, 패배의 기억도, 그 모든 것이 지워져 버렸다.

쩌어어엉!

금강탄을 막아내는 파검의 검력은 그야말로 충격적이었다. 강렬한 진동이 팔 전체를 진동시키며 올라오는데, 검을 쥐고 있는 손아귀의 힘까지 사라져 버릴 것만 같다.

이것이 육극신이구나.

비로소 실감할 수가 있었다.

쿠웅!

몸 전체가 휘청거릴 만한 충돌이었지만, 청풍은 물러나지 않았다. 다시 한 번 금강호보를 밟으며 전진한다. 불굴의 기세로 백야참을 휘둘렀다.

위이이잉!

안쪽으로 파고들었다 생각했다. 그러나 육극신의 몸은 빨랐다.

어느새 백야참의 궤도를 막아내기에 완벽한 위치로 이동해 있다. 극도로 실전적인 움직임이었다.

대력투형보. 전투를 위한 육극신의 절세적인 보법이었다.

쩌엉! 우우우웅!

백야참이 빗나간 것은 순간이었다. 파검의 쇄도가 이어졌다.

'이것은!'

모든 것이 느리게 느껴지는 시공(時空)이었다. 사정거리에 닿지 않는다 하여 피하지 않으면 죽음을 면치 못한다. 발출되어 압축되는 기운이다. 육체의 눈이 아니라 공명결의 심안으로만 볼 수 있는 검격이었다. 육극신의 절기, 파검공진격이 오고 있었다.

파아아아아!

여기서도 앞으로 나아가는 것은 자살 행위라고밖에 말할 수 없었다. 풍운룡보를 밟으며 측면으로 돌아갔다. 간발의 차이로 터지는 공진의 일격이 느껴졌다. 폭발에 휩쓸린 뒤쪽의 옷자락이 가루가 되어 부서져 나갔다.

일격만 허용해도 죽을 가능성은 충분했다. 생사가 한 치의 검격으로 결정되고도 남는다. 회전하는 청풍의 손끝에서 백호무가 발동되었다. 백호탐천의 일격이 아래에서 위로 솟구쳐 올랐다.

꽈아아앙!

찍어 누르는 파검이 검력의 벽을 만들었다.

대천마진벽이었다. 백호탐천의 강맹한 검격을 순식간에 흩어버렸다.

우우웅!

육극신의 신기는 그것으로 끝이 아니었다.

벽을 만들어놓는가 싶더니, 다시 한 번 가볍게 검을 움직인다. 그러자 공명결의 감각에 죽음의 공진이 감지되기 시작했다.

별다른 조짐도 없이 압축되는 힘이다. 또 한 번의 파검공진격이었다.

허공에 폭발을 일으키는 검격이라는 것만으로도 믿기 어려운 무공인 바, 그런 것을 이런 식으로 구사한다는 것은 이미 인간의 경지가 아니다. 청풍이 다급하게 목신운형의 기운을 뽑아내며 풍운룡보를 밟았다.

치리리링!

피하기엔 늦었다. 금강탄으로 공진의 중심을 꿰뚫으며 왼손을 움직였다.

용갑으로부터 청룡검이 뽑혀 나왔다.

꽈아아아앙!

폭음과 함께 뻗어 나온 충격파가 자욱하던 안개를 발기발기 찢어놓았다.

드러나는 청풍의 모습, 순백과 청백의 검신이 강렬한 기운을 발하고 있다. 육극신의 눈이 이전까지와 다른 빛을 띠었다.

"그걸 막았나? 제법이로군."

청룡검을 꺼내 용뢰섬까지 발동하지 않았더라면 어디가 날아가도 틀림없이 날아갔을 것이다.

이 정도로 위력적인 무공.

이렇게 싸우다가는 팔 하나 잃는 것은 순식간이다. 두 사람 모두 필살의 일격이 강한 무인들, 어느 한쪽이 우위를 점하고 있더라도 기회만

잡는다면 일순간에 역전될 가능성이 다분했다.

"제법이다? 아직 시작도 안 했소."

투지를 끌어올리는 한마디였다.

그 안에서 그 자신의 다른 모습, 남강홍이 튀어나온 것 같다.

청풍이 자하진기를 극성으로 끌어올려 두 개의 신검에 담았다. 청룡 백호 두 신검이 아름다운 검명음을 울렸다.

텅! 쫘아앙!

누가 먼저랄 것도 없었다. 동시에 짓쳐드는 두 사람이다.

빠져나가지 못한 공기가 미친 듯 요동쳤다.

청룡검으로 금강탄, 백호검으로도 금강탄을 펼쳤다. 쌍금강이다. 꿰뚫어 버릴 기세, 대천마진벽이 얼마나 견고한지 보여달라 말하는 것 같았다.

그러나 육극신은 대천마진벽을 펼치지 않았다. 대신 지니고 있는 파검을 두 번 끊어 치며 파검공진격을 연쇄적으로 발출한다. 상상의 한계를 훨씬 더 넘어서는 무공이다. 백호검과 청룡검의 중간을 노린 공진격이었다.

지이잉! 지이이이잉! 쩌어어엉!

폭발 두 번.

청풍의 몸이 휘청 뒤로 흔들렸다. 백호검과 청룡검을 쥔 양손의 손아귀가 찢어질 듯 고통스러웠다. 보통의 철검이었다면 그대로 부러져 버렸을 공격이었다. 공격이 최선의 방어라고들 말하지만, 그 말을 이처럼 완벽하게 실천하는 자도 세상에 다시없을 듯했다.

"하압!"

절묘하게 몸을 틀며 경력의 여파를 풀어냈다. 기합성이 터져 나온 것은 그 직후다. 금강호보로 땅을 찍고 청룡검을 앞으로 뻗어냈다. 육극신의 상단을 노린 일격, 그가 지닌 반 토막 파검이 아래로부터 쳐 올라와 청룡검에 부딪쳤다.

치링! 쩌엉!

청룡검이 튕겨 나가기 무섭게 오른손이 움직였다.

바람을 가르는 백야참이었다. 육극신이 신형을 돌리며 대력투형보를 펼친다. 이어지는 파검의 쇄도에 백야참마저도 여지없이 막혀 버렸다.

콰아아아!

단숨에 청룡검을 고쳐 잡은 왼손이 청룡결 청룡도강의 일격을 뿌렸다.

질풍처럼 몰아치는 연환검에 회심의 청룡결이다. 무력이 정점에 이르고 있는 청풍, 누구라도 막기 어렵다. 파검이 허공을 수놓으며 공진격의 힘을 발했다. 파검공진격 세 발이 청룡도강의 신룡 위에 내려앉았다.

우우우웅! 쩌엉! 쩌엉! 쩌어엉!

청룡검의 검신이 연쇄적인 폭발로 인하여 커다란 흔들림을 겪었다.

팔 전체가 뒤틀려 버릴 것만 같은 충격이 찾아왔다. 그래도 청풍은 검을 놓치지 않았다.

물살의 흐름이 아무리 거세도 도강하는 청룡을 막을 수는 없다. 청풍의 의지가 그 검에 실렸다. 청룡검이 막강한 힘을 뿌리며 육극신의 가슴을 향하여 뻗어나갔다.

스각!

육극신은 완전히 피해내지 못했다. 어깨 어림의 장포가 찢겨 나가고 엷은 핏방울이 배어 나왔다.

육극신의 얼굴이 미미하게 굳었다.

상처는 대수로울 것이 못 되어도 이 일격의 의미가 무척이나 컸던 것이다. 무공의 겨룸에서 상처를 입은 것이 대체 얼마 만일까. 근접을 불허하는 절대무공, 그것을 뚫고 들어가 상처까지 입혔다는 것은 청풍에게 있어서나, 육극신 본인에게 있어서나 보통 일이 아니었다.

"과연……."

육극신이 자신의 상처를 내려다보았다. 지혈할 만한 상처도 아니다. 반 치 깊이도 안 되는 검상. 하지만 그 작은 검상이 결국 절대자의 강렬한 투지를 일깨우고 만다. 육극신이 청풍을 바라보며 말했다.

"전력을 다해야겠어. 그럴 만한 상대야."

지금까지 전력을 다하지 않았다?

잘 알고 있는 사실이다. 육극신은 아직 파검마탄포조차 꺼내놓지 않았다.

'피차 마찬가지.'

그리고 그것은 이쪽으로서도 다를 바가 없다.

백호검과 청룡검만으로 어디까지 할 수 있는지 확인해 보았을 뿐이다. 모든 것을 전개하지 않은 육극신을 꺾어보았자 아무런 의미가 없다.

전력을 다하고, 모든 것을 봐야 한다.

다른 적이라면 모르되, 청풍에게 있어 육극신은 하늘이 정해준 숙명이기 때문이었다.

파라라라락!

이번에는 육극신이 먼저 짓쳐들었다.

장포 자락을 휘날리면서.

뻗어내는 연환오검, 검격의 발출보다 거기에 담긴 살기가 훨씬 더 위협적이었다. 장강 물을 뒤엎는다는 파검공진격 오 초식이 단숨에 펼쳐지고 있었다.

청풍의 몸이 빠르게 움직였다.

금강호보와 풍운룡보가 절묘한 조화를 이루었다.

공명결의 힘으로 파검공진격의 궤도를 읽어내면서 쇄도하는 육극신을 맞이했다. 그의 발치에서, 바로 옆, 그의 몸 뒤에서 폭발하는 공기가 비산하고 있었다.

꽈아앙!

백호와 청룡을 교차시키며 파검의 일격을 막아냈다.

일찍이 경험해 본 적이 없었던 괴력이다. 순식간에 침투해 오는 내공이 그야말로 무시무시했다.

자하진기를 백호검에 집중하고 청룡검을 비틀었다. 미세하게 생기는 틈 사이로 용뢰섬을 펼친다. 절묘함을 넘어선 신기였다.

키링! 치리리리링!

상대의 파검을 떨쳐 내고 뒤로 물러나면서 폐부 깊숙이 숨을 들이켰다.

자하진기가 목신운형의 목기를 따라 움직이는 것이 느껴진다.

이미 입었던 내상들을 수복하는 것이다.

육극신과의 검은 일격 일격이 내상과 직결되는 파괴력을 지녔다. 그것을 그때그때 완화하지 못하면 이기는 것은 절대로 불가능했다. 한 번의 검격으로 죽을 수 있지만 내상이 축적되어도 죽는다. 자하진기의 무한한 잠재력에 모든 것을 걸 수밖에 없었다.

숨 한 번 들이킬 시간.

그것이 한계였다. 거리를 좁혀오는 속도가 엄청났다. 방금 전보다 훨씬 더 빨라진 것 같았다.

쩡! 파캉!

속도만 빨라진 것이 아니었다. 힘도 더 강해졌다. 청풍의 몸이 두 걸음 뒤로 밀려났다. 육극신의 왼손이 앞으로 나온다. 화살을 활시위에 메기듯, 뒤쪽으로 돌아간 파검이 살벌하도록 강력한 기운을 품었다.

'마탄포!'

그렇다.

결국 나왔다. 육극신 최강의 절기 파검마탄포가 장전되고 있었다. 시간이 멈춘 듯한 어느 한 시점, 파검마탄포의 형용할 수 없는 검력이 청풍의 전면을 덮쳤다.

파아아아아!

잊을 수 없었다. 백호검으로 펼치던 백호금광을 단숨에 지워 버리던 그 무공이다.

"하아압!"

이번에도 그렇게 당할 수는 없었다.

청룡검을 앞으로 겨누고, 백호검은 뒤에서 거든다. 청룡운해 두 발, 쌍검으로 펼치는 청룡결의 연환검이었다.

꽈앙! 꽈아앙!

검들이 충돌하는 소리가 화탄이 터지는 폭음과도 같았다.

내력과 기혈이 일순간에 뒤엉키며 눈앞이 까마득해졌다.

죽음의 예감이 뇌리를 스쳐 간다. 마탄포의 발출과 함께 쇄도한 육극신의 파검이 청풍의 머리 위로 쏟아지고 있었다.

"끝이다."

육극신이 발하는 마음의 소리가 뚜렷하게 들려왔다.

백호검과 청룡검은 파검마탄포의 힘이 휩쓸려 제 갈 길을 잃어버린 상황이다. 두 팔을 움직여 파검을 막기엔 이미 늦었다.

절체절명의 위기, 빠져나올 길은 없었다. 그렇게만 보였다.

그때였다.

치링! 치리리링!

청풍의 등 뒤, 열십 자로 교차된 두 개의 검이 하늘로 뛰쳐나왔다.

현무검의 강렬한 묵광이 청풍의 머리 위에서 파검의 일격을 막아내고, 주작검의 날카로운 홍광이 파검의 옆으로 파고들며 육극신의 목을 노렸다.

놀라움의 순간, 육극신의 두 눈에 놀라움의 빛이 스쳐 갔다.

쩡! 채애앵!

공명결로 뽑아낸 현무검과 주작검은 파검의 막강한 힘을 버텨내지 못했다.

현무검이 일격에 튕겨 나갔고, 육극신의 턱 밑에 이르던 주작검도 가볍게 막혀 버렸다.

하지만 그것만으로 족했다.

위기에 빠졌던 청풍의 목숨을 구해주었을 뿐 아니라, 상대에게 있어서도 충분히 효과적인 한 수였다.

휘익, 턱.

백호검과 청룡검을 고쳐 잡으며 뒤로 물러났다. 파검에 부딪치고 공중을 선회한 두 개의 신검이 청풍의 양옆을 맴돌았다.

"어검(御劍)?"

인세에 다시없을 광경이었다.

깎아지른 외모에, 영웅의 기상이 물씬 우러나는 몸 주위로 생명을 얻은 것처럼 하늘을 날고 있는 신검들이 있었다.

아름답다고 표현할 수 있을까.

완전에 가까운 모습이다. 천하를 집어삼킬 듯한 육극신의 패기(覇氣)에도 전혀 밀리지 않을 모습이었다.

'그래, 이제부터 시작이다.'

감추어두었던 모든 것을 꺼낼 때가 왔다.

청풍의 발이 화천의 질주를 시작했다. 질풍처럼 나아가는 그다. 하늘을 나는 두 개의 검이 뒤질세라 그의 뒤를 따랐다.

쿠우웅! 쩌어엉!

청풍의 백호검과 육극신의 파검이 부딪쳤다. 대력투형보의 진각음이 육극신의 일격에 강맹함을 더하니, 선봉인 백호가 단숨에 뒤로 밀려나갔다. 역시나 강했다. 절대자의 위용이었다.

'그래도 간다!'

하지만 그럴수록 도전자 청풍의 눈은 극복의 의지로 불타오르고 있었다. 밀려나는 백호검을 손에서 놓고, 청룡검을 내뻗었다. 백호검과 똑같이 밀려나는 청룡검이다. 반보 앞으로 나가며 몸을 회전시킨 청풍이 비어 있던 오른손을 치켜 올렸다. 오른손 손가락에 감겨드는 홍백의 검자루, 주작검이 그의 손에 잡혀들었다.

파라라라락!

염화인 일격이었다. 지금까지와는 또 다른 무공, 집약된 살기가 대단했다. 육극신이 반보 뒤로 물러나며 대천마진벽의 검벽을 땅 위에 세웠다.

키잉! 쩌저저저정!

대천마진벽 일 초가 무너지고 있었다.

최강의 공격력, 주작검이다. 육극신의 미간이 좁혀지고, 그의 눈이 살의의 섬광을 띠었다. 반보 더 물러나며 왼손을 앞으로 겨눈다.

뒤로 치켜드는 파검, 파검마탄포였다.

일격필살.

파검마탄포의 일격과 염화인의 불꽃이 서로를 향해 짓쳐 나갔다.

두 사람 사이에서 말로 표현할 수 없는 굉음이 터져 나왔다. 사방의 땅바닥이 움푹움푹 패이고, 근처 물가의 살얼음이 미친 듯 부서져 나갔다. 부서져 나가는 주변의 공기처럼, 염화인의 불길도 꺼져서 흩어져 버렸다.

파검마탄포의 위력은 그와 같다.

더 강하고, 더 광대했다.

염화인을 깨뜨리고도 모자라 청풍의 심장을 향해 다가온다. 수류구보, 흐르는 몸의 뒤쪽으로 청룡검을 놓아버렸다. 그곳으로 하늘을 날던 현무검이 잡혀들었다.

콰아아아!

해일처럼 올라오는 힘이다. 철해벽의 방패였다.

파검마탄포의 막강한 검격이 현무검의 철벽에 막혀 그 막강한 위력을 잃어버리고 말았다.

그러나.

육극신의 파검마탄포는 그 일격으로 끝이 아니었다. 언젠가 참도회주에게 들었던 말이 있다. 만혼도를 탈출하던 때, 흠검단주, 성왕검주가 된 갈염이 육극신의 파검마탄포 삼 초를 받아냈었다고.

내뻗었던 파검을 휘돌리며 회전력을 더한다.

파검마탄포 이격이다.

이전보다 더 강할 것이라는 것은 자명한 일.

청풍은 오른손 주작검을 놓아버리고 공중을 선회하던 청룡검을 잡아들었다.

그대로 쌓아 올리는 철해벽이다. 청룡검이 만들어낸 철해벽 뒤에 현무검의 철해벽이 한 겹 더 올라갔다. 철해쌍벽, 파검의 두 번째 마탄이 그 벽을 향해 쏘아졌다.

퍼어억! 쏴아아아아!

커다란 파도 위에 발사한 함포(艦砲)와 같다.

무적의 방패로만 생각했던 철해벽이 대번에 터져 나가고 있었다.

그것이 바로 육극신이다. 회전하는 마탄이 두 번째 철해벽에 충돌했다.

꽈아아앙!

두 번째 철해벽까지 무너진다. 현무검과 마주 닿은 파검이 무서운 진동을 발했다.

세 번째인가.

아니다. 세 번째는 파검마탄포가 아니었다.

그 와중에도 허(虛)를 찌르는 일격이다. 마탄포 대신 파검공진격이다. 공간을 격하여 모여드는 힘의 압축이 청풍의 가슴 앞쪽에서 무서운 살기를 발했다.

꽈아앙!

청풍의 몸이 뒤쪽을 향해 무서운 속도로 튕겨 나갔다.

그의 입에서 진한 핏물이 울컥 뿜어져 나왔다. 따라붙는 육극신의 파검이 청풍의 허리를 통째로 갈라 버릴 듯 휘둘러졌다.
쩌어엉! 터엉! 터어엉!
현무검의 묵직한 검날이 아니었다면 틀림없이 죽었다.
'충격이 너무 강해!'
한번 빼앗긴 싸움의 흐름, 청풍의 신형이 계속하여 뒤쪽으로 밀려났다. 앞에서 몰아쳐 오는 파검을 막아내는데, 그 위력이 너무도 강했다. 전진할 도리가 없었다.
촤아악! 촤아아악!
물소리가 가까워지는가 싶더니, 발뒤꿈치가 젖어드는 곳까지 왔다.
대천진 장강 수면까지 밀려온 것이다. 두 사람의 충돌하는 경력에 물방울이 비산하며 떠오르는 동녘 하늘 태양 빛을 반사시켰다.
쩡! 쐐애애액!
부서지는 살얼음 조각과 튀어 오르는 물살이 희뿌연 빛의 장막을 만들었다.
장엄하기까지 한 광경이었다. 그림 같은 일전이었다.
빛의 장막을 헤치고 솟구쳐 오르는 청풍의 손에서 청룡의 신검이 뛰쳐나왔다. 금강탄을 펼치며 던져 낸 비검(飛劍)이다. 일직선으로 쇄도하는 청룡검이 녹청의 빛을 머금었다.
"하아아압!"
주작검이 날아와 그의 손에 잡힌 것은 청룡검을 던진 것과 동시에 벌어진 일이었다. 그대로 내려치는 염화인에, 육극신의 파검이 대천마진벽의 비기를 펼쳐 놓았다. 금강탄 청룡검과 주작검 염화인을 동시에 막아내는 마진벽! 터져 나오는 충격파에 장강의 물살이 하늘 위로 용솟음쳤다.

쏴아아아아!

비 오듯 쏟아지는 물이다.

멈추었던 육극신의 신형이 다시금 움직임을 시작했다. 뛰어오른 청풍을 향하여 수면 위를 질주한다.

물 위를 달리는 육극신이다. 무한한 능력의 증거였다.

채앵! 채채채채채챙!

공중에 뜬 채로.

파검과 주작검이 얽혀들며 순식간에 십여 합을 교환했다. 두 사람 모두 쾌검의 극치를 보여준다. 틈을 비집고, 아니, 틈을 꿰뚫고 뻗어지는 파검, 청풍의 단전을 향하여 뻗어왔다.

쩌어엉!

어느 것 하나도 육극신을 이기지 못한다? 그렇지만도 않다. 주작이 버티지 못하면 현무다. 현무검 넓은 검신이 파검을 막아내니, 뒤쪽으로 날아가고 마는 청풍의 몸이다.

살얼음 얼어 있는 수면 위에 청풍의 그림자가 비쳐들었다. 던져지듯 하늘을 날았지만 그 뒤에는 그의 발을 버텨줄 땅이 없다. 오직 장강의 물결뿐, 이대로라면 물에 빠질 수밖에 없었다. 따라붙는 육극신을 보는 청풍의 두 눈에 일순간 섬광 같은 빛이 떠올랐다.

촤아아아악!

물 위를 걷는 것.

육극신이 가능했으니, 청풍도 가능했을지 모른다.

하지만 청풍은 다른 방법을 택했다.

수면 위를 스치며 날아온 청룡검 검신 위에 두 발을 올리며 공명결을 최대한 끌어올린다. 물살을 헤치며 선회하는 청룡검, 그 위에 올라

선 청풍이 육극신의 파검을 맞이했다.

쩌어엉!

검 위에 올라 물 위를 난다. 세상에 다시없을 절묘한 기지다.

지닌 바 능력을 다 끌어내고, 거기에서 한발 더 나아가는 순간이었다. 그러면서 청풍은 비로소 사신검으로 펼치는 어검의 진정한 의미를 깨달을 수 있었다.

촤악! 촤아악!

청룡검을 박차고 뛰어올라 육극신에게 짓쳐든다.

주작검으로 염화인을 펼치는 측면으로 하늘을 날던 백호검이 육극신의 빈틈을 노렸다.

공명결, 자하진기의 의식 안에서 신검의 의지가 하나로 귀결되고 있었다.

쩡! 채애앵!

육극신의 두 눈에 처음으로 다급한 빛이 떠올랐다.

공진격을 펼치고, 파검을 휘두르며 주작검과 백호검을 막아냈지만 그것으로 끝이 아니었던 까닭이다. 물살을 가르던 청룡검이 어느새 날아와 그의 등 뒤를 위협하고 있었다. 네 자루의 신검, 상대해야 할 검들이 단숨에 두 배로 늘어버린 것이다.

챙! 채앵!

몸을 돌리며 청룡검을 비껴내고, 이어지는 청풍의 공격을 차단한다. 몰아치는 경력의 여파가 출렁이는 물 위를 미친 듯 내달렸다.

파라라라락!

물 위에서 싸우는 것이 어려웠기 때문일까.

육극신이 장포를 휘날리며 하늘을 향해 신형을 뽑아 올렸다. 수면에서 벗어나 땅 위로 내려서려는 것이다. 뒤를 따르는 청풍의 신형이 빠르게 쏘아졌다.

채앵! 키이이잉! 채챙!

지닌 바 무공을 바닥까지 끌어내며 서로가 서로를 향해 절기들을 펼쳐 냈다.

어느 한쪽도 압도적인 우위를 점하지 못하니, 다섯 합이 열 합이 되고, 열 합이 스무 합이 되는 것은 금방이다. 육극신의 무력이 조금 더 앞서는 듯하였지만, 그것은 누가 봐도 백지 한 장 차이라 할 만했다. 길어지는 싸움에 장강 저편에서 떠오르던 태양이 하늘 위로 올라갔고, 피어올랐던 안개가 옅어지며 차갑게 몰아치는 겨울바람만이 남았다. 시간이 가도 느려지지 않는 두 사람의 신형, 보는 사람의 입을 딱 벌어지게 만드는 신기(神技)가 속출하고 있었다.

꽈아앙! 쩌어억!

몇 합이나 주고받았는지 모른다. 이미 헤아릴 수 있는 숫자를 훌쩍 뛰어넘어 있었다.

내리찍은 파검의 검력이 땅 위에 균열을 만들고, 대지를 밟는 진각에 뚜렷한 족적들이 남는다. 그런 식이다. 그들의 충돌 반경 안에 있는 모든 기물이 무차별로 터져 나가며 경천동지의 격전을 알렸다.

"믿을 수 없다. 저것이 사람의 무공인가……!"

누군가 발한 감탄사, 그것이 곧 그 싸움의 모습이다.

싸우면서 배우고, 싸우면서 강해진다.

청풍뿐이 아니라, 육극신도 마찬가지다.

공중에 떠 있는 검들을 바꾸어가면서, 또는 날고 있는 검들을 그대로 쏘아내며 질풍 같은 공격을 펼치고 있지만, 이미 절대자의 위치에 올라 있었던 육극신은 단 한 자루 반 토막 파검만을 휘두르며 그 신검의 위력을 완벽하게 막아내고 있었다.

쩌어어엉! 파락! 파라라락!

한번의 강렬한 충돌이 있은 후, 두 사람의 신형이 삼 장 거리를 두고 떨어져 나왔다.

청풍의 도포가 발기발기 찢어진 것은 벌써 오래였고, 육극신의 장포 역시 이곳저곳 성한 곳이 없었다. 곳곳에 배어 나오는 핏자국도 한두 군데가 아니다. 직접 검상을 입은 것보다 피부 자체가 버티지를 못하고 터져 나간 곳들이 보였다. 하나하나 파괴력있는 공격을 주고받다 보니, 사람의 육신으로 그 압력을 완전하게 견뎌내지 못한 까닭이었다.

"강하군. 확실히 강해."

육극신의 목소리에는 청풍에 대한 순수한 감탄이 어려 있었다.

서로의 실력을 볼 만큼 본 지금.

기술과 내력이 어느 경지에 이르렀는지도 알았고, 서로의 힘이 어느 정도인지도 알았다.

"이런 싸움은 실로 오랜만이다. 죽이기 아까울 정도야."

육극신은 진심으로 말했다.

절대자의 풍모 속에 인간이 있다. 서로의 진심이 마주 닿는다.

싸움에서 밀려도, 내력이 부족해도.

청풍은 다짐한다.

그가 그 마음속에 있는 언어를 마음껏 발산했다.

"나는 이 싸움에서 죽지 않을 것이오. 얼마든지 그 검을 겨누어보시오."

청풍의 목소리가 바람이 되어 뻗어나갔다.

스쳐 가는 바람.

육극신의 얼굴에 처음으로 웃음이라고 할 만한 표정이 깃들었다.

그러한 육극신.

청풍마저도 자신도 모르는 사이에 맑은 미소를 떠올린다.

운명과 운명이 통렬하게 부딪치는 지금.

결국은 의지의 싸움일진가.

천명(天命)의 무게와 깨달음의 차이로 모든 것을 결정할 때였다.

터엉! 터어엉!

땅거죽이 터져 나가는 진각 뒤에 서로를 향하여 뛰어드는 두 명의 영웅이 있었다.

나아간다.

육극신.

대력투형보 육식에 파검공진격 오초식이 펼쳐졌다.

선회하여 날아드는 두 자루 신검이 보법의 맥을 끊고, 교차되는 두 자루 신검이 공진격의 막강한 폭발을 견뎌낸다. 모여드는 네 자루 검에 폭발적인 기세가 실리니, 발검 사신(四神), 금강탄의 검격이다. 질주하는 사금강(四金剛)에 대천마진벽이 올라오고, 무너지는 벽검 뒤에 네 자루 백야참이 퍼져 나갔다. 사백야(四白野)의 반월(半月)에 대천마진벽 이초가 펼쳐졌다.

상쇄되어 흩어지는 경력이 무시무시한 소용돌이를 만들었다. 신화(神火)를 지피는 불의 소용돌이다. 주작검을 필두로 한 염화인 네 개가 쏟아졌다. 염화사신(炎火四神)이었다.

대천마진벽 삼초식이 올라왔지만, 염화사신의 겁화는 그 벽을 단숨에 허물어 버릴 만큼 거셌다. 육극신이 몸을 돌리며 대천마진벽 사초식을 일으켜 올렸다. 가장 단단하고 견고한 철벽의 무공이다. 공명결로 움직이던 청룡검과 백호검이 먼저 튕겨 나갔지만, 주작검과 현무검은 아직도 염화의 인을 꺼뜨리지 않고 있었다.

빠르게 쇄도하는 두 개의 신검이다. 그에 맞서는 육극신. 그는 대천마진벽을 펼치지 않았다. 왼손을 뻗고 오른손 파검을 뒤로 돌린다. 파검마탄포 일초식, 반격의 마탄(魔彈)을 장전한 것이다.

꽈아아앙!

염화인 두 개와 정면으로 격돌한 파검마탄포다. 불길을 꿰뚫고 쏘아지는 강맹한 검력이 청풍의 중단을 향해 뻗어나갔다. 화천작보의 기쾌함과 수류구보의 신묘함을 동시에 펼쳐 보았지만, 완전히 피해내는 것은 역부족이었다. 사금강, 사백야, 염화사신의 막대한 신기가 그의 육신에 부담을 주었던 까닭이었다.

퍼어억!

청풍의 옆구리가 한 움큼 터져 나가며 붉은 선혈을 내뿜었다. 등줄기를 타고 올라오는 고통 따위는 대수로울 것이 없다. 회전하는 육극신의 파검이 파검마탄포 이초, 마왕(魔王)을 준비하고 있었다.

죽음의 위기, 확장되는 의식이 공명결의 가속을 불렀다.

백호검과 청룡검이 날아와 철해벽의 검결을 일으킨다. 싸우면서 익숙해진 어검(御劍)의 비기였다. 이제는 어검으로 초식을 만들고, 어검으로 강력한 힘을 담고 있었다.

콰콰콰! 콰아앙!

백호검과 청룡검의 방패는 결코 약하지 않았지만 파검마탄포 이격의 위력을 막아내기에는 한참이나 부족했다. 박살나 흩어지는 벽검의 진경 뒤로 마지막 세 번째 벽이 기다린다. 현무검으로 발하는 진정한 철해벽이었다.

콰아아아아!

검과 검이 닿지 않음에도. 두 검이 뿜어내는 내공의 기파가 강렬한 진동을 일으켰다.

힘과 힘의 싸움, 의지와 의지의 싸움이다.

결국.

철해벽이 버티지 못하고 무너진다. 마탄의 경력이 청풍에게 쏘아졌다.

그러나 삼신검(三神劍)의 철해벽, 철해삼벽 뒤에는 아직 굳게 겨눈 주작검이 남아 있었다.

철해벽의 여력과 자하진기의 공능이 주작검 끝에 모인다.

포(砲)에는 포(砲).

현공포(玄功砲)다. 북제 현무의 비기가 주작의 살기를 품고서 마탄포의 공력을 휩쓸었다.

한꺼번에 삼켜서 단숨에 내뿜는 일격이다.

마탄포를 무위로 되돌리고 육극신의 전면으로 몰아칠 때.

휩쓸려 깨져 버릴 듯했던 육극신의 파검이 일순간 모든 것을 지워 버릴 것 같은 묵광(墨光)을 피워 올렸다. 삼초식 파검마탄포의 마지막 일격, 마신(魔神)이었다.

우우우우우웅! 화아아악!

앞으로 나아가던 현공포 검력이 마신의 위력에 부딪치며 커다란 뒤틀림을 겪었다.

중단을 노렸던 막대한 공력이 단숨에 꺾여지고 만다.

왼쪽 어깨를 부숴놓고 지나가는 검력.

그러나 그것으로 끝이다. 육극신은 어깨 한쪽이었지만 청풍은 목숨이다. 마신(魔神)의 탄포(彈砲)가 청풍의 전신을 휩쓸었다.

콰아아아앙!

화탄이 터지는 소리다.

지축을 울리는 소리뿐 아니라, 그 광경까지도 그랬다. 일 장에 가까운 땅거죽이 터져 나가며 부서진 돌 가루가 사방에 흩날리고 있었다. 흙먼지가 피어오르고, 숨 막히는 적막이 찾아들었다.

"그것밖에 못하나?"

어디에서 들었던 소리였던가.

모든 것이 까마득한 어둠 속이다.

이내 청풍은 그 목소리의 주인을 기억해 낼 수 있었다.

다름 아닌 을지백의 목소리다. 과거의 을지백인지, 아니면 청풍 자신이 발한 마음의 목소리인지는 알 수가 없었다. 그 목소리가 말했다.

"어검(御劍)의 묘리(妙理)를 깨우치고도 그 정도라니, 아직 멀었어."

여전한 말투였다. 스쳐 지나가듯 의식 저편으로 사라진다. 을지백이 사라진 자리로 진중한 목소리, 천태세의 목소리가 채워졌다.

"타고난 품성이 선(善)하다면, 검(劍) 역시도 세상을 살리는 활검(活劍)을 쥐어야 하겠지. 원한이 제아무리 깊다 한들 똑같이 갚아준다고 무슨 의미가 있을까. 눈으로 하늘을 받아서 마음으로 세상을 열어야 진정한 신검(神劍)을 얻을 수 있느니라."

마음으로 세상을 열어라. 천태세가 세상 밖으로 사라졌다. 자유로 충만한 불꽃의 영혼이 찾아들었다.

"이제 와 활검이라고 한들 마음에 와 닿는 것이 아니겠지요. 살검(殺

劍)을 알아야 활검도 쥘 수 있는 법! 그것은 구하고자 하여 오는 것이 아니라, 마음이 닿는 순간 얻을 수 있는 것입니다. 전장에 있다면 전장의 검(劍)을 마음껏 휘두르는 것이 무도(武道)의 진리일 터……. 검을 잡고 일어나십시오. 쉬고 있을 때가 아닙니다."

싸움에 미쳐 버린 무공광, 그렇게만 생각했던 남강홍이다.

그가 말했다. 쉬고 있을 때가 아니라고. 청풍은 비로소 자신이 있는 곳이 어디인지 알 수 있었다.

싸움터다.

그의 육신은 싸움터에 있었다. 상대는 다름 아닌 육극신. 파검마탄포에 휩쓸려 이르게 된 의식 저편의 어떤 곳, 청풍이 있는 곳은 정신을 잃은 어둠 속 그곳이었다.

"주작살과 현무갑을 펼쳐 놓고도 스스로 무엇을 했는지도 모른다. 스스로 무엇을 했는지도 모르는 자가 자신이 누구인지 알 수 없는 것은 당연한 이치다. 그런 자가 만검의 제왕을 칭할 수 있겠는가. 내가 모시던 제왕이 아니었기에 무공을 논하고 싶지 않았다. 하지만 이렇게 죽게 놔두어서야 안 되겠지. 이 싸움은 그저 검을 겨루는 싸움이 아니다. 근원에 이르러서 진정한 모습을 보여라."

북제, 북진무의 목소리가 청풍의 가슴을 뚫고 들어왔다.

그를 일깨우는 말이다.

그는 다른 셋처럼 무공을 가르쳐 준 이가 아니었다. 난데없이 나타나곤 했던 다른 세 명 같은 스승이 아닌 것이다.

그럼에도 이제 와 가장 큰 깨달음을 전해주는 북진무였다.

숙명의 싸움에서 무엇이 필요한지 알려준다.

청풍의 근본, 청풍이 청풍으로 있게 해준 모든 것.

그의 몸 깊은 곳으로부터 새로운 힘이 생겨났다.

자하진기다.

훗날 전설이 되어 전해지게 된 화산파 최강의 심법인 자하신공이 그의 몸을 새롭게 일으키고 있었다.

오랜 시간이 흘렀다고 생각했지만, 청풍이 쓰러져 있었던 시간은 길지 않았다.

터져 나간 대지 위에 일어나는 청풍이다.

옆구리에서 흐르는 피의 양이 지독히도 많았지만, 묘하게도 아무런 아픔이 느껴지지 않았다.

사실은 일어나서는 안 되는 육신이다. 일어날 수 없는 몸 상태였다.

그런데 이상하게도 일으키는 몸이 무척이나 가벼웠다.

모든 것을 다 할 수 있을 것 같고, 세상 어디라도 갈 수 있을 것 같다.

백호무, 청룡결, 주작살, 현무갑.

배운 것과 배우지 않은 것까지 한꺼번에 모두 다 펼쳐 놓을 수 있을 듯했다.

"일어났나? 놀랍다. 이해할 수 없어."

육극신의 눈이 평생에 처음 경험하는 불가해(不可解)로 얼룩졌다.

청풍의 전신에 신비한 노을빛이 서린다.

기(氣)였다.

신공(神功)이었다.

자연에 충만한 기(氣)를 무한정 받아들인다. 천인(天人)의 경지였다.

"마지막이오. 내가 받은 모든 것을 여기에 걸겠소."

상처를 입은 육신에, 뒤틀려 버린 기혈이다.

받아들이는 기(氣)는 무한정이었지만, 그 기를 받아들이는 그릇은 이미 그 힘을 유지하기 어려운 상태였다.

오래가지 못할 것이다. 깨달음의 순간은.

하지만 그것도 괜찮다. 잠깐의 시간으로도 족했다.

이번 격돌로 끝나기 때문이다.

청풍의 눈이 질풍의 바람을 머금었다.

땅을 박찼다. 육극신의 파검이 가까워졌다.

그에 맞서는 청풍.

청풍은 어떤 검도 선택하지 않았다.

주작검을 놓고 현무검까지 놓아버렸다.

떠올라 맴도는 네 개의 신기(神器)가 그의 마음속에 섞여들었다.

우우우웅!

최후의 순간에 돌입했다.

인간이 도달할 수 있는 시공의 정점이 거기에 있다. 모든 시간이 하나로 이어지고, 모든 공간이 어떤 시점에서 멈추었다.

소리가 없어지고 색이 없어졌다. 냄새도 촉감도, 차갑게 느껴지던 겨울바람도 사라져 버렸다.

마지막은 빛이다.

빛까지 없어진 그의 심안(心眼)에 무시무시한 기(氣)의 파도가 비쳐 들었다.

육극신이었다.

육극신을 이루고 있는 기(氣)의 본체가 그의 앞에 다가오고 있었다.

"세상 모든 것들은 기(氣)를 근간으로 하고 있다. 유형 만물의 비롯됨은 기(氣)에 있으니, 스스로의 안에 있는 기(氣)를 느끼는 것이 첫째요, 다른 사물 안에 있는 기(氣)를 느끼는 것이 두 번째다. 천지간에 충만한 기(氣)를 끌어 쓰며 음과 양, 만재(萬在)의 실체를 받아들일 수 있도록 하는 것이 곧 운기(運氣)다."

사부의 목소리가 오랜 시공을 뛰어넘어 청풍의 귓전을 울렸다.
청풍의 몸에 비친 노을빛이 진해졌다.
청풍의 기(氣)가 세상 만물의 기(氣)와 섞여 우주(宇宙)의 이치를 품었다.
사신검도, 육극신의 파검도, 그의 숨소리에 온전히 생동한다.
화산의 검, 사신의 검. 질풍의 검.
결국은 그것도 하나로 귀결된다.
사부가 넘겨준 의지, 그가 만나온 사람들과의 인연, 모든 것이 청풍의 마음속에 있다.
청풍의 검.
그의 생명이 발산하는 검의 울림이 육극신과 그의 파검을 한꺼번에 끌어안았다.
버언쩍!
빛의 난무가 뒤따랐다.
난무하는 빛의 향연 끝에 명멸하는 생명이다.
혼돈으로 피어올라 산산이 흩어진다.
두 사람의 기(氣)가 장엄한 빛무리로 하늘 높이 사라지고 말았다.

치링! 치리링!

청풍의 등과 허리로 네 개의 검이 날아와 검집에 꽂혔다.

그것이 마지막이다.

손가락 하나 들 힘도 남지 않았다. 피투성이가 된 가슴, 청풍의 몸이 위태롭게 흔들렸다.

"사부의 원수를 갚는다고 했던가. 이제야 알겠다. 그 빛, 똑같은 노을빛이다. 그는 내가 지금까지 상대했던 고수들 중 손꼽을 정도로 강한 자였다. 그 사부에 그 제자다."

육극신의 목소리는 아득했다. 생기를 잃어가고 있음에도 그 안에 가득한 위엄은 사라지지 않는다.

사문에서 멸시를 받아 결국 죽음으로 내몰렸던 사부님. 그러나 청풍의 사부님는 천하를 굽어보던 절대고수의 머리 속에 강자(强者)의 이름으로 기억되고 있다. 여한(餘恨)이 없었다. 육극신의 입에서 나온 말이기에, 화산에서 해줄 수 있는 그 어떤 보상보다도 의미있는 한마디였다.

"길고도 긴 시간이었다. 지금에 와서야 그 가눌 길 없는 허무(虛無)의 사슬이 끊어지는구나. 한 번 검이 부러졌을 때 끝냈어야 했던 것을……. 이젠… 쉴 수 있겠어."

마음에 직접 전해지던 육극신의 목소리가 결국 완전히 사그라지고 말았다.

그가 쓰러지고 있었다.

청풍에게 기나긴 사연이 있었던 것처럼, 육극신에게도 그가 걸어온 여정이 있었을 것이다.

그것도 오늘로 끝이었다.

더 이상 이어질 수 없는 길이다. 반 토막 남았던 파검은 산산조각으

결전(決戰) 273

로 부서졌고, 멈추지 않던 파멸의 의지도 그 검과 함께 사라져 버렸다.
 쿵!!
 일대 거성(巨星)이 떨어지는 순간이다.
 동시에 청풍의 몸도 쓰러진다. 대지에 몸을 눕힌 두 영웅, 미동조차 보이지 않는다. 사람들의 웅성거림이 그들의 몸 위로 내려앉았다.
 "누가… 누가 이겼지?!"
 두 사람 모두 쓰러졌으니, 무공으로 뚜렷한 승자를 가릴 수가 없다.
 동귀어진이라는 말이었다.
 그렇다면 살아남은 자가 승자다. 두 사람 모두 죽었다면 동패(同敗)요, 두 사람 모두 살았다면 무승부다. 하나둘 다가드는 듯하더니, 이내 수많은 사람들이 격전지로 몰려들었다.
 "……!!"
 "상세가 심각합니다! 큰일입니다!"
 가장 먼저 움직였던 것은 다름 아닌 하운과 매한옥이었다.
 매한옥이 청풍을 살피는 동안 하운은 육극신의 기척을 엿보았다. 차마 가까이 다가가지는 못했던 하운, 그의 안색이 크게 굳었다.
 '생기(生氣)가 느껴지지 않는다! 그렇다면!!'
 청풍의 상세도 큰일이었지만, 육극신의 죽음은 더 큰 문제다.
 몰려드는 비검맹 무인들이 까마득했다.
 비검맹은 공명정대한 문파가 아니다. 아니나 다를까, 지척에 이른 두 검존의 얼굴이 서릿발처럼 굳어지는 것이 보였다.
 '안 된다……! 서둘러야 해!'
 하운은 그 흔한 경호성조차 울리지 않았다.
 막무가내로 청풍을 들쳐 업고 몸을 날리기 시작했다.

상세가 악화된다? 그래도 어쩔 수 없다.

서두르지 않으면 죽는다.

매한옥의 눈에 놀라움이 가득 찼지만, 그 역시도 일순간에 사태를 파악하며 하운을 뒤따랐다. 검을 뽑고 한발 먼저 큰 소리로 외쳤다.

"매화검수는 길을 열어라!!"

매화검수들의 상황 판단도 빠르기는 매한가지였다.

하나의 싸움이 끝나고, 새로운 싸움이 재개되고 있었다.

뒤쪽으로부터 전해지는 살기가 엄청났다.

"한 명도 살려 보내지 않겠다! 모조리 죽여라!!"

무시무시한 내력이 담긴 목소리가 대천진을 사납게 휩쓸고 있었다.

이곳에 온 검조들 중 하나, 영검존이었다. 그의 전신에서 강렬한 마기(魔氣)가 뿜어지고 있었다.

채채채챙!

비검맹 무리들이 달려들었다. 두 검존도 직접 몸을 날려왔다. 대기하던 매화검수들이 모여들며 그들을 막기 위한 진용을 짰다.

'매화검수들만으로는 오래 버티지 못한다! 어떻게든 살려야 하는데!!'

하운의 발이 더 빨라졌다.

비검맹이 강호인들을 통제하기 시작했을 때부터 어느 정도는 예측했던 일이다. 오히려 놀란 것은 비검맹 측일 터, 설마 하니 육극신이 죽을 것이라고는 생각하지 못했으리라.

채챙! 슈각!

당황했기도 했으련만 적들의 움직임은 생각보다 훨씬 더 빨랐다. 달려들며 검을 날려오는데 그 기세가 사납기 그지없었다. 매한옥이 앞으

결전(決戰)

로 나아가며 적들을 베어 넘겼다.

채채챙! 채챙!

매한옥의 검은 강했다.

화산무공의 정수를 제대로 구사하는데, 그 위력이 실로 대단했다.

하지만 그래도 어렵다. 적들의 수가 너무 많았다. 미리 생각해 두었던 도주로로 뛰고 있었음에도 돌파가 여의치 않은 것이다. 비검맹의 살기를 너무 가볍게 본 것이 문제였다.

채애앵! 촤아악!

급기야는 느려지기 시작한다. 달려가던 하운의 속도가 줄어들고 있었다.

매한옥 한 사람만으로는 무리다. 모든 방향을 다 막아내지 못하고 있다. 매한옥이 미처 막아내지 못한 적들의 흉수가 하나둘, 하운의 곁에까지 이르고 있었던 것이다.

'위험하다……! 돌파하지 못하겠어!'

매한옥의 얼굴에 다급함이 감돌았다. 매한옥의 방어를 뚫고 들어온 비검맹 무인 한 명이 검을 날려오고 있었다. 청풍을 들쳐 업은 왼손에 힘을 더하고, 오른손으로는 허리춤의 검을 뽑았다. 이렇게 된 이상 그 역시도 손을 써야만 했다.

채앵!

적의 검을 튕겨내는데, 운신이 무척이나 어려웠다. 기식이 엄엄한 청풍 때문이다. 청풍의 상세는 그저 심각한 정도가 아니었다. 조금만 잘못 건드려도 죽을지 모른다. 절체절명의 위기였다. 빠져나갈 길이 막막해 보였다.

쩌어엉! 빠악!

그때였다. 구원의 손길이 다가온 것은.

하운과 매한옥을 따라붙으며 한 자루 철봉을 휘두르는 이가 있었다. 젊은 남자였다. 허름한 누더기를 입고 있었다.

"이쪽이오!"

한 명을 더 물리친 그자가 하운을 돌아보며 외쳤다. 강철로 만들어진 타구봉, 그 얼굴을 알아본 하운의 표정이 묘하게 변했다.

"철살개? 개방이?!"

"수로맹에서도 배를 보내주었소. 생문(生門)은 육로가 아니라 수로요!"

퍼억! 콰아앙!

적들을 헤집고 있는 것은 철살개 한 명이 아니었다.

어느새 나타난 초로의 거지 하나가 매한옥의 곁에서 팔선각의 절기를 보여주고 있었다.

"비켜라!"

마대 자루에 걸려 있는 칠결 매듭이 그의 신분을 나타내 준다. 폭급한 목소리가 웅혼한 내력을 담고 있었다. 개방 장로, 광풍개였다.

파바박! 쐐애액!

철살개, 광풍개.

두 사람 모두 한때 청풍을 쫓아와 일전을 벌였었던 고수들이다. 그랬던 그들이 활로를 열어주고 있다. 그 두 명뿐 아니라, 대천진 한쪽으로 수십에 이르는 개방 거지들이 달려오고 있었다. 대규모의 싸움, 청풍을 구하기 위한 일전이었다.

"저기에서 꺾어지면 되오! 그분이 기다리고 있소!"

철살개가 뒤로 빠지며 후미를 맡았다. 적들의 추격이 거세다. 저 멀

결전(決戰) 277

리로 영검존과 태검존까지 따라오고 있었다.

하운과 매한옥이 강가의 길을 돌아 대천진 외곽에 이르렀다. 바위로 가려진 지형, 흑색의 철선, 수로맹의 쾌속선이 그곳에 있었다.

"이렇게 될 줄 알았지. 어서 배에 오르시오!"

하운과 매한옥의 얼굴에 놀라움의 표정이 스쳐 갔다.

뜻밖의 인물이었다.

개방 후개, 장현걸이다. 청풍의 적이었으되, 도리어 목숨을 구원받았고, 이후 인의대협이라 알려졌던 풍대해 장로의 만행을 폭로하며 개방을 통째로 뒤엎은 장본인이었다.

"어찌하여 여기에……!"

"설명할 여유가 없소. 사내대장부가 감당 못할 은혜를 입었으면 마땅히 갚아야 하는 법, 죽을 때까지 갚아도 모자랄 따름이오!!"

장현걸의 눈은 그 어느 때보다도 순수한 빛을 띠고 있었다.

쾌속선 무풍(無風)에 오르는 하운과 매한옥이다. 조심스럽게 청풍을 내려놓고 보니, 매한옥으로서는 또 한 명의 익숙한 얼굴을 만날 수가 있었다. 수로육손 백언이다. 그가 무풍의 철노를 잡고 있었던 것이다.

"오랜만에 뵙소만 인사할 여유가 없군! 서두릅시다!"

백언은 지체없이 노를 저었다.

빠르게 강물로 나아가는 그들 뒤로 영검존의 모습이 비쳐들었다. 무풍을 향하여 뛰어오르려던 그가 일순간 몸을 멈추고 한쪽을 돌아보았다. 강변을 따라 걸어오는 한 명의 승려 때문이다. 마른 몸에 병약해 보이는 승려(僧侶). 하지만 그 외모와 달리 놀랍도록 그의 몸에서는 강력하기 이를 데 없는 기파가 뿜어지고 있었다.

"수로맹주의 친우요. 함께 왔지. 검존은 그가 막아줄 것이오."

"검존은 둘입니다. 저 승려 혼자 막을 수 있겠습니까?"
"하하하, 수로맹주의 친우는 한 명이 아니라오."
노를 저어가는 백언의 얼굴에 회심의 미소가 깃들었다.
한 명이 아니라는 말, 어찌 되었든 두 검존의 추격을 막을 수 있다는 이야기다. 일단 고비는 넘겼다는 말이었다.
결국 가장 큰 문제는 청풍의 상세라고 할 수 있었다. 끊어질 듯 끊어질 듯 이어지는 청풍의 호흡이 곁에서 보는 것만으로도 위태롭기 짝이 없었다.
"해명 선사와 모용세가의 청백신의를 수배해 두었지. 늦지 않으면 좋겠는데."
"청백신의와 해명 선사를?"
하운의 반문에 장현걸이 고개를 끄덕였다.
청백신의와 해명 선사는 두 사람 모두 신의(神醫)로 이름이 높은 인물들이었다.
예상 밖의 조력자 장현걸.
부상을 치료할 의원들까지 찾아두었다 하니, 그야말로 놀랍다 아니할 수 없다. 의원들을 만날 때까지. 그때까지 버티기만 하면 살 수 있다. 희망의 빛이 비치고 있었다.
"그나저나……."
장현걸의 목소리.
독백처럼 하는 말이다. 천천히 이어지는 몇 마디 이야기가 전에 없이 깊은 울림을 품었다.
"그 육극신을 쓰러뜨리다니… 질풍검… 강호의 역사가 새로 쓰이겠어."

결전(決戰) 279

바람이란 눈으로 볼 수 없는 것.

무엇인가 날고 있어야 그 바람의 존재를 알 수가 있다.

육극신과의 싸움이 끝나고, 하나의 숙명이 사라진다.

바람과 함께 날고 있는 인연들, 과거의 인연들이 그 기적 같은 숙명의 마지막을 장식하고 있었다.

■제27장■
질풍검(疾風劍)

화산질풍검의 탄생.

그것을 기점으로 화산파에서는 지대한 변화가 있었다고 전해진다.

문규의 엄격함은 그대로였으나 제자들의 문풍에서 느껴지던 각박함은 훨씬 더 줄어들었다 이야기되며, 보무제자에서 매화검수로 이어지는 계급화의 폐단도 예전보다 크게 적어졌다고 한다.

화산성검과 화산옥검 두 사람을 중심으로 새롭게 개편된 매화검수는 이전보다 훨씬 더 강한 무력을 뽐내게 되었으며, 화산질풍검의 자하진기는 자하신공(紫霞神功)이라는 이름으로 새롭게 명명, 화산파 최강의 내공심법으로 자리매김하게 되었다.

화산질풍검의 독문무공인 사신검공(四神劍功)은 화산파의 절기로는 편입되지 않았지만, 질풍검 일맥으로 전수되며, 훗날 질풍검은 그 자하신공을 바탕으로 화산파 고유의 무공들을 집대성하였다고 알려졌다.

한때 강호난세에 휩쓸려 크게 흔들렸던 화산파는 그와 같은 질풍검의 능력을 발판 삼아, 다시금 천하 검문의 수좌를 넘볼 수 있게 되었다고 하니, 그것은 일대 영웅의 존재가 문파에 미치는 영향을 단적으로 보여준 사례라 할 수 있겠다.

질풍검이 거하는 운대봉 자하연(紫霞淵)은 화산무학(華山武學)의 성지로 받들어지게 되었고 질풍검의 사신검은 화산 무력의 상징으로서 화산검문의 무가지보로 여겨지고 있다. 그 외에도…중략…….

한백무림서 인물편
제삼장 화산파 中에서.

질풍검(疾風劍)

몇 해가 지나도 화산의 장엄함은 변함이 없었다.

새로운 해가 밝는 때, 춘절이다.

자신의 뿌리를 찾아 고향으로 움직이는 사람들.

그리고 그리운 얼굴들을 보기 위해 길을 떠나는 사람들이 온 중원천지를 수놓았다.

화산에도 그것은 어김이 없는지라.

바람처럼 강호를 떠돌던 사람들도.

한곳에 눌러앉아 풍월을 흘려보내는 사람들도.

결국은 세월 따라 변해가는 세상에 누군가를 찾아서 제각각 자신의 길을 가고 있다.

그 뻗어서 엉키는 수많은 길들의 끝에.

화산으로 모여드는 사람들이 있었다.

화산 운대봉 중턱.

자하연(紫霞淵)이라 불리는 연못이 있었다.

기암과 수목이 신비롭게 조화되어 있어 경치가 좋기로 손꼽히는 곳이다. 그 이름, 노을이 지면 마치 석양이 그 연못 안에 빠져들기라도 한 것처럼 빛이 나 더욱더 아름답게 변하는 장소였다.

"그 소문 들었나?"

"무슨……?"

"성혈교의 외팔이 사도(使徒) 이야기."

"외팔이… 풍 사제에게 팔을 잃었던 그 남자 말입니까?"

"그래. 그자."

자하연으로 향하는 길이다. 두런두런 이야기하며 올라오는 남자 두 명이 있었다.

"그자는 무척이나 강했지요. 한데 그자가 왜……?"

"그자가 금마륜과 행동을 같이하고 있다더군."

"금마륜? 성혈교의?"

"정확히는 성혈교였던… 이겠지."

"그렇기도 그렇군요."

"성혈교의 부활은 이미 기정사실이 되어버렸고… 금마륜이 도리어 그 성혈교에게 광륜을 겨누고 있다는 소문도 이제는 다들 인정하고 있는 바지. 그런 금마륜에 사도가 함께한다니 그저 놀라울 따름이야."

"내분인지도 모르지요."

"내분… 이라기엔 좀 더 복잡한 것이 아닐까."

"어느 쪽이든 금마륜이 성혈교와 싸운다고 한다면 우리로서는 나쁘지 않은 이야기일 겁니다."

"그도 그렇겠지."

두 사람은 같은 나이다. 하지만 먼저 소요관을 통과했던 쪽이 사형으로 불리고 있다. 매화검수 시절의 호칭, 이미 그 굴레를 벗어난 후였음에도 그 편이 훨씬 더 자연스러웠다. 자하연으로 오르는 두 사람의 얼굴엔 무거운 화제와는 별개로 오랜만의 만남에 대한 반가움만이 가득했다.

"이쪽도 슬슬 움직여야 하겠어요?"

"맞는 말이다. 서천각에서도 서두르고 있어. 벌써 매화검수들도 하산을 시작했고 말이야."

"이래저래 풍 사제만 고생하겠군요."

"이번엔 우리도 도와야지. 가릉대혈전 때는 심했어. 적지에 고립된 평검수 열 명을 구한다고 오백 명 무인 한가운데로 뛰어들다니……"

"하하. 사형은 안 그러셨습니까? 저번 신마맹과 싸울 땐 사형도 만만치 않았죠."

"그때는 너도 있었잖아. 서로 얼굴에 금칠하는 짓은 하지 말자고."

웃음을 주고받는 남자 둘.

그들은 다름 아닌 하운과 매한옥이었다.

깊은 밤 화산 중천에 고결하게 빛나는 별, 화산성검(華山星劍) 하운.

차가운 매화 그늘을 떠나 아름다움을 발하는 검, 화산옥검(華山玉劍) 매한옥.

이제 원숙의 경지에 이른 그들, 강호에서 화산을 말할 때 반드시 나오는 이름들이다. 당금의 화산파를 이끄는 강력한 주축들이었다.

"그나저나 사저가 늦는군요. 자하연이 지척인데 말입니다."

"그러게 말이지. 또 개방 때문인가?"
"아무래도 그런 모양이지요. 아, 저기 오는군요."
"역시나 함께 오시는군."
"어? 그런데 한 명이 더 있는데요?"
꺾여서 올라오는 길이다.

이야기를 나누며 천천히 걸어오는 세 사람이 있었다. 가장 익숙한 얼굴은 가운데에 있는 여인. 한 명은 겨우 안면을 텄으나 아직까지도 별로 마음에 들지 않는 남자였고 한 명은 전혀 모르는 자였다.

"간만에 뵙습니다."
"좀 늦었어? 그렇지?"

하운과 매한옥이 고개를 꾸벅 숙였다. 연선하가 웃으면서 밝은 목소리를 낸다. 시간이 비껴가기라도 한 듯, 아직까지도 이십대의 미모를 간직하고 있는 그녀였다.

"이제는 제집처럼 드나드는군요. 개방 일은 잘되셨나 봅니다."
"말에 가시가 돋쳤군 그래."
"돋칠 만도 하지요. 연 사저는 아직도 많은 제자들의 우상이니까요."
"하하. 그런가? 하지만 그럴 이유가 없는데."
"요즘 들어 함께 보이는 일이 잦습니다. 강호에서도 소문이 파다하지 않습니까."
"그럴 리가… 무림의 일 때문에 만나는 것뿐이라고. 공적(公的)인 관계일 뿐이야. 우린."
"제발 그 말이 사실이길 바랍니다."

매한옥의 핀잔에 연선하와 장현걸이 동시에 미소를 지었다.

백결신룡, 오늘날엔 개방용음(丐幫龍吟)이라 불리는 장현걸이다.

오른팔 흰 매듭 하나 짊어지고, 예전 개방을 되찾아가는 남자가 그다. 잘못되었던 삶의 길, 그 누구보다 먼 길을 돌아왔던 그의 얼굴에도 이제는 정명한 기도가 충만해 있었다.

"그보다, 이분은 누구신지?"

하운이 연선하와 장현걸의 뒤쪽에서 따라 올라오던 남자를 보며 물었다.

뒤로 묶은 머리, 젊은 얼굴에 진한 눈썹과 강한 눈빛을 지녔다. 날카로운 얼굴 선을 갖고 있었으나, 그리 어두운 인상은 아니었다.

"처음 뵙겠소. 화산성검과 화산옥검, 그 자자한 명성은 익히 듣고 있었소. 내 이름은 한백(韓白), 자(字)는 백림(白林)을 쓰고 있소."

"화산파, 하운이오."

"매한옥이오."

무림의 협객이라기보다는 문사(文士)에 가까운 기도를 지니고 있다. 한백, 강호에 알려지지 않은 자. 하운과 매한옥으로서는 생소할 수밖에 없는 이름이었다.

"화산에는 여러 번 올라와 봤지만, 이처럼 쟁쟁한 분들을 뵐 기회는 이제껏 없었소. 두 분을 보니 알겠소. 화산의 고절함은 역시나 이렇게 이어지는가 보오."

공치사로 말하는 것이 아니다.

솔직한 말 안에 숨겨져 있는 의미가 상당했다. 화산의 위기와 그 극복을 잘 알고 있다는 눈빛이다. 범상치 않은 남자, 쉽게 만날 수 있는 인물이 아니었다.

"칭찬이 과하군요. 한데 어쩐 일로 이 험지까지 걸음을 하셨소?"

"사람을 배우고자 왔소. 전할 물건이 있기도 하고."

"전할 물건? 누구에게 말이오?"

"청풍 대협께 말이오."

한백의 목소리는 굵었다.

무공을 익혔는지, 익히지 않았는지 모호한 기도를 품고 있는 남자다. 이토록 험한 화산을 올라오면서 숨소리 하나 흐트러지지 않은 것을 보면, 내력이 정심하다는 것만큼은 분명하다. 하지만 그뿐이다. 평온한 숨소리를 제외하고는 무공을 익힌 흔적을 찾아보기 힘들었다. 특이한 자였다.

"풍 사제에게 어떤……."

하운이 고개를 갸웃하며 물을 때다. 연선하가 끼어들며 하운의 어깨를 두드렸다.

"그만, 하운 사제. 사제는 경계심을 거두도록 해. 한 공자는 그런 분이 아니야."

원래부터 한백을 알고 있었다는 어투였다.

그녀의 말. 하운이 날카로운 눈빛을 지워냈다. 그가 포권을 취하며 한백에게 고개를 숙였다.

"미안하오. 세상이 어지러운 만큼 나도 모르게 검의 예기(銳氣)만 늘려놓았던 모양이오. 무례하게 군 것은 사죄하리다."

"무례라니 당치 않소. 뛰어난 무예에 그토록 겸손한 인품이라니, 과연 화산 차기 장문으로도 손색이 없겠소."

웃으며 말하는 한백이다. 그러나 그의 말에는 여전히 가볍지 않은 의미가 담겨 있다.

마치 예언과도 같이 하는 말, 깊이를 알 수 없는 한백의 눈빛에 하운의 눈이 미미하게 흔들렸다.
 "그 화법(話法)은 도통 변한 게 없군요? 한 공자도 정말 못 말리겠네요. 여하튼, 자세한 이야기는 올라가서 나눠요. 우리는 당신과 당신 친구들이 할 만한 이야기엔 아직 익숙하지 않으니까."
 연선하가 미소를 지으며 말했다.
 화산파 차기 장문을 논하는 것. 천하의 판도를 논하는 대화다.
 한백과 그의 친구들.
 대체 어떤 인물들을 말하는 것일까. 그런 대화를 일상적으로 한다는 것, 대체 어떤 이들이 있기에 천하의 대사를 그토록 가볍게 말할 수 있는지 궁금할 따름이었다.
 한백은 더 이상 다른 말을 꺼내지 않았다.
 대신 자하연이 가까워 올수록, 그 얼굴에 기대감이 어린 표정을 지어낼 뿐이다. 고대하던 것을 기다리는 사람처럼 위로 오르는 발길이 힘찼다. 이윽고 자하연의 지척에 이르렀을 때였다.
 화산 준봉에서 불어오는 바람을 맞으며 아래를 돌아보던 장현걸이 고개를 갸웃하며 옆에 오르던 매한옥에게 물었다.
 "그러고 보니 만통 어르신도 이곳으로 오신다고 하셨던 것 같던데?"
 "만통자께선 자하연까진 오르지 않겠다고 하셨습니다. 단지 장문인을 뵈러 오셨을 뿐이라고······."
 "아, 어르신은 벌써 만나뵈었나?"
 "만나뵈었지요. 본 파로 오셨었습니다. 운수(運數) 이야기를 하던데, 무슨 말인지 도통 알아듣기가 힘들었던지라······."
 "그렇지. 그 양반이 하는 말은 언제나 그래."
 다들 오랜만에 듣는 이름이다.

두런두런 옛 사람들을 추억하자니, 어느새 자하연 앞이다.

연못 주위에 둘러쳐진 기암괴석들 사이로 신비로운 기화요초들이 아직 물러가지 않은 겨울을 몰아내기 위해 새싹을 틔우며 애를 쓰고 있었다.

자하연 옆을 돌아가자 작은 화단과 담장이 나타났다. 담장 안쪽의 넓은 공터에는 놀랍게도 이리저리 장난을 치는 아이들이 있었다.

솜털 채운 도복을 입은 소동(小童)들. 그저 보는 것만으로도 행복한 풍광이다. 아이들 중 한 명이 일행을 발견하고 소리쳤다.

"운(雲) 사부! 매 사부!"

와아아 하며 뛰어오는 아이들만도 열 명에 달했다. 기껏해야 대여섯 살에서 열 살 남짓한 꼬마들이다. 하운과 매한옥이 서로를 돌아보며 의아한 표정을 지었다.

"아니, 너희들이 여긴 어떻게?"

"응! 태사부님께서 사모(師母)가 심심해할까 봐 같이 놀러 오자셨어!"

"태사부님?"

"매 사부는 태사부도 몰라? 풍 사부한테 무공 배우러 오면 가끔 같이 가르쳐 주셔. 머리가 막 하얀데, 꼭 하늘에서 내려온 신선 같아!"

무작정 매한옥의 품에 안긴 소동이 목소리를 높이며 말했다.

그 옆으로 달려온 아이 하나가 뒤를 돌며 손가락으로 가리켰다. 그러자 그쪽을 본 매한옥과 하운의 안색이 단숨에 변했다. 연선하와 장현걸, 한백의 표정이 삽시간에 굳어졌음도 물론이다.

"검신… 께서……!"

포권을 취하며 일제히 고개를 숙이는 일행이다.

매화검신 옥허 진인 거기에 있었다. 풍암당, 작게 내걸린 조그만 집쪽에서 천천히 걸어나오는데 그 모습이 아이들의 말처럼 하늘에서 온 신선과도 같았다.

"뭘 그렇게 놀라고 그러나. 장대한 화산의 품에선 다 같은 아이들일진대."

무공의 강자라기보다는 구도(求道)의 선인이다. 너무나 넓어서 모든 것을 포용할 것 같은 기도다. 압도적이라는 표현으론 도무지가 어울리지가 않을 정도였다.

"제자, 하운. 검신을 뵙습니다."

"제자, 매한옥입니다. 검신을 뵙습니다."

"검신이라니! 검은 버린 지 오래다. 그저 옥허일 뿐이니라."

"그래도 진인께서는 언제나 제자들의 마음속에 신검이실 따름입니다."

연선하가 고개를 깊이 숙이며 말했다.

더할 나위 없는 공경함이다. 장문인을 대할 때와는 또 다른 존경심이었다.

"그쪽은 후개인가? 용두방주가 걱정을 하더니만, 자넬 보니 이제는 그 친구도 한시름 덜었군."

"개방의 장현걸입니다. 여러 어르신들께 끼쳐 드렸던 심려에 송구스러울 뿐입니다."

"허허허. 나쁘지 않다, 나쁘지 않아. 이쪽은⋯ 그렇군. 그대가 바로 날개들을 그리는 자였나?"

옥허 진인이 한백을 돌아보며 말했다.

"그런다는 것은 감당키 힘든 말씀입니다. 그저 보고 배우고자 함입니다."

"붓 끝에서 천하를 되짚어보고 싶은 마음이라…… 그것도 좋겠지. 팔황이든 제천이든 어느 쪽에서든 말이야. 그렇지 않으냐, 아이야?"

옥허 진인이 이번엔 옆으로 고개를 돌렸다.

어느새 집에서 나온 여인, 눈부신 미모를 자랑하고 있다. 시간이 지나면서 더욱더 피어나는 아름다움이다.

서영령이었다.

팔황에서 구파로 시집온 특별한 여인.

그녀의 목소리가 자하연을 감싸며 울려 퍼졌다.

"천하를 그리고자 한다면 맑은 눈이 있어야겠죠? 듣기만 했었는데 이런 분도 오시고……. 영락없이 혼자 지내야 할 것으로 생각했더니, 손님들이 많이 오셨네요."

활짝 웃는 서영령이었다.

순수함이 깃든 얼굴, 불룩하게 곡선이 생겨 있는 배에는 새로운 생명의 기운이 가득하다. 그것을 본 연선하가 눈을 크게 뜨며 믿을 수 없다는 표정을 지었다.

"동생! 아이가 생긴 거야?"

"호호. 그런가 봐요, 언니."

"세상에……! 못 본 사이에……. 정말 축하해!!"

연선하가 고개를 설레설레 저어내더니, 이내 달려가 서영령의 손을 잡았다. 그녀가 하운과 매한옥을 돌아보며 소리쳤다.

"너희는 축하 안 해?"

"우리는 알고 있었답니다. 사저."

"사저, 명색이 서천각 각주시면 그 정도는 알았어야지요. 누굴 만나러 다니기에 그리도 무심하셨답니까."

매한옥이 핀잔을 주며 흘끗 장현걸을 돌아보았다. 장현걸이 헛기침을 하며 고개를 모로 돌렸다.

"한데… 혼자 지내야 될 줄 알았다니, 그게 무슨 말이야?"

"아, 몰랐나요? 풍랑은 지금 여기 없어요."

"없다고? 어딜 가고?"

모두가 뜻밖이라는 표정들을 한다. 특히나 한백의 표정은 아연실색에 가까웠다.

"어딜 가긴요. 북풍단주에게 갔죠."

"아, 그렇구나! 저번이 여름이었으니까… 시일이 벌써 그렇게 되었지……!"

연선하가 무릎을 치며 미간을 좁혔다.

"그렇죠. 저번에는 여섯 달을 기약했으니까요."

서영령의 대답에 모두가 고개를 끄덕였다.

단 한 사람 한백만 제외하고.

그가 의아함을 감추지 못한 채 서영령에게 물었다.

"북풍단주라니… 그게 대체 무슨 이야깁니까?"

"북풍단주와의 비무죠."

"비무라면… 무공을 겨룬다는 말입니까? 두 사람이?"

"예. 비무에… 다른 것이 있나요?"

대수롭지 않게 말하는 서영령이다.

그러나 한백은 결코 그것을 간단하게 받아들일 수 없었다.

왜 알지 못했을까.

무당의 마검, 북풍단주와 화산의 질풍, 청홍무적이라면 온 천하가 주목할 엄청난 대결이다. 그런 중대한 사건을 까맣게 모르고 있었다니,

한백으로서는 상당한 충격을 받을 수밖에 없었다.
"결과는……."
"글쎄요. 이번에는 어떻게 되었을지 모르죠."
"이번이라면… 저번도 있었다는 이야기입니까?"
"그럼요. 저번만이 아닌걸요."
서영령이 연선하를 돌아보며 곱디고운 아미를 살짝 찡그렸다.
그녀가 연선하에게 물었다.
"언니, 이번이 몇 번째죠?"
"글쎄다. 세 번째였나, 네 번째였나? 네가 더 잘 알지 않니?"
"네 번째? 그보다는 더였던 것 같은데……."
서영령이 고개를 갸웃거리자, 하운이 매한옥을 돌아보며 입을 열었다.
"다섯 번째 아니었나?"
"그럴 겁니다. 다섯 번째."
매한옥이 손가락을 꼽으며 대답했다. 그것을 들은 한백이 놀란 얼굴 그대로 되물었다.
"다섯 번… 다섯 번이나 싸웠단 말입니까. 결과는, 결과는 어땠습니까?"
"한 번도 못 이겼죠. 무당의 마검은 정말 강해요."
서영령은 태연한 어조로 말했다.
청풍이 매번 졌다는 이야기다.
별반 대수롭지 않다는 듯한 반응, 연선하가 웃으며 물었다.
"저번에 몇 초 차이로 졌다고 했었니? 이번에는 가능성이 있어?"
"저번에요? 반 초 차이까지 왔다고 했는데… 여하튼 거의 근접했다고 그랬어요. 하지만 이번에도 승부는 모른대요. 북풍단주도 계속 강해진다나 봐요. 매번 볼 때마다 다른 사람이 되어 있다고……."

"거기서도 더 뻗어나갈 길이 있나?"

"모르죠. 사신검을 네 자루 다 뽑고, 자하신공을 극성으로 펼쳐도 흑색의 마검으로 펼치는 십단금 일 초를 받아내기 힘들대요."

"사신검 네 자루를 다 뽑는다니… 생각만 해도 아찔하군. 근래 들어 풍 사제가 검을 뽑은 적이 있기는 했나?"

"없지요. 요즘에는 호갑조차도 잘 들지 않던데요. 한데 사신검을 다 뽑고도 이기지 못한다니, 하기사… 북풍단주의 십단금도 인간의 무공이 아니긴 합니다만."

두 사람의 대결을 상상 속에서나마 그려보는 그들이다.

좀처럼 꺼내지 않는 신검들을 모조리 뽑아 든 청풍.

파멸적인 강력함을 자랑하는 무당의 마검, 명경.

생사를 가르는 싸움이 아니라 지닌 바 무공을 비교하는 비무일지언정, 그것은 어디서도 보기 힘든 경천동지의 광경이 되리라.

"십단금은 강하죠. 그래서… 요즘엔 풍랑도 새 무공을 만들고 있어요. 태사부님께서도 많은 도움 주셨고요. 이번 비무 때 한번 시험해 본다 했는데……. 호호, 어찌 될지는 모르겠네요."

"글쎄, 뭐 잘되겠지. 다쳐서 돌아오지나 않으면 다행인 거 아냐? 도대체가… 제 부인은 혼자 남겨두고 말이야… 홀몸도 아닌데."

"그러게요. 언니하고 두 분께서 따끔히 혼 좀 내주세요."

"혼을 내줘? 혼내줄 능력이 있어야 혼을 내줄 게 아닌가."

불만이 어린 듯, 불쑥 뱉어놓는 매한옥의 말이다.

화기애애한 분위기, 모두가 커다란 웃음을 터뜨린다.

웃음이 잦아들 때다.

한백이 한숨을 내쉬며 한 장의 서신을 꺼내 들었다.

서영령에게 건네는 서신, 그가 눈을 빛내며 말했다.

"여기까지 와서 만나지도 못하다니, 아쉽군요. 이것은… 제천(制天)의 이름으로 온 겁니다. 청풍 대협도 잘 알고 계시겠지요."

"이번에는 위험한 일 아니겠죠? 그러길 빌어요."

"황보세가 때처럼은 아닐 겁니다. 걱정 마십시오."

"그럼 잘 받아놓을게요. 아참, 이러지 말고 다들 안으로 들어오서요. 이렇게 밖에서 서 계시게 만들다니, 제가 정신이 없네요."

서영령이 손뼉을 짝 치며 말했다.

웃으며 그녀를 뒤따르는 그들이다.

강호의 미래.

젊은 남녀들의 등 뒤로 다시금 시끄럽게 움직이는 아이들의 웃음소리가 남았다. 하운과 매한옥의 마지막 대화가 그 웃음소리 뒤로 내려앉았다.

"그나저나… 벌써 다섯 번이나 되었군. 그 북풍단주에게."

"그러게 말이지요. 풍 사제도 대단한 것이… 언젠간 기어코 이겨놓으려는 모양입니다. 후후후."

              *   *   *

바람이 불어온다.

청풍.

눈앞에 펼쳐지는 장엄한 자연을 마음껏 들이켰다.

융통무애, 조화교원.

평상심이 찾아오며 기(氣)의 흐름이 맑아졌다.
커다란 조화의 힘이다.
평상심을 아무것도 담지 않은 무(無)의 경지라 말하는 이들이 있다.
틀린 이야기다.
평상심은 말 그대로, 삶을 살아가는 평상시 그대로의 마음이다. 언제나 숨을 쉬고 있으면서도 숨을 쉬는 것을 인식하지 못하듯, 그저 살아가는 일상이 곧 평상심의 경지를 뜻한다.
함께 웃고, 함께 근심하며, 함께 슬퍼하고, 함께 즐거워한다.
그것이 삶이었다.
청풍은 서영령과 길을 같이하며, 인간의 도(道)를 얻었다.
"백호는 금(金)이고, 청룡은 목(木)이죠? 주작은 화(火)고, 현무는 수(水)잖아요?"
"그렇지."
"그러면 오행(五行)으로 보았을 때 하나가 빠지죠. 토(土) 말이에요."
"토(土)라……."
"예. 오행을 사방으로 배치한다면, 중앙의 자리가 되겠죠. 모든 생명의 근원이 되는 대지(大地)야말로 그 자리에 있어야만 하니까요. 옛 사람들은 중앙에 있는 신수(神獸)로 황룡(黃龍)을 말하기도 하고, 등사(螣蛇)나 구진(句陳)이 있다고도 했는데……. 그렇다면 중앙에 있는 검(劍)은 없을까요?"
"중앙에 있는 검… 글쎄……."
"있을 수 있잖아요. 그래야 오행기(五行氣)가 완성되는 것 아니에요? 그러면 더 강해질 수 있잖아요."
"물론 일리있는 말이야. 하지만 령매… 나에게 오행기는 더 이상 필요치 않아."

"예?"

"북풍단주와 겨루는 것은 승패를 가르기 위함이 아니야. 무언가를 얻기 위해서도 아니지. 게다가 난 이미 필요한 것을 다 얻었어."

"다 얻었다고요?"

"그래. 령매가 있잖아."

그렇다.

청풍은 이미 모든 것을 얻었다.

사람을 얻고, 함께할 생명을 얻었으니 또 다른 검 따위는 원할 필요가 없었다.

진기도 마찬가지였다.

자하진기, 자하신공은 음양이 교통하는 신기(神氣)다. 거기에는 이미 하늘과 땅이 함께 있었다.

중앙에 토(土)를 둔다고 하더라도 그 꼭대기엔 하늘이 있으며 그 사이에는 인간이 있다.

수화목금, 천지인.

보는 방식의 차이다. 결국 사람은 사람의 길을 가야 했다.

사람은 불이 아니다. 물도 아니다.

나무도, 금도, 땅도 아니었다.

인간지로, 거기에 무공도 사랑도 협도 모든 것이 다 있었다.

결국은 하나라는 이야기다?

그렇지만도 않았다.

사람이 가는 길이라고 모두가 같은 것은 아니다. 누구에게나 자신이 가고 싶은 길이 있는 법인 것이다.

그중에서도 청풍이 가는 길이라고 한다면.
굳이 하나를 꼽자고 했을 때.
바람의 길이라고 말할 수 있을는지.
"흥, 노상 바깥으로 나돌기만 하면서……. 요즘 강호에서 풍랑을 뭐라 하는지 알아요? 멈추지 않는 바람이래요!"
"바람은 원래 멈추지 않는 법이잖아."
"거 봐요."
"대신 한곳을 영원히 맴돌 수도 있지."
"…내 곁이라고는 말 못할걸요?"
"왜 말 못해. 영원토록 맴돌 곳이 령매의 옆에 말고 어디에 있겠어."
"농담 말아요."
"농담이라니. 무슨 소리야."
따뜻하게 그녀의 어깨를 감싸 안는다.
청풍의 팔에 고개를 파묻는 서영령.
자신의 배를 감싸 안는 그녀의 얼굴에는 행복감만이 가득했다. 손을 뻗어 더 큰 곡선을 그리고 있는 그녀의 배를 쓰다듬고, 맑게 빛나는 그녀의 눈을 바라보는 청풍의 얼굴에도 밝은 웃음이 떠올랐다.

지는 해, 한줄기 바람이 불어와 노을 속을 스쳐 갔다.
노을을 비껴간 바람.
내일 아침이 되고, 언젠가 밤을 지나 다시 한낮을 달릴 때.
그것은 온 천하를 휩쓰는 질풍이 될 수도 있으리라.
청풍.
화산의 질풍검.

잔잔한 미풍으로 시작한 한 사람이, 천하를 질주하는 질풍이 될 때까지.

그의 삶은 그의 이름처럼 한줄기 바람과도 같았다.

『화산질풍검』 마침.

작가 후기

또다시 하나의 이야기가 끝났습니다.

무당과 화산을 들르고 나니, 저절로 소림의 숭산에 눈이 갑니다만… 다음 이야기로 무엇을 쓰게 될지는 아직 확정하지 못했습니다.

2005년 질풍검이 달려온 만큼 다사다난하게 보낸 일 년입니다.

다음 이야기가 무엇이 되든지 간에, 내년에는 조금 더 즐거운 나날과 함께하는 시간이 되었으면 좋겠습니다.

화산질풍검에서 못다 한 이야기가 많습니다.

군산에서 벌어졌던 일들과 악양에서 있었던 암투들, 그리고 육극신과의 싸움 직후, 청풍이 무사히 살아나가게 된 장면 등이 대표적인 것이라 할 수 있겠지요.

화산질풍검에서는 훗날 쓰게 될 다음 이야기들을 위하여 내용의 상당 부분을 아껴두게 되었습니다.

혹, 풀리지 않는 의문들이 있으셨거나 전개상 급박하게 넘어간 부분들이 있으셨다면, 군산대혈전의 또 다른 주역인 팽가오호도와 어쩌면 바로 다음에 쓰게 될지 모를 소림의 백무한의 이야기에서 마저 보충하실 수 있을 것으로 생각됩니다. 윤곽을 잡아놓고 스토리를 확정한 이야기들이 아직도 많이 있으니, 한백무림서가 완결되는 그날까지, 긴 시간 함께해 주시길 염치 불구하고 간곡한 부탁의 말씀 올립니다.

　다음으로.
　감사드릴 분들도 무척이나 많이 계십니다.
　글 쓰는 동안 누구보다도 수고해 주시고, 누구보다도 많이 기다려 주셨던 김율 실장님께 먼저 감사의 말씀을 드려야겠습니다. 두 번째 이야기가 책으로 엮어져 빛을 볼 수 있게 해주신 청어람 사장님, 영업부, 편집부 여러분께도 어떻게 감사의 염을 표현해야 할지 모르겠습니다.
　청어람 출판사가 책을 엮어주셨다면 www.gomufan.com 독자 여러분께서는 제가 그러한 글을 쓸 수 있도록 힘을 불어넣어 주신 원동력이라 할 수 있습니다. 기다리시고 읽어주셨던 모든 분들께, 감사의 말씀을 전하고 싶습니다.
　특히, 바쁜 일정과 어려웠던 여러 가지 사정들로 인하여 이벤트 1위를 차지하시고도 늦게까지 책을 배송받으시지 못하셨던 gomufan ID 창세기전님께 다시 한 번 죄송스럽다는 말씀을 올립니다. 더불어, gomufan ID 미래의 손짓님, gomufan ID 아뷁님께도 감사의 말씀 드립니다.
　친숙한 독자일 뿐 아니라 모니터링 요원으로서도 큰 도움 주었던 형기, 훈, 지현, 동현, 동진 모두에게 고맙다는 말 전해야 하겠고, MEDICS 모든 사람들과 언제나 다음 권 나오길 기다리시며 글 쓸 보람 느끼게 해주신, 옆방 복사 아저씨께도 감사의 말씀 올립니다.

가까운 사람들.

동생 미나, 처남 같은 동진이. 가장 듬직한 후배인 근태와 그 곁에 있는 유강이 두 사람도 늘 지금처럼 어울리는 모습으로 있어주었으면 좋겠습니다. 갈수록 예뻐지는 세 사람, 은예, 윤주, 연진이도 언제나 건강과 웃음 잃지 않길 바라고, 마지막으로, 앞으로 어떻게 될지라도 긴 시간, 어려운 시절, 곁에 없어도 있었던 것처럼 지켜주었던 그 사람에게 가장 큰 감사의 말을 올립니다.

큰 시험 앞둔 원대, YJ, 영주.
행운이 함께하길.
1월에 결혼하는 혜강이와 윤수, 행복하길 바라며.

읽어주신 모든 분들께 행복과 건강이 함께하시길 기원드립니다.

한백림 배상.

FANTASTIC ORIENTAL HEROES

청어람 신무협 판타지 소설

제1회 신춘무협 공모전에 『보표무적』으로 금상을 수상한 작가 장영훈의 신작!!

한 겹 한 겹 파헤쳐지는 음모의 속살을 엿본다!

『일도양단』
(一刀兩斷)

일도양단(一刀兩斷) / 장영훈 지음

그의 이름은 기풍한.

천룡맹(天龍盟) 강호 일급 음모(一級陰謀) 진압조(鎭壓組) 질풍육조(疾風六組)의 조장이다.

임무를 위해 출맹한 지 사 년이 지난 어느 겨울날 새벽, 돌아온 그에게 천룡맹 섬서 지단 부단주가 말했다.

"질풍조는 이미 해체되었네."

그리고…
그의 존재를 알던 모든 이들이 죽었다.

유행이 아닌 자유추구 -
WWW.chungeoram.com